我在16排F座等你

莫楊◎著

我在16排F座等你

作　　者：莫　楊
出 版 者：生智文化事業有限公司
發 行 人：宋宏智
企劃主編：范維君
行銷企劃：汪君瑜
責任編輯：范維君
印　　務：許鈞棋
專案行銷：吳明潤
登 記 證：局版北市業字第677號
地　　址：台北市新生南路三段88號7樓之3
電　　話：（02）2363-5748　　　　傳真：（02）2366-0313
讀者服務信箱：service@ycrc.com.tw
網　址：http://www.ycrc.com.tw
郵撥帳號：19735365　　　　戶名：葉忠賢
印刷：鼎易印刷事業事業股份有限公司
法律顧問：北辰著作權事務所
初版一刷：2005年5月　　　　新台幣：200元
ISBN：957-818-694-0

國家圖書館出版品預行編目資料

我在16排F座等你 / 莫楊著.
-- 初版. -- 臺北市：生智, 2005[民94]
面；　公分. -- (臺灣作家系列)
ISBN 957-818-694-0(平裝)
857.7　　　　93021564

總　經　銷：揚智文化事業股份有限公司
地　　　址：台北市新生南路三段88號5樓之6
電　　　話：(02)2366-0309
傳　　　真：(02)2366-0310

目錄

卷一 南瓜王子與情聖

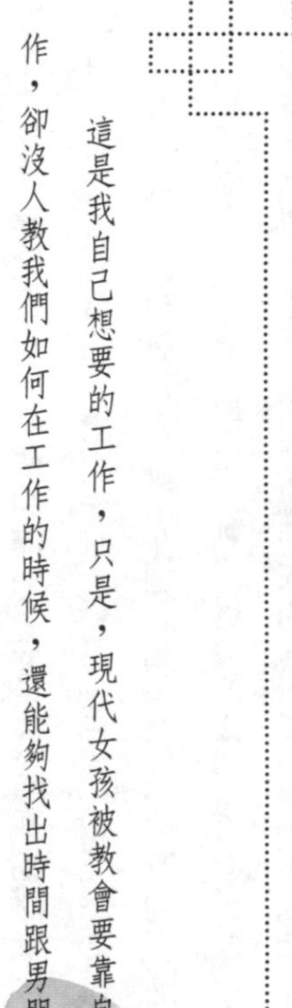

這是我自己想要的工作，只是，現代女孩被教會要靠自己努力工作，卻沒人教我們如何在工作的時候，還能夠找出時間跟男朋友相處，還有怎麼跟他們溝通？

寶貝，你的王子與馬車在樓下等你了，可是要快噢！超過十二點就會變成南瓜了！

週五，低鬱的城市夜晚，空氣中混著疲累與亢奮的氣味，那是所有國際型都市共有的氣味，下班的人群混在車潮裡穿梭遊走，輕快的節奏有著異樣的幸福感覺，高昂的說話聲用力吞吐，誇張的肢體擺動前伸後指，好像竭力要將前一刻的記憶整個刪除，讓即將來到的歡樂時光完全填滿自己。日間時光散放著耀眼光芒的辦公大樓，在週五的夜裡像潰敗的王國，零零散散的燈光勉力支撐著它曾經的亮眼，空空盪盪的虛無感像錐心刺痛過後的那種莫名其妙的平靜。

凱莉坐在電腦前伸了伸懶腰，偌大的辦公室只剩下他與他魔鬼般意志力的老闆段曉航（Brian），創意勢力（Creative Force）廣告公司奢侈品客戶事業部的創意總監，還正拿著電話跟美國總公司談著一些跨國企業的案子。

他講話的時候習慣拉著電話線超長的話筒到處走來走去，厚重的聲調篤定而且具有煽動性，精巧的用詞讓人懷疑所有的對談都是事先套好的劇本，而順著話語時而停頓時而揮舞的手式，更加展現這個創意人才曼妙的柔軟度。

「沒錯，這就是我想要表現的重點主題，或許製作的價位上會比原來的設定高出許多，但我相信這個廣告推出後一定會引起很大的討論，甚至會讓業界整個翻起來，我當然也會擔心這樣的挑戰禁忌會不會衝過頭，不過我願意賭一把，至於你的想法會左右這個案子能不能順利誕生……我希望你能仔細的考慮，而且我必須坦承如果沒有你上次神來之筆的提議，才會有這樣聳動想法的誕生，其實說眞的你才是這個創意的創造者！」

不知道是要看凱莉的進度到了哪裡，還是要展現一下剪裁合身的GUCCI外套，曉航緩慢的在凱莉身邊移動，透過眼角餘光凱莉快速地的再次打量他的老闆，厚實的肩線完整撐起了流行感十足的名牌西裝，修長結實腿部上的黑色麻褲，柔軟服貼的襯衫扣子打開三顆後呈現的厚實胸肌。光看這行頭就知道曉航在週五夜晚無論多忙、工作到多晚，依然光鮮亮麗準備著約會，應該又是哪家美女如雲等著他去狩獵的時尚夜店吧！

「這眞的是一個很好的主意，如果以你爲主就更有說服力了，就這樣決定吧，相信一切都會進展順利的。最近在趕一個新的案子，所以上一次的結案報告可能需要多一點的時間，我會盡快mail過去。整體的狀況還不錯，客戶最近追加了一筆預算，還約我下個月討論明年度的企業形象設計。」，曉航晃到凱莉的身邊用手壓著話筒輕輕的說「解決了！」然後優雅的踏著狐步轉開，難掩得意之情。

凱莉微笑了一下，低下頭看著螢幕上各個廣告活動規劃的行程與預算，總是很難忽視右下角顯示的時間，差十分晚上十一點，他不經意看了桌上話機一下，還有男友文強的照片。電話突然響了，在靜寂的辦公室裡顯得特別的大聲刺耳，即使曉航跟總公司有說有笑，還是轉過頭來嘲笑式地看了凱莉一眼，手按著話筒對凱莉說：「灰姑娘，南瓜車王子又來催你快下班了！」

果然是文強，他現在是最怕接到電話的人，因爲週五晚上應該是屬於情人的夜晚，應該窩在情人暖暖的膀臂裡和朋友說說笑笑，可是他還在公司電腦桌前加班到現在，下個禮拜是大客戶廣告播出前的核心讀者測試討論會，今天不弄完，週末又要加班了，那跟文強又有得吵了。

話筒那邊傳來：「凱莉你到底什麼時候走的開啊！我跟蔓蔓他們已經等了一個多小時了！」電話那頭又傳過來另一個女人的聲音，不是他的死黨蔓蔓還會有誰：「凱莉，還不趕快來這裡，超過十二點小心你就會變成灰姑娘，BMW會變成南瓜喔，而且我也不希望自己變成老鼠車伕！」蔓蔓話沒講完，他的男朋友金崙又搶下電話說：「大小姐，你的男朋友已經當了我們兩個小時的電燈泡了，求求你快點把他帶走！」

三個人搶著電話講，凱莉根本沒有機會解釋或者講些安撫他們的話，只能小小聲帶著歉意的語氣說：「求求你們再給我半個小時，我一定會弄完！」這時候文強說話了：「你不要大家每次約出去就讓公事影響我們，你爲什麼不能像一般女孩子那樣，不是成天工作，總要撥一點時間陪你的男朋友，還有朋友，連週末都要讓我們等，太誇張了吧！」凱莉頓時啞口無言不知該如何接話「不管你了，你自己看著辦吧！」帶著斥責的語氣文強切掉了電話，凱莉想要說聲抱歉都來不及。

他強掩著淚水，盯著電腦銀幕看，突然一張面紙在他面前飄啊飄……他抬頭看曉航平日玩世不恭的嘴臉出現了少見的體貼微笑，說著：「這禮拜就到此爲止吧！我送你去你的『南瓜王子』那裡，別再加班了，不然他的BMW就眞的變成南瓜了！」他說著就伸過手來毫不客氣地移動凱莉的電腦滑鼠，點了幾個儲存鍵，凱莉的眼淚還掛在臉上，還沒來得及說等一下，面板上已經秀出關機指示，螢幕閃亮了兩下，風扇停止轉動，電腦就這樣被曉航霸道的關掉了。

下一刻，凱莉嬌小玲瓏的身軀好像是個玩具熊一般，輕易被曉航有力的右手拉了起來，他感覺到重心有點不穩時，曉航左手一伸，穿過凱莉的腰際輕輕扶著他，凱莉完全沉在曉航懷裡，背全貼靠著曉航那襯衫口大開的寬厚胸肌，鼻腔滿是曉航有點雪茄辛辣味的香水氣味，曉航眼神意味深長的看著他的臉，似笑非笑的唇角欲言又止，不知道是不是因爲緊張，凱莉感覺自己的心跳加速，呼吸變得急而短促，手腳發軟的不知往哪裡擺，整個身體的血液轟一聲的衝上頭頂，他感覺自己紅得發燙的臉就快要貼近曉航的臉，偌大的辦公室一時之間，只剩下兩人的呼吸聲清晰可聞。

「親愛的小姐我命令你，必須下班了。現在！」

他們從辦公室搭乘電梯到地下停車場，然後坐上曉航的Land Rover休旅車，一路上兩人都很沉默，除了曉航幫他開電梯、防火門與車門時要他先進去的手勢。跟曉航工作一年多，這是他第一次感覺曉航把他當女人看，而不是一個他期望能跟著他後面衝鋒陷陣的工作超人。

沿著敦化北路綠色的林蔭大道向南走，十點鐘的夜色在柔和昏黃的街燈中散放著異國的情調，車上的音響裡放著淡淡的爵士樂，曉航隨意的和著節拍輕輕拍打駕駛盤，輕鬆而自在。沿路上，凱莉的臉色起伏不定，因爲他的心裡一下想著等會要怎樣安撫文強，一方面想到剛才整個人跌在曉航懷裡時心裡出現的異樣感覺，雖然曾有過許多時間與曉航單獨工作，但從來沒有想到會有這樣接觸

的機會，還有這樣的複雜心情，令他有點窘迫又有點意亂情迷。

雖然唸的是企管系，但凱莉對於所謂的廣告行銷非常感興趣，大三暑假那一年透過學姊的介紹進入創意勢力這家跨國公司做短期的實習，就被派到曉航部門裡做最基本的文書處理工作，畢業後凱莉沒有考慮的就到這家公司應徵，恰恰好的是，進公司的第一份工作就是擔任Brain的助理，由於他的英文能力很強，做事的速度快捷，對於很多事情有自己的見解，短短一年就成為創意企劃，一年以後又跳升到目前資深創意專員的位置，他所認識的曉航工作時是個精力充沛幹練過人的廣告奇才。工作時拼命，玩樂時也不惶多讓，許多人都稱他是廣告界的超級金童。據說他認識女朋友的速度甚至超過他結案的速度，如果他一年要完成五十個廣告案子就肯定有五十一個漂亮美眉穿梭在他的身邊，因此曉航種種風流事蹟在業界廣為流傳，舉凡同集團公關、媒體購買、隔壁部門的美麗女主管，甚或頗有姿色的敵對公司提案創意或業主，都傳聞跟他有過曖昧關係。

有趣的是，曖昧情感的傳聞雖然沸沸揚揚一件連著一件，但也從來沒有替曉航惹過什麼麻煩，公司的女性同事私底還封他為「情聖」，竊竊私語中充滿了對他的想像；然而這個令許多女人垂涎的優質男人，只要一扯到工作可就沒有那麼浪漫了。凱莉的記憶裡曉航算是個嚴苛的老闆，很少給人任何笑臉，他記得剛正式上班擔任他的助理，編列一些廣告製作的行程與預算等文件工作，交出去的第一個報告時，曉航直接撥了他的分機，聲音冷漠的說：「凱莉，雖然你才剛剛正式進公司，對於這一部分的業務並不了解，但我希望你要搞清楚，現在不是在寫大學的家庭作業！我也不是你的

大學老師，我不想改作業，請你重新弄一遍再給我作！」，接著指示他舊有資料檔案的電腦位址後，「匡」一聲就掛上了電話……

國立大學企管系第一名畢業的凱莉哪裡吞得下這種屈辱，聽完了跑到廁所哭了半小時，眼淚擦乾之後，找出之前所有類似文件看了一遍，當大家都關燈下班時，他還埋首於一大堆文件裡。那天，一個好像是電視廣告上經常出現的模特兒來找曉航，明豔動人的打扮，身上Opium香水在幾公尺外都聞得到，曉航看到他時露出讓凱莉非常生氣的瀟灑微笑，輕輕搭著模特兒的肩膀有說有笑的離開了，連看都沒看凱莉一眼。

氣歸氣，凱莉卻非常認眞的花了一整個晚上仔仔細細的重寫這份分析報告，第二天曉航進辦公室時，他還在做最後的修改。午餐前凱莉將這份報告交到曉航的手上，曉航翻了一下看了兩眼就放進抽屜裡，然後一邊講電話一邊從左手邊的桌上拿出一大疊的客戶資料要他做摘要並提出心得報告，當天下班前要交，絲毫沒有要給他喘息的機會。

往後曉航雖然沒有說過同樣的重話，但是少不了看他交的報告後發出類似：「請你記得這是給顧客看的，他們不是剛出社會做生意」或是「調整一下你的思考方向，想清楚再把東西交給我」，用詞雖然一樣嚴峻，但是至少都是當面跟他說，語氣都比較和緩，有時候甚至說哪邊不錯，那邊想法很有創意等等。

剛開始許多同事，甚至是比較資深的同事都很同情他，也安慰他說每個新人都碰過這種事，但是久了以後他反而成為許多同事眼紅的對象，因為曉航雖然對他特別嚴厲，但是才跟了他一年就轉任創意人員，然後不到一年又升為資深創意，參與許多大客戶的案子。以創意勢力這種大型跨國廣告公司，像凱莉這樣的大學畢業生至少要花三到四年才能爬到這個位置。因此凱莉對曉航真的是又感激又害怕，當然也煩惱同事私下對於他和他之間的一些蜚短流長臆測的流言。

「你在想什麼？」曉航的話打斷了凱莉的沉思。「我問了你好幾聲你都沒有回答」，「發呆！」凱莉毫不考慮的回答。「你是不是在想這個工作，甚至是我害你跟男朋友不愉快？」曉航的語氣出奇的低啞溫柔。「沒有，這是我自己想要的工作，只是，現代女孩被教會要靠自己努力工作，卻沒人教我們如何在工作的時候，還能夠找出時間跟男朋友相處，還有怎麼跟他們溝通？」凱莉的語氣也意外的出現一點憤慨。

「時間是自己找的，你可以選擇不要花那麼多時間工作，但是你就不會爬到現在的位置，進步那麼的快，你在公司已經被認為是竄起最快的新人！」曉航語氣中稀有的讚賞，連凱莉聽了都大吃一驚，不知該說什麼。

「你的南瓜王子難道不會工作加班嗎？聽說他在高科技公司上班，應該也不會輕鬆吧！還是他家裡很有錢，不用努力工作？」凱莉聽到曉航語氣中對男友的嘲諷，忍不住說：「老闆，我的男友叫文強，不叫南瓜王子，他身高一八五，可能比你還高，而且他是科技天才，只要花別人一半時間就可以完成同樣的研究！而且他又不像你有那麼多女朋友要應付，當然會期望我多一點時間陪他！」

「我叫曉航，不叫老闆，而且我也只是好奇跟關心你的情況，況且南瓜王子也是你在同事面前對他的稱呼吧！可不是我自己編的！」曉航語帶輕鬆，好像不在乎他剛才強硬的語氣，詼諧而柔軟的回應反而讓凱莉突然不好意思。還好他們已經到了金山南路的「Brown Sugar」，文強與蔓蔓他們已經在那邊等了好久。曉航本來還建議要不要下車爲他解釋一下，他趕緊說了聲：「不用了，謝謝！」就準備下車，沒想到曉航帥氣的臉微笑著：「週末不准來公司加班，好好去玩兩天陪你的男朋友，下個禮拜有的是時間，若是被我發現你來加班，我就把你降級變成我的助理，你應該不會想重溫惡夢吧！」凱莉假裝瞪了他一眼，回一句：「並不想，特別是有一半時間要幫你留下一大堆女人的電話！」

走進Brown Sugar，凱莉稍稍停頓了一下，想著今天是他第一次敢跟曉航那麼直率的講話，而曉航竟然沒有任何身爲老闆的身段，語氣如此的舒緩溫和，難怪他能應付那麼多不同的女人。等到他匆忙找到文強他們坐的位置時，現場演唱剛剛結束，舞台上樂手正在收拾器具，文強看起來挺開心的，並沒有因爲他的遲到而不愉快，伸手抱了他一下，輕吻他的臉頰，招呼服務生替他點了一杯調酒，繼續跟蔓蔓有說有笑的聊天，反而是蔓蔓男友金崙因爲喝了不少啤酒臉紅通通的，幾乎快趴在桌上睡著了。

「對不起我晚到了，你們在聊什麼，聊得這麼開心？」凱莉帶點歉意的想加入他們的話題，「我們在講金崙喝多久就會想睡覺，又做出了哪些好笑的糗事，然後文強說他沒喝醉過！也沒出過糗！

我就說你們認識那天，他喝到抓著麥克風拼命唱歌，還硬拉著你陪他唱，結果你不唱，我就說他跳鋼管舞你就唱，沒想到他竟然眞的脫掉了上衣與內衣，連長褲都差點拉下來，你才趕緊說你陪他唱，結果他根本是自己在唱自己的，完全不知道其實你連麥克風也沒拿只是張著嘴像金魚一樣配合著他假裝，唱完後不但直誇你唱的比王菲還要好，還計算乾脆賣掉股票幫你出唱片，我們都快要笑瘋了。」，「還有啊，上個月我姊姊結婚時，他才喝幾杯酒就醉得糊裡糊塗，趁著好朋友都在瞎起鬨，硬要我姊把禮服借給你，嚷著乾脆當天就結婚，大家都不必送禮金！」，「凱莉你是證人，文強說他沒有喝醉出糗過，你最清楚。」蔓蔓笑著數落著文強時，文強尷尬的大笑，黝黑臉龐竟然還看得出發紅了。

這時身爲婚紗連鎖店小開的金崙抬起頭口齒不清的說：「凱凱凱……莉你來了喔！你結婚的禮服我一定免費送你，反正你身材跟蔓蔓差不多，做一套跟做兩套是一樣的。」說完他又趴下去了。凱莉與蔓蔓兩人相望，彼此做了一個鬼臉小小聲的笑了起來。

文強搞不清楚他們在笑什麼神秘，開口便問：「兩位大小姐接下來該怎麼辦，金崙好像已經喝醉了，我們是要走、還是要先送他回家，然後去他家附近打保齡球？」凱莉聽了沒有出聲，因爲他工作了一天，實在不想要費力氣去打球，但是讓文強等了那麼久，又不好意思拒絕。反而是蔓蔓開口說：「凱莉才剛到，我們先讓他休息一下，好不容易等到週末，當然不能這麼快就結束！」，接著回過頭隨手搖了一搖金崙：「崙崙你眞的喝醉了嗎？」金崙抬起頭像維尼小熊般揉揉眼睛說：「拜託才幾瓶啤酒，我好得很；噢！凱莉你來了，你想喝什麼，我們開瓶香檳吧，慶祝大家今天都很愉快！」，「你別鬧了，」蔓蔓說：「我們正討論等一下要到哪裡去續攤，文強說乾脆去打保齡球，你覺得如何？」，「好啊！聽到保齡球我精神全回來了！」，「去，現在就去！」金崙站起身來拉著文強就往櫃檯結帳，蔓蔓搖搖頭對著凱莉微笑說：「他就是這樣，想到什麼就要做什麼，如果他能有一點文強的穩定性就好了。」「對了，你的工作最近還順利嗎，那個帥老闆還是那麼機車嗎？」。那一夜他們打球打到凌晨三點，金崙最後還是頂不住的坐在沙發椅上就先打起瞌睡，接著凱莉說他累得半死，腳快斷了，結果最後一個多小時都是蔓蔓跟文強在拼球技，而凱莉只覺得偌大的廳堂回盪的流行芭樂舞曲好吵，甚至就連文強與蔓蔓兩人比賽時的笑鬧及歡呼聲也覺得挺刺耳的，只是他實在太累了，手靠著沙發椅扶手沒多久也沉陷在半夢半醒中。一下子夢到他穿著新娘禮服坐在禮車裡，手指頭不安的互相戳弄摩擦，車子好像行走在碎石子的路上不停的晃動，坐了好久好久就是沒有辦法到達禮堂，恍惚中，禮車好像急轉彎似的撞到一輛休旅車，曉航的臉孔突然出現在他的眼前。曉航凝視著他說：「等一下就要去跟一個大客戶提案子，電腦裡的資料還沒有影印，設計的草圖有一些還需要更動，文案的某些字眼不夠聳動……」凱莉努力解釋今天是他結婚的日子，但是曉航好像完全沒聽進他的解釋，一直催促他快去做這個、趕快盯那個，凱莉伸手拍打著司機快開車，沒想到曉航竟然打開車門就這樣坐到他的身旁，手裡還抱著一堆文件，微笑的看著他，他大口的喘氣想要推開他，接著感覺身體一個震動就醒來了，文強輕輕捧著他的手「你睡著了，該回家了！」

回到文強的公寓裡，關上門文強從背後撩開他的頭髮，用雙唇緩緩的親著後頸，他有點陶醉地回過身來貼著文強的胸膛，文強的雙手從他的背部慢慢的向下，十指突然扣緊他的腰際，把他的身體猛烈的帶向他，有點用力的吻著他，凱莉原本垂放的雙手輕輕的向上握著文強的後肩，這個動作讓文強重重的吸了一口氣，然後文強的手快速卻溫柔地把他的黑色T恤從窄裙中拉了出來，手也是慢慢的往上探索，小心而謹慎的穿入他的上衣裡……「我全身都是煙味與汗水，讓我先洗個澡好不好？」凱莉喘息的說著。

凱莉走進浴室，輕輕的脫下了T恤與窄裙，他拿起了T恤要疊好時，突然聞到一絲微弱卻綿細透鼻的氣味，像是古龍水，又像是Brown Sugar裡的雪茄氣味，他才想起他在離開辦公室前與曉航不小心的身體接觸，心裡突然有一股忐忑不安的感覺。淋浴時還刻意的拿著浴刷把後背刷了好幾回，沖洗時還暗暗嘲笑自己會不會想得太多，洗完澡走出浴室才發現文強已經睡著了。就著浴室透出的微光，凱莉靜靜的坐在床邊面對著文強，這個熟睡的男人身軀只剩下一件白色內褲，牛仔褲與T恤一件躺在房間門口，一件斜斜的扔在椅背上。他輕輕撫摸文強光滑的胸肌，看著他線條優雅的臉龐，還有帥氣卻溫文儒雅的五官表情，心裡不禁責怪自己幹嘛要在同事面前稱他爲南瓜王子。

那實在因爲公寓離凱莉公司不遠的文強下班後，常常會在晚上十點多開著車到凱莉辦公大樓前等他下班，然後說：「寶貝，你的王子與馬車在樓下等你了，可是要快噢！超過十二點就會變成南瓜了！」，頭一兩次聽到，凱莉心裡還覺得甜蜜又俏皮（後來蔓蔓承認那是他教他這麼說的），但是

說久了，每次接到文強到樓下等待的電話，凱莉心裡就又愧疚又緊張，因爲他實在很想把手上東西告一段落再走。久而久之跟他一起加班的資深同事時間到了，就會說：「你的南瓜王子又開南瓜車來接你了！」

一邊端詳著文強熟睡中安詳迷人的五官，一邊小心的躺下鑽入他的懷抱中。耳朵聽著這個男人沉穩的呼吸聲，凱莉心裡想著以後在同事面前要開始稱他黑馬王子，開著黑色BMW的黑馬王子，總比南瓜王子好聽多了，而且他也不想讓他的老闆曉航看不起文強。他找機會一定要跟曉航說清楚，文強的家境的確不錯，也很有女人緣，只不過他的個性太過穩定，太過講究條理，所以不免有些大男人主義的氣味，而且他也是很聰明的，靠著自己的才幹從一個高科技公司的小工程師在三年內當上產品專案經理的，現在每一年公司還配給他很不錯的股票額度，年收入也是相當嚇人的。

想到這裡，他不禁像過去一樣，每隔幾個月就來一次無由的心虛，心虛自己憑什麼能吸引文強。他自覺自己只是一個看起來順眼的女孩子，不像蔓蔓是那種任何人看了眼睛就會爲之一亮的豔麗女子。雖然有人說他看起來很甜美，眼睛與嘴巴長得很秀氣，甚至用溫柔婉約形容他，但是這樣的女孩東區到處都是，而跟曉航約會的那些美女或模特兒，每個都幾乎高他一個頭，有的甚至胸部比他還大一倍，文強條件比起曉航絕對等量齊觀，怎麼能保證有一天文強不會喜歡上其他的女孩。特別是他們兩最近爲了他開始參與大客戶的案子，必須常常加班到很晚而吵架。

凱莉與文強是在金崙的生日Party上認識的，那時候金崙與蔓蔓已經在一起三年了，他是蔓蔓的死黨，文強則是金崙高中時期開始的同學兼死黨。那個晚上文強帶了一個長相比蔓蔓還豔麗的女孩子來，從兩人舉止親暱的感覺看起來應該就是他的女朋友，但大夥喝酒鬧到一半，金崙大概講到文強大學時代追女朋友的陳年糗事，不知怎麼的文強的女友突然發起脾氣，當著大夥的面與他吵了起來，文強大聲的回了幾句女友當場就氣跑了，大家還在好言相勸要文強去追女友回來，他就是動也不動。接著他就喝多了，拉每個人陪他唱歌與喝酒，第一個拒絕他的就是凱莉，於是他在蔓蔓慫恿下差點跳出全裸脫衣舞。

一個禮拜後，他打電話給凱莉道歉，然後邀請凱莉吃晚餐算是正式道歉，他說蔓蔓與金崙會到，凱莉不疑有他地去了餐廳，才發現只有文強一個人在。而且出乎意料之外的，他曾經以爲文強是一個招搖又虛有其表的男人，但是吃飯時才發現他是個風度翩翩的紳士。而且更重要的是，在金崙生日Party的隔天，他就跟女朋友分手了，原因是兩個人的個性差異太大，脾氣也都大，其它的就沒多做描繪。

在這之前凱莉曾經跟幾個同年齡的男生約會過，但是都沒有眞正在一起過，因爲他從大學時就半工半讀，一方面他實在沒有太多時間約會，另一方面他也覺得這些大男孩沒那麼有趣，所以也就不像其他女同學一樣那麼熱衷約會，轉而花更多的時間在工作上，而他也是在某個大企業擔任市場調查工讀生時，就跟當時已經是該公司行銷副總特別助理的蔓蔓成爲好朋友。一方面因爲蔓蔓的關係，凱莉很自然的將文強視爲朋友，另一方面凱莉對於文強的談吐相當感興趣，尤其聽他仔細的將一些高科技企業抽絲剝繭的分析時，專注時的神情散發出成熟男人的魅力與幹練尤其印象深刻，所以當文強再次邀約凱莉時，凱莉心裡明白自己應該很快就會接受這個男人的追求。

文強對凱莉的好，不單是在情感上，工作上也給予相同力量的關懷。那時他剛從曉航的助理升成創意專員，身爲大型高科技公司經理的文強給了他許多支持與鼓勵，還教他該如何處理企業辦公室中的進退之道，特別是他們公司創意部門跟業務部門一向就不合，因此他遇到工作上或人際關係上的問題時都會請文強給些意見。然而隨著凱莉工作上的表現愈來愈突出，薪水大量增加，業務量也同等成長時，文強似乎就不那麼開心了，對於他工作上的困惑也不再給予建議，因爲他們相處的時間也跟著明顯的被切割且減少了。因此，當凱莉跟文強說他可能有機會升上創意指導員，第一個主導的案子就是文強工作公司的廣告案時，文強一點都沒有高興的樣子，只淡淡說了一句：「你升官了，是不是代表你的工作量還會再增加？你是不是該想想我們之間的一些問題！」

凱莉當然知道文強口中所指的問題是什麼，正是因爲眼看著凱莉越來越忙碌的工作，文強決定要提前跟凱莉求婚，希望能藉此讓他把時間多花在兩人相處上。甚至還跟凱莉說：「我已經快要三十歲了，家裡很希望趕快有小寶寶，如果我們結婚你就可以把工作辭掉，靠我的薪水與爸媽的經濟實力，你可以安心的在家帶小孩，不用那麼辛苦！」，凱莉聽了很委婉的說希望文強能再給他一年的時間，讓他做出一、兩個成功的大案子，肯定自己的能力後一定會甘心辭職。面對凱莉的表白文強雖然沒再說什麼，但是凱莉知道他心裡一定不舒服，也因此才會在蔓蔓姊姊婚禮上多喝了幾杯，演

出要他穿上結婚禮服當場逼婚的鬧劇。因此當曉航詢問他要不要主動爭取創意指導的位置時，爲了顧慮到文強的心情他都趕緊說自己太資淺，有好幾個比較資深的創意設計比他更適合。然而他心裡其實還是渴望能獲得這樣的機會，不然就不會這樣奮力的工作，連週五晚上還加班到這麼晚。

睡在凱莉身邊的文強突然一個翻身，讓凱莉從惱人的思緒中清醒過來，他抓著文強的一隻手，輕柔的撫弄著，疲倦的身體漸漸的沉入夢鄉。夢裡他回到同一個夢境中，他穿著新娘禮服坐在黑色大禮車裡，面帶微笑看著車子撞到一輛休旅車，走出來的還是他老闆曉航。曉航鎮定的恭喜凱莉升上創意指導了，接著他夢見自己走進一個大的會議室面對著很多人，他穿著新娘的白紗禮服跟曉航到一個大客戶那裡提案子！

一個他夢寐以求的大案子，凱莉沉睡的臉龐浮現安祥的微笑。

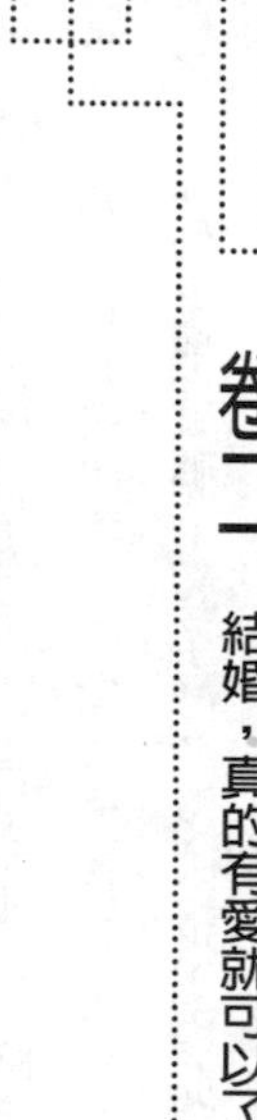

卷一 結婚，真的有愛就可以了嗎？

他們要我去唸研究所，要我去深造，可是卻從來不考慮金崙有沒有能力接手，好像娶到一個能幹的媳婦，就水到渠成了，可是我不能幹啊！

即使你曾經跟那個無聊的男人怎麼樣，我都不會介意的，從認識你到現在，我愈來愈覺得男朋友很重要，但是好朋友更重要，因為我們可以談很多不能跟男人說的心事。

凱莉醒來時已經中午了，文強卻不見了。他停頓了一下才想起來，自己現在應該是陪文強去跟文強的上司與同事打高爾夫球的。他趕緊起身想先洗個澡，發現文強在浴室的鏡子上留了一張紙條，上面寫著：「看你睡得那麼沉，不忍心叫你，晚上在一起吃晚飯吧！」

一時間凱莉感覺到很內疚，因爲他早就答應文強要陪他去，突然想到蔓蔓跟金崙原本也要一起去。他撥了文強的手機號碼，響了好久沒人接，因此又撥了蔓蔓的手機，響兩聲就通了。話筒那邊傳過來蔓蔓甜美的聲音：「你睡醒了啊？」

凱莉聲音沙啞的說：「剛剛才醒，你在哪裡啊？跟金崙在球場嗎？」

「只有我跟你的『阿娜達』，金崙的姊姊昨天臨時從大陸回來，因此必須陪他姊姊，我不想那麼快就跟他姊碰面，搞不好又要跟我提什麼結婚的事。」

「說的也是，你們現在是在哪裡啊？」凱莉問

「桃園吧，確切位置我也不清楚，是文強開車載我的，因爲金崙不能過去，文強就來載我！你不會生氣吧！」蔓蔓甜甜軟軟的聲音，讓凱莉想生氣都難。只是他有點不開心文強爲什麼沒叫他起床，因此順口就說：「怎麼會，只是有點奇怪文強爲什麼不叫我起床，我有答應陪他去啊！」

「喔，他說你昨天太累了所以睡得很熟，不好吵醒你，真是好體貼喔，你要不要跟他講話，他就在我旁邊！」蔓蔓不等凱莉回答就喊著：「凱莉的電話！」

「小莉，你睡醒囉！」文強開心的說著。

「你怎麼不叫我，讓人家一個人待在你家！」

「我叫了你好幾次都沒起床，所以我想你大概太累了，而且你本來就不愛打高爾夫球的，你在爲這個不高興啊！別生氣，我們三、四點就會回台北了！」文強哄著凱莉。

「好吧！你打的怎樣？」凱莉邊跟文強說話，邊把昨天換下來的衣服放到大提包裡，忍不住又拿起黑色露肩上衣聞了一下，還是有著絲絲的雪茄古龍水味。

「很好啊！我跟蔓蔓痛宰我的同事，蔓蔓今天表現簡直是有如神助，他是唯一在場打得好的女生，他甚至比我大部分的男同事還會打。」文強興奮的說。

「蔓蔓喔！他跟金崙家的人沒事就打高爾夫球，連金崙他媽都說蔓蔓將來嫁進去只要打高爾夫球，就可以幫他們家拉進一大堆生意！」凱莉拉起了提包的拉鍊，心裡正在想待會要幹什麼。

「許多同事都偷偷跟我打聽他有沒有男朋友，連我的老闆眼睛都一直偷偷盯著他，我看我得叫金崙趕快把他娶回家，免得害我老闆婚變。」文強打趣的說。「你不要陷害我，我還不急著結婚！」蔓蔓的聲音大聲連到凱莉都聽得到，凱莉也忍不住笑了的說：「你叫你同事離他遠一點，不然金崙會把我們兩個都殺了」。

「對啊！昨天金崙還要我叫你勸蔓蔓不要再拖了！」文強故意說得很大聲。「這個也要蔓蔓心甘情願，誰說都沒有用！」凱莉不經意的說著。

「也對啦，現在不能跟你說了，我們到了下一洞了！晚上見了！」文強掛了電話。

收了電話，凱莉不禁同情起金崙。他一年多來已經跟蔓蔓提要結婚好幾次了，蔓蔓都說他還太年輕並不想結婚，只有凱莉知道眞正原因。上個禮拜蔓蔓才跟凱莉說過自己的心事，他們在一起太久了，久到讓蔓蔓了解金崙不是他想要嫁的男人。

金崙是很好的男人，有張比國旗還剛正的臉，個性卻很隨和，家裡更是有錢，只是養尊處優慣了，對人生沒有太大的想法，完全順著他爸媽要他早點成家立業的意思，好接下家裡連鎖婚紗與在大陸的成衣工廠事業。

「我有時候覺得金崙實在很沒志氣，他爸媽與姊姊那麼精明，卻把金崙寵得像個不食人間煙火的大男孩，除了喝酒、打高爾夫球與看電視，好像沒什麼其它的嗜好。」蔓蔓曾經對凱莉說過這樣的話。更讓蔓蔓害怕的是金崙家裡對他掌管家業的期望，因爲蔓蔓心裡總覺得金崙並不適合做生意，因爲他從小就養尊處優慣了，個性很平和出手又大方，感覺雖然海派但就是少了一根筋，做起事來永遠是三分鐘的熱度，耳根子又軟好像誰都可以騙倒他。

蔓蔓還說：「凱莉，別人都以爲我很精明，年紀輕輕的就做到特別助理的位置，可是我知道自己其實很笨的，張羅一些瑣事難不倒我，但要我下決定判斷一件事情的好或壞，我可就沒有辦法

了，更不要說什麼投資或管理了！」，「我爸媽都覺得我有福氣可以教到金崙這樣的男朋友，但是我心裏很清楚，如果我們兩個接手他家的事業，他爸媽三十年努力的事業可能三年就讓我們搞垮了！但是我並不想跟他一起把他家的事業搞垮，到時候人家會怪我帶霉運，是個掃把星！我和你不一樣，你的生活一向有目標，腦筋又好，如果我有你一半的能力就好了！」

凱莉聽到蔓蔓這麼說，也只能安慰他不要太杞人憂天，船到橋頭自然直，金崙並沒有他想像的糟糕，他應該對未來更有信心才對。然而凱莉心裡也清楚這對男女朋友似乎過得太安逸了，比較適合當閒閒的少爺與少奶奶。有好幾次金崙在大陸管理工廠的的姊姊回台灣時跟蔓蔓說：「蔓蔓啊！你要不要去唸個MBA什麼的，金崙以後管理事業時你才有能力幫他，你們不能只是想到玩。」這種說法讓蔓蔓聽來覺得刺耳，更加深了不想結婚的念頭。

蔓蔓抱怨著說：「他們要我去唸研究所，要我去深造，可是卻從來不考慮金崙有沒有能力接手，好像娶到一個能幹的媳婦，就水到渠成了，可是我不能幹啊！我嫁進去只能等著當代罪羔羊了。」

更重要的是，蔓蔓覺得兩個人在一起已經變成一種習慣，蔓蔓心裡其實已經不愛金崙了，有時還會刻意的與他保持距離，突然失蹤好幾天，但是一看到金崙垂頭喪氣的站在他家門口，他又覺得心軟，想著這個男人如果眞的沒有他該怎麼辦？「日子就是這樣的一天拖過一天！」蔓蔓每次講到這裡就忍不住的神情黯然。

金崙是蔓蔓第一個男朋友，他大二那個暑假到金崙家裡婚紗店打工，就認識金崙，那時候金崙才當完兵剛剛退伍，在家人的安排下，當上家族連鎖婚紗企業中山北路旗艦店的副店長，原本家裡的意思是要他跟著資深的店長邊看邊學，累積一些經驗後再送他到北京的分公司好好的培養，沒想到上班的第一天就遇到了蔓蔓，按照金崙的說法他對蔓蔓是一見鍾情，再也沒有辦法將眼睛從他的身上移開，結果花在工作上的時間還沒有比追求蔓蔓的時間多。蔓蔓的家裡勉強只能算是小康，兄弟姊妹又多，因此碰到長的不錯，家世又好的金崙殷勤的追求與呵護，很難不動心。甚至蔓蔓大學畢業到市場調查公司做實習員的時候，金崙還開著保時捷跑車送到公司門口，下班時還特別去接他，眞是讓大學時期就已經是系花、校花的蔓蔓在新同事面前好不風光。

「沒想到我們一下子在一起已經五年了，中間好幾次我們爲了小事吵架，我發神經說分手，他都很有耐心的哄我，等我回心轉意，其實我早就清楚，我會爲了小事跟他說分手，只代表我並沒有那麼愛他。」蔓蔓無奈說著。

「你怎麼那麼肯定？你們在一起五年怎麼可能說不愛就不愛？」凱莉納悶的說。

「你跟文強在一起幾年？應該還不到兩年，你不會了解的，」蔓蔓憂怨的嘆了一口氣，然後又接著說：「我也不想這樣，特別是金崙對我那麼好，有時候我感覺很寂寞，因爲好像全天下的人都認爲我們遲早會結婚的，可是我跟他除了一起玩樂，好像沒有什麼共通的語言，我實在說不出來那種感覺。」蔓蔓又嘆了一口氣，眼淚開始慢慢的流了下來。

「你的意思是他不了解你嗎？你可以試著讓他了解啊！」凱莉急著安慰蔓蔓。

「凱莉你還記得你在認識文強前交過幾個男朋友？感情有沒有受過創傷，或是你了解你要什麼樣的男人嗎？」蔓蔓邊說，邊拿面紙把眼淚擦乾。

「我不記得到底有幾個，我只記得在認識文強前都是我被甩，事實上應該不算是眞正的感情關係，頂多哭一哭就把他們忘掉，有的甚至是根本沒感覺，因爲他們還沒有跟我在一起，就又開始追別的女孩子了，好像當我是備胎一樣。」凱莉自嘲的說著。

「至少這樣可以讓你比較了解什麼樣的男人適合你，或是不適合你，我根本就沒經過這個歷程！」蔓蔓說著又流下眼淚，繼續說著：「你還記得你剛到調查中心打工，我們倆才剛認識沒多久，有個男孩子來公司接你下班好幾次，後來你跟我哭訴說，他要求你在他的宿舍過夜，你拒絕了幾次，沒多久他就跟你疏遠了的這件事？」蔓蔓的淚眼凝視著凱莉。

凱莉當然記得那個男生，他是大他一屆的學長，但是他卻毫無感覺的說：「當然記得，那是我的初戀！」

當時他是系上的風雲人物，功課好又是校隊籃球主將，長得更是帥氣，因此當他開始追凱莉時可是讓同系的女生羨慕好久，然而凱莉不跟他回宿舍過夜，最可笑的原因是對自己沒自信，也沒有過經驗，更怕被宿舍其他同學看到會丟臉，覺得自己不是個正經女孩。結果他慢慢疏遠他，隔了一、兩個月他就跟一個很仰慕他的學妹在一起，最後講清楚分手的原因只因爲他不跟他回宿舍。

「我一直想告訴你，在你跟我哭訴之前，他就藉故來公司找你好幾次，你不在就開始跟我聊天，甚至要約我出去，其實那時我是有一點心動的，但是因爲我開始把你當成好朋友，不想當你們感情的破壞者，掙扎好久也不敢答應，最後才跟他說我已經有男朋友了，而且是很有錢又成熟的男人，他才放棄。」蔓蔓淚眼看著凱莉。

「謝謝你告訴我，其實我早就不在乎他了，即使現在知道原來他當初是爲了你甩掉我，我也不介意，因爲我早就認清楚他是什麼樣的男人了！」凱莉絲毫不震驚的說著，事實上他們前一、兩個月還在一個廣告研討會巧遇，他剛退伍半年，進了一家本土廣告公司擔任廣告文案，當他知道他剛升任跨國廣告公司的創意指導時，驚訝的張大嘴巴，直誇他變漂亮了，而且後來還打電話去他公司好幾次，他都說自己在忙而掛掉了。

「謝謝你，你眞的是我最好的朋友。」蔓蔓又嘆氣了。凱莉認識蔓蔓那麼久，從來沒有看到蔓蔓嘆氣的次數如此頻繁，情緒如此低潮。在他心目中，蔓蔓是個豔光四射又開朗大方的女人，這方面凱莉自覺是永遠也比不上的。

他抓著蔓蔓的手說：「你不要自責，我不會介意的。」

蔓蔓看了凱莉好一會兒才說：「其實我很清楚我跟金崙從一開始就錯了，應該是說我錯了，因爲我小時候家裡沒有錢，父母也沒時間疼我，也或許看了太多浪漫小說，因此金崙出現時，長的不錯，又對我那麼好，自然會把他當成我的白馬王子，我心裡對他是很感激的。可是我跟他交往之後

開始接觸愈來愈多人，常常碰到同年齡的追求者，我發現他們的想法有時候甚至比金崙還成熟，應該是說更有企圖心吧，我跟他們也比較能聊。我跟你學長也是如此，那時候覺得跟他什麼都能聊，光是聽他講籃球，就可以聽好久，總覺得跟他聊幾分鐘，比跟金崙玩一天還開心，但是凱莉我眞的沒有做對不起你的事！」蔓蔓眼淚又開始流了。

凱莉趕緊拿面紙幫他拭乾眼淚，嘴裡說著：「即使你曾經跟那個無聊的男人怎麼樣，我都不會介意的，從認識你到現在，我愈來愈覺得男朋友很重要，但是好朋友更重要，因爲我們可以談很多不能跟男人說的心事，你不會給我壓力，我也不會給你壓力，至少我不會逼你跟我結婚！」

聽到凱莉這麼說，蔓蔓也忍不住笑了。但是關於他跟金崙的狀況，短期間也不會有任何解答。甚至凱莉自己也開始懷疑，他是否眞的那麼愛文強，或是難保有一天文強跟他久了不會膩。

至少可以確定的是，當那晚文強爲他跳著可笑的脫衣舞時，他就對他俊挺的外表與開朗的笑容心儀不已，當他打電話來跟他道歉時，他心裡更是有著從來沒有的激動。而他們開始約會不到一個月後，凱莉就在他公寓過夜，第一次完整嘗試到男歡女愛水乳交融的經驗，而他做這件事情不只是因爲他非常喜歡他，更因爲初戀的失敗讓他決定試試看，如果文強也是那種得到就不珍惜的男人，還不如早點讓自己死心。然而在兩人喘息平靜後，他以爲自己該表現得像個成熟的女人，起身穿衣服準備離開時，沒想到文強從背後用手環繞著他說：「別走，留下來陪我！」這些浪漫都是他到今天想到就心口甜甜的記憶。

從那天起，他就不曾爲別的男人心動過，即使他的老闆Brian是個萬人迷，他也只是把他當成老闆，欣賞他的工作能力，但是不齒他談感情的方式。即使那一個加班的夜晚，Brian的男性魅力曾經讓他有點招架不住，但是他也說服自己，那是因爲他太累，工作與感情壓力太大了，才會一時脆弱而讓自己失了方寸。

事實證明，過了週末，凱莉回到工作崗位上，中午吃飯時又看到一個新生代女模特兒來找Brian，他毫無感覺的想著Brian眞是狗改不了吃屎，也慶幸自己沒有陷入那個脫序擁抱的迷惘裡。

就在同一天，Brian要他把手上參與的案子交給其他創意指導，因爲他決定指派他跟著他，開始著手爲一個跨國企業在亞洲推出的巨型廣告活動提案，而這次的競爭對手是創意勢力在亞洲所有國家的分公司，而這次的評比也意味著總公司對各公司的創意考核，壓力之大可想而知。雖然他明白跟Brian合作是件苦差事，但是再苦也比不上知道Brian在那麼多位階與資歷比他高的同事裡挑上他的時候，心裡那份被肯定的驕傲。因爲如果這個案子順利成功，不只是創意勢力台灣分公司的表現，更能鞏固Brian在公司的地位。

然而他下班時儘管滿心雀躍，但是想到文強知道他未來可能要花更多時間在工作時的反應，他就開始擔心。那夜文強對凱莉發了一大頓脾氣，文強怪他自私，不替他們的未來著想，他委婉的解釋希望文強能多體諒他一下，只要這個案子有個結果，最快一個月，最慢半年完成整個廣告案，等這個案子結束之後他會爲他跟公司提出要求，調整工作內容，減少工作時間，花更多的心思在他的身上。文強才心不甘情不願的答應了！

卷二 「工作」讓我體會不平凡

……，記住，你不是個平凡的女人，更不是那些標榜品味的孔雀們所比得上的……

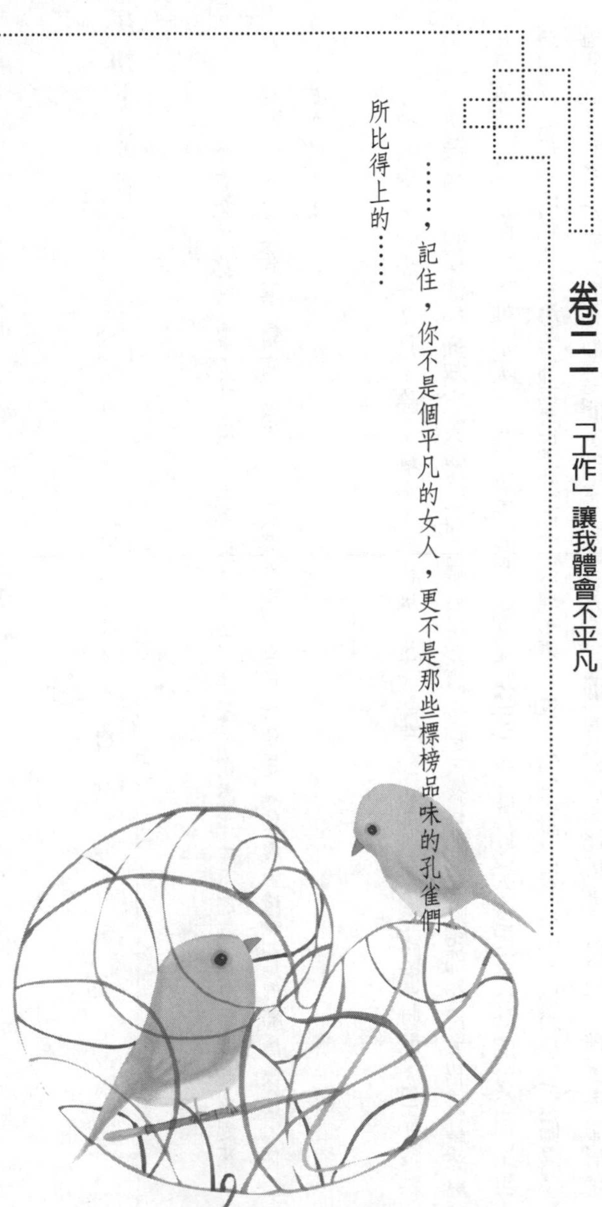

看完你跟你的南瓜……喔！對不起，你的黑馬王子的整本十八相送過程，只是看起來你這次忙著工作真的把他惹火了，我突然覺得自己好像是《仙履奇緣》裡的邪惡後母，你是灰姑娘！

在準備提案的那一個月，除了週末，凱莉幾乎每天都在公司加班，中午吃飯時間，Brian還特別請了一個美國老師幫他加強英文表達能力，畢竟是要直接跟大客戶的美國總部報告，語言當然更要精準確實。那段時間，他白天不是忙著看資料，便是跟Brian一起拜訪大客戶在台灣的分公司，每天還會提心吊膽的怕Brian覺得他做得不好把他換掉！還好Brian頂多說了幾次：「你的想法太侷限了，這個創意案需要更大的想像空間，別忘記你是在跟亞洲廣告精英比稿！」或是「你要再想清楚一點，不然丟臉會丟到國外！」等等……

Brian這樣帶點指責性的話語，比起文強對他在工作上力求表現的冷漠，這不算是最糟的。無法確定時間的碰面讓凱莉對文強越來越感愧疚，最後他寧可建議文強不要再來接他，他可以暫時回到自己的小套房休息，減少看見文強那張因爲長時間等待而疲累的臉。在提案前最後一個禮拜，他們兩個幾乎沒有碰面。即使週末時，他們跟蔓蔓與金崙一起出去玩，文強有時候甚至把凱莉當成空氣，只專注跟蔓蔓他們聊天。凱莉困乏的心情眞的是有苦說不出，但最可悲的是，他幾乎忙到沒有時間好好跟蔓蔓訴說自己與文強的問題，偶爾工作告一段落想打電話給蔓蔓，蔓蔓也說他正在忙，

或是沒有接電話；換作蔓蔓打電話給他時，他又正忙著跟Brian討論案子，沒時間傾述。

終於到了提案那個禮拜，他跟Brian必須飛到美國的當天早上，文強開著車子送凱莉去中正機場的路上，他才再度看到文強好久不見的開朗笑容，並且握著他的手，鼓勵他說：「小莉，你一定會成功的，你是我看過最聰明，最上進的女人，你值得得到你想要的成就！」

凱莉聽到這句話眼淚忍不住掉了下來，緊緊的握著文強的手說著：「謝謝你的支持，這個案子結束後我一定會調整我的工作！」

文強聽了只是笑一笑，拍拍凱莉的手，然後說：「蔓蔓有跟你聯絡嗎？」

凱莉聽了輕聲的說：「我們這個禮拜都沒機會講話，他怎麼了？」

文強猶豫了一下，然後說：「金崙昨天跟我說他們分手好幾天了！」

凱莉震驚的說：「怎麼會這樣！」

文強解釋，蔓蔓先是當著金崙的面，跟他姊姊大吵一架，然後跟金崙也鬧得很難看，當天他們就決定分手了，蔓蔓也搬離開金崙的家，接著就失蹤了，也沒有接電話，也沒去上班，反正一切都是爲了結婚的事。

到了機場，文強下車把後車廂的大行李扛下，凱莉想給文強一個吻，他避開了，只說：「別在這麼多人面前這樣，我不太習慣；你在國外要好好照顧自己，別太累了，尤其是別忘了到紐約時去看看那邊最時尚的餐廳與夜店，反正你的老闆那麼會玩！」然後文強就上了車，隔著玻璃揮揮手車子就這樣開走了，凱莉眼淚忍不住流下來。他拿出了公事包裡的面紙擤一擤鼻子，一面舉起手不斷的揮著，但是感覺上文強似乎沒回頭，車子快速的閃動方向燈轉入車流中緩緩離去，凱莉的眼淚禁不住的再次奪框而出，像天空的絲絲細雨不斷的流洩，不知道為什麼他的心裡有許多的不安，雖然出國只有短短的幾天，但這次的離開比以前都遙遠許多。

目送著文強的車子離開，他拿起手機撥蔓蔓的電話，果然是沒有開機，他留了話給蔓蔓說他一個禮拜後就回會台灣了，他已經知道他的事情了，希望他一切安好不要想不開，有空就打電話給他等等。他邊留言，邊看著文強的車子在遠遠的地方繞了圓環後越來越渺小，他輕輕的嘆了一口氣將手機收入手提袋中。

他找了垃圾桶丟掉衛生紙，想拉著大行李箱往出境大廳走，忽然他的過肩長髮纏住了公事包背帶，他放下了行李箱的把手，試圖把頭髮與背帶纏住的部分解開，他的動作太急了，扯痛了他的頭髮，原本就不牢靠的皮帶與皮包連結鉤鉤竟然也扯斷了。事事不順心讓昨晚沒睡好，今天情緒又特別敏感的凱莉又開啓了好不容易止住的眼淚。他把包包帶子卡在行李箱把手上，雖然看起來很醜，但是還堪用。

他晃了一晃上半身，讓長髮在四周飄開，然後拿出了公事包裡的髮帶，把頭髮往後撥再纏了一個髻，然後固定好。才又拿起了面紙再把眼淚擦乾，心裡想還好今天沒有上任何妝，不然妝會哭花了，讓他看起來像個國劇裡唱花臉的，他想到自己那個樣子，忍不住笑起來了。

突然面前又是一包面紙出現，他愣了一下抬頭看，是他的老闆Brian，臉上帶著很奇怪的微笑，不知是嘲笑或是關心，開口說著：「你的鼻涕沒擦乾淨！」凱莉聽了臉只想趕快找地方閃，最好是垃圾桶夠大讓他可跳進去。有可能Brian完全看到他接近歇斯底里感傷的整個過程。「你站在那邊多久了？」凱莉聲音軟弱的問。

Brian好像不當一回事，吊兒啷噹的說：「好一會兒！久到看完你跟你的南瓜……喔！對不起，你的黑馬王子的整本十八相送過程，只是看起來你這次忙著工作真的把他惹火了，我突然覺得自己好像是《仙履奇緣》裡的邪惡後母，你是灰姑娘！」他說完，對凱莉露出一個捉狎的微笑。

「跟你無關，不過你今天穿的不像後母，比較像吸血鬼『卓久勒』！」凱莉看著披著一件黑色毛料長大衣，領子還故意豎的高高的Brian說著。兩人互相揶揄之後緩和了剛剛尷尬的情境。然後Brian似乎毫不費力的拉起了凱莉的大行李箱，直接往大廳裡走過去。

到了櫃檯，Brian看了凱莉一眼，凱莉愣了一下，也回眼看著他。「你在想什麼，機票跟護照呢，難道要我幫你Check in?」凱莉才恍然大悟，兩人的機票都在他那裡。他假裝無事的解開行李箱上的公事包，從裡面拿出自己的護照與兩人的機票。跟Brian共識兩年多，凱莉學會Brian即使再不滿意他的表現，只要他沉默聽著，假裝沒聽到他罵他或瞪他，情況就不會惡化，但是如果掉眼淚，甚至是吐個舌頭，他常會說：「我對男女屬下都一視平等，請不要裝可愛或是用苦肉計！」

凱莉把機票與護照交給櫃檯小姐，Brian也把自己的護照放上去，同時拿起自己的行李與凱莉的行李放在旁邊的輸送帶上。櫃檯小姐看了一下機票與護照，就說：「段先生是頭等艙，何小姐是商務艙是嗎？兩位要坐走道或是靠窗戶？」

凱莉才開口說要坐靠窗戶位置，Brian皺了一下眉頭，立刻完全貼近櫃檯，幾乎臉要湊上櫃檯小姐了，看著他胸前的名牌上Kathy Wang名子，然後變換了一種非常親切又迷人的微笑說：「王小姐，我可以稱呼你Kathy嗎？」

Kathy彷彿著魔般回以甜美的微笑說：「當然好，段先生請問有什麼問題？」

Brian笑的更燦爛的說：「請叫我Brian，我們在訂票的時候好像有一點誤會，我的助理可能搞錯了，何小姐應該坐的是頭等艙，我才是坐商務艙，不過我的累積里程數應該是非常高的，如果頭等艙還有空位，或許你可以幫我升等。」

凱莉站在Brian旁邊不知道他葫蘆裡賣什麼膏藥，但是經驗告訴他，當Brian開始講話，開始專注於某一件事情時，最好不要插嘴或插手。

Kathy看著Brian沉思了一下說：「Brian對不起，這跟公司的規定不合，除非何小姐累積里程夠升等，不然還是得請他坐商務艙！」

Brian繼續自然微笑的說：「喔！這樣沒有關係，那就不麻煩你了，我上了飛機再跟他換位置，不然我美國老闆知道他的千金女大小姐坐商務艙，我就麻煩大了！無論如何還是謝謝你的幫忙！」

Brian的眼睛看著Kathy，好像期待著他繼續說些什麼。

兩人相對好一會兒，Kathy低下頭來看著電腦螢幕，敲了幾個鍵，然後對著Brian露出很甜美的微笑，聲音輕柔卻不失專業的說：「Brian，我們的運氣眞好，頭等艙今天還有幾個空位，所以何小姐可以升等到頭等艙，這樣你就不會有麻煩了。」Kathy說了還面無表情的打量了凱莉一眼，然後繼續說：「兩位座位要劃在一起嗎？」

凱莉心理很想說不要，Brian溫文有禮的說：「如果你方便，當然好！」然後他突然拿出自己的名片，在上面寫了一個電話說：「Kathy，我的公司有好幾張下個月要來台灣演奏的紐約愛樂與兩個著名爵士樂團的VIP座位門票，如果你有時間，請打這支電話交代我的秘書，他就會把票快遞給你。」

Kathy水汪汪大眼睛爲之一亮的說：「謝謝你的體貼，眞的好棒！如果是你邀請我去聽，會更棒！」

Brian聽了說當然好，但是他最近沒有時間，於時他當場撥了手機給他的助理Judy，交代說有一位Kathy王小姐會打電話去索票，請他好好觀照這件事。然後對著Kathy說：「我兩個禮拜後回台灣，或許我們可以一起研究看看是否有時間一起聽，即使我沒時間，我想像你這樣的女孩子，絕對有一半台北市的男人想要陪你聽音樂會！」

Kathy開心的說：「我沒有那麼神奇啦，但是如果能得到像你這樣迷人又有成就的男人邀請，才是我的榮幸！」凱莉站在旁邊，注意到周圍排隊等Check in的人都目睹到這對男女從本來不認識到當

眾調情的過程，他本來還滿心感動的感激Brian幫他的位置升等，現在只覺得有點嫌惡。凱莉覺得他們兩個好像在拍廣告片中咖啡廳中電眼傳情的男女，而且一個NG都沒有，難怪每個女明星再大牌，跟Brian合作時，都從母老虎變成小貓咪一般柔順。

他們好不容易Check in完成，凱莉自己就背著皮包，往中正機場二樓走上去，他提著皮帶斷掉的公事包握把，準備把另一邊皮帶鉤也卸下來。Brian開口說：「要我幫忙嗎？」凱莉說：「不用了，我把帶子解下來就可以了！」接著又用很正經的語氣說：「謝謝你幫我升等，不過我其實坐商務艙就覺得很奢侈了！」

Brian聽了面無表情的說：「從現在開始到我們跟客戶Present之前的四十八小時內，如果我想要問你什麼事情，確定你什麼都準備好了，你就需要隨時在我旁邊，當然睡覺時你可以待在你房間裡！」最後一句話聽進凱莉的耳朵裡感覺是奚落多於體貼。通過海關後，進入免稅商品街，Brian去試用一款正在大作廣告的古龍水，凱莉直接就坐到附近的座位，把他公事包的皮帶捲好收進去，雖然裡面已經有本筆記型電腦與一疊資料及光碟片，但是還算有空間。

他抬頭看著Brian拿著古龍水試紙放在鼻子十公分下煽一煽，然後臉上露出明顯嫌惡的表情，就把試紙直接丟在架子上。凱莉遠遠的看著他繼續往裡面走，越走越遠，東看看、西看看，然後就拿起一個架上黑色的東西交給店員，並掏出信用卡，凱莉心想時間還早，或許他也該挑一些東西給爸

媽與上大學的弟弟。他才站起來，Brian就回來了，左手拿了一個很醜的免稅商店提袋，右手拿了一個有大大的Bailey字樣的精美包裝大紙袋，然後把Bailey紙袋交給他說：「把你的包包裡的東西換到這個包包裡吧！」

凱莉打開袋子後發現是一個全新的高級皮質公事包，看起來很大，提起來卻很輕，他感到有點不知所措，便直接說：「Brian，你不需要送我這個，我的雖然舊了一點，還是很好用。」

Brian一付毫不在乎的說：「公事包裡裝電腦，用手提很重，你不會指望我來幫你提吧！而且到了紐約見客戶你得稱頭一點！畢竟從現在你要開始表現出像是我的Partner，別還以爲你是我的秘書！」這番話聽在凱莉心裡，眞是不知是褒還是貶。

「好吧！我就接受這個提包，但是回台灣我再拿錢給你！」凱莉表現出一副很堅決的樣子。

「隨便你，還有，你決定好簡報當天穿什麼衣服了？說出來聽聽！」Brian邊說邊拿出免稅商店袋子裡的一瓶威士忌，那正是大客戶的主力商品，然後譏笑這個包裝陽春到不像話，贈品組合更是醜。

「我準備的是白襯衫加黑窄裙，外面是黑色基本款小外套？」凱莉回應著Brian的問題。

Brian聽了眼睛睁得大大的說：「我們眞是有默契，我正在想怎樣讓大客戶了解他們的贈品組合有多醜，有多老氣，缺乏時尙感，你這樣穿就可以讓我拿來作最好的舉例，再好的產品，沒有好的包裝都看起來都很Cheap！」

凱莉聽到這樣的譏諷，心裡惱怒但不知如何回答，撐起僅剩的最後一點鬥志與自尊說：「我以為這次去是表現我們的專業，不是去參加選美大會！」

Brian聽了臉上露出了一點微笑：「你以為我每天穿成這樣只是要勾引美女嗎？你穿成什麼樣子，客戶就當你是什麼樣子，即使灰姑娘要進皇宮都得打扮的雍容華貴。我們是去客戶的總部，那裡正好是全球時尚之都紐約，你覺得你應該穿的像是個剛出社會的小秘書嗎？搞不好人家總機小姐穿的都比你稱頭！」

凱莉受到這樣的奚落，感覺胸口有一股火氣要爆發出來，臉更是氣得面無血色，雙手拳頭握得緊緊的。但是他強押住怒氣，試圖平靜的說：「老闆，我只是個平凡的女人，很抱歉我的衣服讓你失望，到了紐約我會去買一套得體的衣服讓你檢查看合不合格，會不會丟你跟公司的臉！」講到最後，凱莉覺得自己幾乎全身氣的發抖。

Brian聽了，突然溫柔的看著凱莉：「或許我對你的要求太嚴格了，但是你要記住你不是個平凡的女人，你是我見過最有企圖心、最有潛力的新人，比許多標榜自己穿著品味，像是驕傲的孔雀，卻是只會抄襲別人創意的廣告人好太多了，但是即使你再資淺，都別忘了你現在已經是這個案子的主要負責人，你必須記住，在客戶面前，你的穿著要搭配上你的位階！」

聽了Brian這樣說，凱莉什麼話都沒說了，心中情緒卻非常的複雜，他突然強烈感覺兩年多來，Brian雖然對他很嚴厲，但他才是凱莉工作中的貴人。在工作上Brian對他幾近無理的要求，雖讓他常

常透不過氣來，但只要他有進步，表現的夠好，Brian都會讓全部門同事知道他的特別，即使他再資淺，他還是力排眾議的爲他升職與調薪。而每次他要感謝他的時候，他都表現出毫不在乎的樣子說：「你不用謝我，我不是沒事送禮的聖誕老公公，要謝謝你的父母給你的天份，還有你自己的努力！」

凱莉想起在大學時，系上流行學長與學妹秘密扮演沒事送個小禮物，或是慰問卡的小天使遊戲，但是他卻從來沒有收過這些東西，畢業之後工作一直很忙碌，同事之間的競爭更讓他分分秒秒緊張忙碌，除了文強、蔓蔓之外，他早已經忘記有誰眞正對他好過，更別說有什麼浪漫或者溫馨的小天使，看著Brian，凱莉突然覺得著這個男人會不會就是他的小天使，雖然Brian霸氣強勢而且要求很高，但是不經意中的體貼與細膩卻又讓人備感溫暖，好像是諜報片裡演的，看起來像壞人的，浪蕩不羈的花花公子，最後卻是在背後幫助主角的好人。在胡亂的想像中，航空公司的登機櫃台響起輕甜的播報聲：「歡迎各位旅客搭乘我們的班機前往紐約，現在即將開始登機，我們先邀請頭等艙及有小孩同行的旅客登機！」

他們坐上飛機後，空服員端上熱毛巾與果汁飲料，凱莉還沉浸在剛才的思緒裡，沒多久飛機就開始清理艙口準備離開停機坪，凱莉正剛想瞇上眼睛睡一下，Brian突然開口問：「你去過美國嗎？」

「沒有去過，頂多是到東南亞出差，或是跟過男朋友到日本與巴里島度假，他還要我到紐約時，請你帶我到紐約最時尚的餐廳與夜店見見世面，那種地方對你來說應該像是你家廚房一樣熟悉。」

凱莉直率的回答。

「看來在你跟你的黑馬王子眼中，我好像是一個專泡夜店的花花公子，」Brian停頓了一下，「我是在芝加哥唸研究所，休假的時候去過紐約無數次，以前沒有所謂的夜店，就是一些酒吧俱樂部，不過我到那種地方就是放鬆，沒有什麼豔遇，我對金髮或黑髮的洋妞都沒什麼興趣！」Brian臉上還是那副玩世不恭的態度。

「那邊應該有很多華人或亞洲女孩或留學生吧！」凱莉好奇的問。

「當然，但是漂亮的並不多，即使長的好看的常常也只是看得上洋人，台灣才是我的主力戰場！」Brian輕鬆的回答著。

「喔，所以你約會的女孩都一定要是很漂亮的，難道除了外表以外你沒有想過其他的問題嗎？比方內涵或者個性等等問題！」凱莉好奇的問。

「我對長期的感情沒興趣，更不想結婚，因此倒沒想到內涵這回事，在乎的就是漂不漂亮，出去玩開不開心。我知道公司與廣告圈的人都怎麼說我，但是能讓客戶滿意是我最大的考量，其它一點都不重要！」，Brian停頓了一下，「我就是好色，喜歡漂亮女人，別人頂多只能在背後說我閒話，但是他們只是忌妒我有能力又有女人緣！」Brian面無表情的說。

凱莉突然很佩服Brian的特立獨行，故作幽默的說：「對啊！多虧你只喜歡漂亮的女人，還好我長相很平凡，這樣至少讓公司同事相信，你一直提拔我是因為我的能力。」

Brian突然笑了起來搖搖頭說：「是誰告訴你，你長的很平凡的？你爸媽，還是你的男朋友，他們對美女的標準未免太高了吧！你不是豔麗的女人，但是你的外表算的上是兼具個性與氣質的美女！」

凱莉沒有預期到Brian會這樣的回答他，便直率的說：「跟那些你約會的美女與模特兒相比，我清楚自己長相很平凡！我媽有時候都會擔心我會變成那種沒有男人要，只好努力工作的女強人，因此看到我男朋友時，好像急著要把我推銷出去，好幾次都故意暗示他，我的終身就靠他了，好像他不收留我，我就一輩子當老處女了。」

「處女？」Brian差點噴出口裡的果汁，瞪著凱莉露出詭異的笑容？

「我只是形容啦！」凱莉臉頰爆紅的看著Brian，「我雖然不美，但是還是有男人喜歡啦！雖然經驗比不上你豐富。」

Brian忍不住笑著說：「在你心目中我可能是個沒有定性的花花公子，我想你應該是聽到許多關於我的傳言，老實說這些瑣碎的事我一直懶得理會，在背後論人長短本來就沒什麼意義，況且我的私生活也不需要別人來評斷。」，Brian輕輕晃動手中的果汁，「哪些人在我背後傳這些事，用膝蓋想也知道，就是那幾個不得志的人，或是業務部那些長的很抱歉的女人。」

凱莉不以爲是的說：「你怎麼知道，其實討論你的不是只有醜女人，當中不乏本公司幾個大美女喔！」

「大美女？所以也包括你囉！不過沒關係啦，只要你在聽完我的那些被誇大的情史時，還是把我當你的老闆，工作一樣努力，我還能要求什麼呢？」Brian帶點半開玩笑的輕鬆口吻說。

凱莉聽了臉又紅了，「我不算啦，我都只是在聽，沒有跟他們討論，而且你給我的工作量那麼大，哪有時間閒嗑牙！」

「他們到底是怎麼形容我的，是羨慕我工作能力強又豔福不淺，還是批評我換女朋友的速度比結案還快？應該是後者吧？」Brian眼神捉狹的著問凱莉。

「不要問我，我工作太忙沒時間記這些。」凱莉不好意思的閃避話題。

「很好，你不說，回公司後我就買一把鮮花放你桌上，然後當眾約你去吃晚餐，讓你享受一下被討論的機會！」Brian緊迫盯人的說。

凱莉聽了故作輕鬆的說：「別人不會討論的啦，大家都知道你只喜歡長腿美眉或是比美電影明星的美女，我完全不是這種類型，所以沒人相信你會對我有興趣的啦！」

Brian聽了笑了笑，「你這個女人真的很奇特，以前我約會過的女人有好幾個是穿新衣服或換髮型時，如果我沒有注意或稱讚他們漂亮時，他們就會心情不好；我稱讚你長的好看，你卻一直否認，你是不是受虐兒啊！難怪我每次給你的工作量再大，你都能如期完成，真是『台灣阿信』。」

聽到Brian稱讚自己，一向對自己外表不是很有信心的凱莉雖然驚訝，卻感覺到心裡甜甜的，但是還是硬著嘴巴說：「好啦，爲了感謝你的讚美，我告訴你他們其實是羨慕你，因此你就把花送給他們，約他們吃飯，特別是那幾個美女，他們不會介意自己被你追求的事被私下討論，只是你不要最後讓他們傷心到合組一個小老婆俱樂部就好了。至於我……鮮花就不用送了，我有我男朋友就很滿足。」

「所以，我其實還是被歸類爲花心的男人類型。我只是嚇嚇你的，兔子不吃窩邊草，我不會談什麼辦公室戀情，不過任何男人知道自己有一群fans當然是很得意的！」Brian看著凱莉說。

「是的！老闆，只要你開心我就開心了，我忘了告訴你，他們的討論中也包括認定你是很自戀的男人。」

「何小姐，我一點都不自戀，只是志得意滿！男人要這樣才會活得痛快，何必學老祖宗那套不値錢的謙虛修養，在廣告界要成功，靠的不是謙虛，是相信自己的腦袋，並且表現出自己的自信。」Brian一本正經的說著，講到腦袋兩個字還用手輕輕敲凱莉的頭。

這時候空服員從他們座位背後端著香檳酒出來了。「請問要香檳嗎？」一個高挑豔麗的空服員低頭問他們兩人，突然空服員與Brian都發出輕輕的驚呼聲，Brian先開口說：「小玲，好久沒見到你了，你換公司啦！」

「對啊，我轉到這裡已經快一年啦！我剛剛還沒看到你，就聽我同事說頭等裡今天坐了一個很帥、很會穿衣服的男人，原來就是你啊！」

Brian假裝往前後左右看，然後微笑說：「沒錯，應該是我吧！」

「你還是像以前一樣臭屁，這是你的女朋友嗎？」小玲大方的問著，手也沒閒著端了一杯香檳給凱莉。

「他是我同事，我們一起去紐約開會。你最近還好嗎，我前一陣子還看到我學弟呢。」Brian說。

「很好啊！工作雖然不輕，但是至少可以到處去玩。我跟你學弟早就分啦！我跟你一樣都是別人管不住的人，你應該知道的。」

「別在我同事面前洩我的底。」Brian爽朗的笑著。凱莉在一旁看著窗外的天空，啜飲著香檳，假裝沒聽到。

「我現在不跟你聊，待會兒出餐完再說吧！」小玲又繼續端著香檳到前面位置，而Brian眼睛一直看著他曲線玲瓏的背影。凱莉看在眼裡也是好羨慕，小玲穿的改良旗袍制服，襯托著他的細腰與高翹的臀部，裙子下那渾圓的臀部，不僅男人覬覦，更是女人美夢，難怪最近隔壁部門女主管會去動手術抽掉腹部脂肪，然後注射到臀部裡。

「他的身材真是好好喔！長的又漂亮，怎麼不進演藝圈？」凱莉讚嘆著。

「他以前是模特兒，差點有機會演戲，可是演藝圈許多經紀人或製作人都是要人陪吃飯，甚至上床，才會給機會，小玲不吃這一套，他說他寧可當舞小姐，賺的錢還比較多，那也只是說說的，我看他當空姐還挺開心的！」

「他以前跟你約過會嗎？」凱莉好奇的問。Brian聽了神色自落的說：「No Comments－:」Brian不說，凱莉也沒打算問，順手拿起耳機戴上，躲進了自己的世界。飛機解開空橋開始移動，機長透過麥克風先簡介了這次的飛行路徑及時間，目的地紐約的天氣概況，接著飛機在一陣晃動後起飛，凱莉看著窗外越來越遠的景色，輕輕嘆了口氣搖搖頭輕輕的說「紐約，我來了！」。

飛機爬升到一定的高度後，機長關掉了綁安全帶指示燈，機艙的燈光又亮了起來，沒多久小玲就推著菜色精緻豐盛的餐車出來了，凱莉沒什麼胃口，點了份海鮮義大利麵與一杯白酒，吃完後戴上眼罩沉沉的睡著了。半夢半醒之間聽到Brian與小玲有說有笑的輕聲聊天。

他醒來時，四週一片昏暗，只有飛機引擎平穩的運轉聲，座位前的銀幕無聲的播放飛行指示圖，小小飛機的標示正跨越太平洋上的國際換日線，算算時間剛好是台北晚間十點左右，溫暖但乾燥的空氣讓人感覺懶懶的，凱莉輕輕調動坐椅的角度讓自己坐正。周圍的旅客幾乎都睡著了，但是Brian的座位卻是空的，他站起來走向洗手間，關上門後仔細的端詳鏡中的自己，或許是前一段時間太累了眼眶看起來有些浮腫，他胡亂洗了一下臉，心想著到紐約還有好一段時間，還是再睡一下好了，下飛機前應該還有空檔可以再一次檢查開會用的資料。從洗手間出來時飛機突然震動了一下，凱莉的身體不自覺的扶著右邊的牆壁，眼角的餘光看到頭等艙最後一排座位上有對男女正在擁抱，外面座位坐的正是Brian，靠窗座位應該是小玲吧，凱莉快速的移動不敢多待一會兒，怕他們以為他在偷窺。

回到座位上，凱莉吃了半顆用來調整時差的安眠藥，然後很快的又睡著了。夢裡他又回到新娘禮車裡，只是這次撞到的車子不是Brian的Land Rover，卻是文強的BMW，夢中文?從車子裡走出來，微笑著對著他點頭，一直恭喜著他，他用力的拍打著禮車的窗戶，要文強趕快上車去禮堂，文強隔著車窗搖搖頭說他不能參加他的婚禮，因爲他也是選在今天結婚，文強轉過身去時還微笑的說：「你是我看過最聰明，最上進的女人，你值得得到你想要的成就，祝你幸福！」他穿著白紗禮服在路邊看著文強開著車子越來越遠，白手套一直揮著，卻怎麼也停不住自己的眼淚。

卷四 選擇

別為自己情緒激動或敏感感到抱歉，人活著就是要笑就笑，要哭就哭，好好珍惜你現在擁有的，不要遺憾已經失去的！

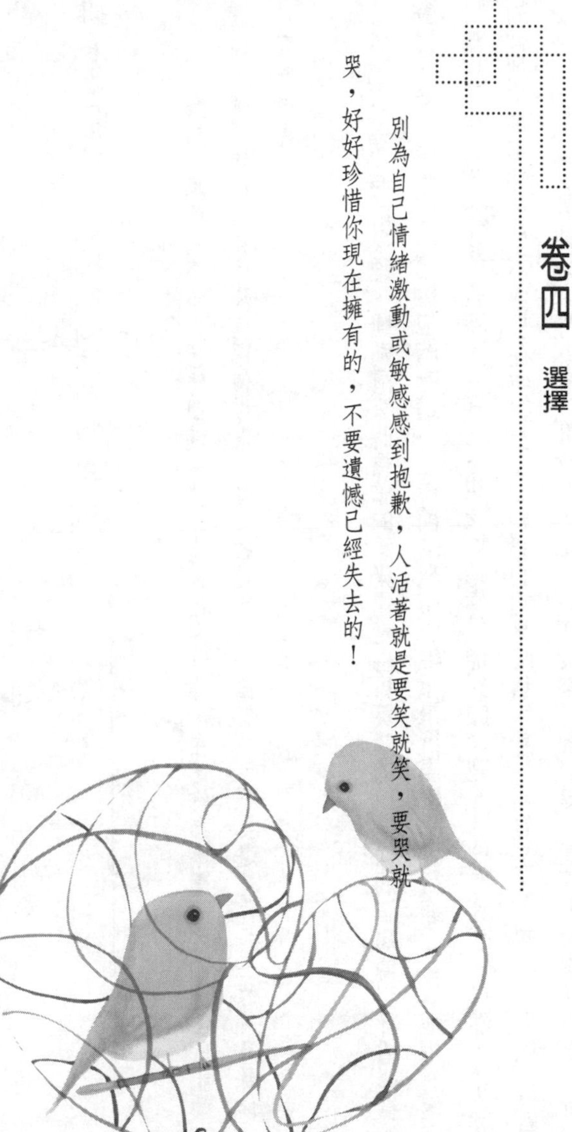

你所需要的只是給自己時間做選擇，為自己做選擇，在還沒有做選擇之前，你所能做的是誠實的面對自己及這兩個男人，重要的是珍惜你擁有的，不要遺憾你失去的，只要你真的選擇了。

經過五個小時的熟睡，凱莉醒來時機艙的燈光還是昏昏黃黃的，後面的廚房傳出杯盤碰撞的清脆聲響，空氣中漂浮著烤麵包的味道，座位前的航空圖顯示飛行高度、飛行速度、對地相對速度、機外溫度等等許許多多的資料，「等一下應該要準備供應餐點了吧！」他心裡想。顯然小玲也在準備的行列中，不然Brian不會坐在位置上安安靜靜的閉著眼睛休息，「眞是了不起，一邊調情還是不忘正事！」凱莉看著他腿上攤放著一堆資料，正是這次提案的備忘錄。他搞不清現在的正確時間，看著已經調好時差的手錶，現在是紐約時間下午兩點左右，離班機降落紐約的時間晚上六點半還有一段時間。

凱莉穿上機上準備的毛呢便鞋，繞過Brian座位前的空道，伸展一下四肢，Brian面無表情的抬起頭來看了他一眼，他四肢稍微活動一下後，開始做健身房教的Body Balance裡的動作，下腰讓腹部與大腿貼平，然後雙腿展開，腰繼續彎下去讓頭接近地板，卻完全忽略了他的長髮也跟著垂在地上，然後他起身把雙臂往後延伸在背部交握，雙臂卡緊肩胛骨把胸部完全打開，但是亂髮完全遮住他的臉，才意識到自己樣子很可笑，趕緊恢復直立的身型，把頭髮往後撥，然後就看到Brian詭異的笑容！

凱莉感覺到很尷尬，故作輕鬆的的說：「這是健身房教的Body Balance，我只是在伸展身體，我忘了把頭髮綁起來再做，這樣很像貞子吧？」

「我一輩子沒看過你這樣的女人，覺得自己不漂亮，還要想辦法把自己搞得更醜！」Brian誇張的搖搖頭。

凱莉聽了故作聳肩的說：「哀莫大於心死！反正你也看到，連我的男朋友都已經快放棄我了，他已經算是寬宏大量的完美男人了，我看我的人生最後一段紅線都要飛了！」凱莉心裡這樣想，腦海裡快速的閃過文強的臉孔，不知道他現在睡了沒有，還有沒有在生自己的氣，今天他不用再等我下班了，因該會睡的比較安穩一些了吧，一個多月來他一直覺得有愧於文強，現在距離遠了心情反而感覺比較輕鬆。

他自在的將雙手往上握著，繼續往身體左邊與右邊伸展。這時Brian冷冷的說：「接下來你要在全體乘客面前表演劈腿吧？」

「劈腿？」凱莉想到最近聽到劈腿兩個字都是在八卦雜誌上看到，專講藝人到處跟異性發生關係，就臉紅的趕快回到椅子上，也不忘記回擊Brian：「那是你比較擅長的吧！」Brian立刻意會到凱利意有所指，表情有點不自然的回擊「我比較喜歡享受異性的主動！」然後把脖子上掛的眼罩拉上來，調整座椅躺下身去，明顯的結束這場議題。

凱莉這時突然發現自己在Brian面前，已經愈來愈敢表達自己與內心的想法。兩年前他剛開始調任這個工作時，Brian是個距離遙遠難以親近的主管，他一直高高在上，除了大老闆外一般的同事都是用很敬畏的態度與他工作，還有他那充滿神秘與情慾的流言，更加重Brian複雜的色彩，當然一些同事好心的建議與提醒也讓凱莉對這個主管有著莫名的恐懼感，剛開始時他要跟他講話必須深呼吸，從一數到十，才開始走到他的位置上，心裡隨時有準備接他可能丟得老遠的報告，或者被指責工作內容不夠精準詳確。不過隨著時間的累積加上工作上的表現，Brian對自己的態度越來越輕鬆、越來越信任，特別是過去一個月跟Brian一起朝夕工作與討論，拉進彼此的距離，甚至有些他自己也不清楚的未成形創意還會私下拿來跟凱莉討論。

有一次Brian丟出好幾個想法給台灣客戶，都被認爲過度包裝產品形象，沒有辦法快速的點出這個古龍水產品的氣味特質，讓廣告沒有直接的說服力，而被客戶質疑。凱莉在兩人單獨的討論中提議在廣告情節中安排女警官辦珠寶大盜案時，聞到保險箱所在的密閉房間內留下的特殊香味，進而大膽判定那種香味散發出成熟男人的氣味，因此這個大盜一定是個三十歲上下，有品味的雅賊，才會懂得用這種獨特氣味的古龍水，於是他在幾個嫌犯中挑到眞正的珠寶大盜，一個讓女人心動、男人忌妒的美男子。

Brian聽了大爲讚賞，認爲這樣的手法大膽，不但能吸引男人注意，女人也會想買這個香水送給男友。他問他怎麼會想出來這個點子，他說很容易，因爲他有一次發現公司內許多資淺員工都在摹仿Brian穿衣服的風格，因爲許多女同事都會稱讚Brian很會穿衣服、甚至還有些女員工會找Brian穿的剪裁特殊、色彩搶眼卻不凸兀的襯衫或領帶款式送給男友。

「大部分男人穿衣服都會從摹仿有魅力的男性開始，女人則是會不斷逛街、試穿找出自己的型。」凱莉跟Brian仔細的分析自己的創意動機。Brian聽了有點得意的說：「我從來不知道這種事情，不過我會買幾件我常穿的襯衫與領帶獎勵你這個創意，讓你送男朋友，讓他回心轉意。」「喔！請不要如此自戀，文強走的是新好男人休閒運動路線，你的衣著太花花公子了！不適合他，」凱莉誇張的說著。

這個創意最後經過凱莉與Brian及其他同事腦力激盪後發展出三個可以平行，也可以連續的廣告提案，很順利地讓他們在亞洲分公司初選中進入前三名，得到這次前進紐約最後面談的機會。

凱莉想到這裡，不覺得開始期待紐約提案的最後結果，如果眞的成功了，Brian在公司大概沒有人能威脅得了他，畢竟一季十五億全亞洲廣告預算是公司年度最大的案子，完全掌握了公司的創意主導權，而自己也算是第一次參與主導巨型廣告案。從小他就希望自己能掌控自己的人生，靠自己得到自己與別人的肯定。

突然他又想到，要是眞的成功，回台灣後文強眞正的反應是什麼，「自己難道眞的要爲文強放棄事業上不斷的成就嗎？」在台灣的最後一個月裡，凱莉每次一看到文強，他的沉默都讓他心生愧疚，總覺得這次做完一定要好好陪他，但是久而久之，他也開始擔心與文強相處會變成一種壓力，

因爲文強沒有辦法分享他在工作上的成就感，所以對於他的投入也顯得無法認同，兩個人心情與生活上的步調也就越來越凌亂；現在飛到國外後，他才眞正感受到爲自己在做的事拼命，渴望成功的到來，沒有外界的壓力，是何等輕鬆又痛快的事。想到這裡，凱莉又精力旺盛的拿出自己的筆記型電腦，開始檢查所有市場調查結果的相關分析，再次確定這些分析能支援提案報告中的各個關鍵訊息，讓整個提案報告更具說服力。

「我覺得最後的結案陳述還需要多一點的數據資料，我記得上個星期調查中心給我們的資料中還有一些週邊的統計可以加入，另外你還記不記得上個月亞洲網訊行銷所作的線上調查，女性消費購買指數的統計分析、男性消費購買指數的統計分析，和兩者之間的交叉分析都可以加入這次的資料中，每一年我們都要花這麼多的錢設計這些調查議題，總要讓總公司知道這是有用的！」Brian在空服員宣佈飛機即將降落，請所有乘客收起電子器材的使用時對凱莉下的指示，收起電腦之後凱莉調整好座椅凝神注視著窗外，灰色的天空還留著一點夕陽的影子，遠遠望去地面上些微的燈光流動，機艙的燈光全部轉暗，飛機一個大的轉身紐約突然在遠方亮了起來，凱莉和起雙手爲自己、爲Brian、爲這次的提案輕輕的祈禱起來。

飛機於預定的時間內準時降落在紐約甘迺迪機場，他們快速的通過證照檢驗提領行李，到了紐約位於東五七街及麥迪遜大道的四季大飯店，已經八點多了。光是進入大廳，看到挑高大廳的壯觀華麗，凱莉就瞠目結舌的說：「公司對我們的福利可眞好，住這一個晚上可能要一、兩萬台幣。」

Brian不屑的說：「別指望財務部那些小鼻子小眼睛的財經專家，會同意我們住這種旅館，這是大老闆硬著頭皮同意的！」凱莉不敢說什麼，他記得上次和業務部門女主管吃飯時，他就說他上次到洛杉磯總公司開會，住一個財務部號稱四星級的老旅館，地方遠離市中心極不方便不說，飯店的設施非常簡陋，房門一打開就有一股發霉的氣味，床單感覺也很潮濕，勉強住了一晚，就轉到洛杉磯朋友的家中，「什麼四星級，恐怕兩星級都不到！」，看著身邊人來人往穿著入時的男男女女，凱莉覺得自己好像走進了電影的場景裡。

辦好Check in後，他們坐電梯上了九樓，兩人房間是相連的，中間有一個手動的門可以互通。他一進房門發現整個房間比他的套房還大兩倍以上，打開落地窗簾，放眼的不遠處，就是樹木蒼鬱茂密的中央公園夜景，陽台上還有一對雅緻的情人椅，往浴室方向走去，一進去他就開始忍不住開心大叫大跳，浴室有他套房一半大，大浴缸在浴室的正中間，旁邊還有透明隔間的沖澡室，浴缸旁整整齊齊的擺著一籃子的盥洗用品，繡著飯店金色標記的浴巾貼心的放在一邊，上面還放著一把淡紫色的薰衣草。滿心歡喜的凱莉立刻打開浴缸上復古的鋼管水龍頭，倒進飯店提供的沐浴香精油，唏哩花啦的水流打在晶瑩剔透的綠玉般磁缸上，激起白色綿密的泡沫，美麗又悅耳。他脫下外衣與長裙，只剩下內衣，又開始練習一些Body Balance的動作，看到水愈來愈滿，上面密布著綿細泡沫，他的心情越是興奮，爲了緩和一下長途飛行的疲累感，凱莉決定花點時間善待一下自己的身體，他飛快的跑到床邊打開箱子將攏化妝品的小袋子取出，馬上轉回浴室將門輕輕帶上，他對著鏡子先往臉上塗上護臉霜，接著貼上保濕面膜，然後雙手按摩著，心情愉悅的唱著王菲的香奈兒：「我是誰的安琪，你又是誰的模特兒，親愛的，親愛的，讓你我好好配合，讓你我慢慢選擇，你快樂我也快樂，你是模特兒，我是香奈兒，香奈兒！」

突然他聽到一個女生的聲音說：「哈囉！」凱莉嘴裡的「香奈兒，香奈兒！」都來不及哼完，匆忙的轉過頭來，有一個女人輕輕的靠在浴室的門口，他趕緊眼睛睜得再大一點地，「好像是小玲」凱莉還在想這個人怎麼這麼沒有禮貌時，突然發現Brian就站在他的身後，微笑瞇著眼睛凝視著室內，滿室蒸氣中的凱莉突然想到自己只穿著內衣，臉上還敷著橄欖色面膜，立刻直覺雙手遮住臉，反轉倒栽蔥似的直接往浴缸翻進去，濺起好大的水花，好一會兒他才坐正，讓身體全沉進水裡，遮住臉部的雙手也沒放掉的意思，祈禱兩人趕快從這個房間消失。當他放開雙手時，兩人還在笑著看他，他一股火兒的說：「你們眞是沒有禮貌，進來不敲門也就算了，還賴著不走！」

Brian不徐不緩的說：「我們房間的對門沒上鎖，我敲門敲好大聲，就直接開了門，想問你要不要一起出去吃飯，結果聽到你在唱歌，我順著歌聲找到浴室，門也是虛掩著的，我想你應該沒事就順手推開了門，沒想到你在浴室跳豔舞！你的身材還眞不錯啊！看來做那什麼Balance是眞的有用。」

凱莉聽到把赤裸的手臂伸出水面揮一揮說：「請你們趕快離開這個房間，要看豔舞請小玲小姐跳給你看，他的身材比我高挑美麗多了！」小玲聽到了笑著說：「這種死男人才不懂得欣賞女人跳豔舞舞呢，我們出去，你快洗，洗好大家一起坐車出去吃飯！」

「不用，我不想跟粗魯的男人吃飯，我後天也沒有臉跟他一起去提案了，你們自己去吃好了，我有帶泡麵，吃完我就到機場等下一班飛機回台灣！」凱莉一邊把臉上的面膜取下，一邊氣呼呼的說著，他討厭Brian還站那裡看著他出糗，更不舒服的是，這個才認識一天的女人突然變成了老闆夫人，理所當然般要帶他去吃飯。「他一定覺得他比我漂亮、身材也好很多。」凱莉心理胡思亂想一時之間轉了好多念頭。

「好吧！你慢慢洗，我們給你帶點吃的回來好了。」小玲轉身就要走。Brian卻突然故做冷漠的說：「你以為我們這次是來玩的，說走就走，明天中午就要去拜訪客戶，準備後天的提案，你不快點準備出門吃得飽一點，還要裝得像個小女孩在那裡賴皮，我就把你從浴缸拖出來，裝進皮箱送回台灣，以後你就不用進辦公室了！」

「你敢，我就告你性騷擾，你在台灣一輩子英名就毀了！」凱莉不甘示弱的回擊著。「你儘管去，我認識許多比你更利害的女人都毀不了我的英名，我只有花名在外，哪有什麼英名！」凱莉這次又認輸了，只好撇過頭軟弱的說：「好啦，你們倆快出去，門請鎖上，我洗完澡就會去找你們！」

他們出去後，凱莉心裡突然有交雜一陣莫名的喜悅與妒忌情緒，回想Brian剛才看他的眼神，絲毫沒有一絲嘲笑，假如不是他想像力太豐富，他會認為那是一種讚賞的微笑，每當他聽到一個很棒的創意時，就會眼睛瞇著微微笑著。只是心裡卻覺得，這個意外場景還多了另一個美麗女人，「那女人顯然跟Brian有非常曖昧的關係，否則不會下了飛機就直接找到飯店來。」

想到這裡，他突然懷疑自己到底是在幹什麼？難道他喜歡上Brian了嗎？「我不行，我不行，壞女孩，壞女孩。」凱莉雙手蓋在自己的臉上用力的拍了幾下。嘴裡喃喃自語的說，怎麼可以這樣，我已經有一個深愛彼此的男朋友，即使最近因爲工作的問題感覺有些距離，文強還是緊緊的守在身邊，自己怎麼可能喜歡上Brian，特別他又是一個超級花花公子，每個女人跟他在一起的下場只有兩個字——「被甩！」「我不要步上這種後塵，我不要在生活上、感情上隨時準備面對這個男人的出軌！」

他突然覺得心慌意亂的，趕緊站起來擦乾身體頭髮，嘴理不斷叨唸著：「完蛋了！完蛋了！」，裹了浴袍就往客廳，現在只有文強的甜言蜜語能救他脫離這個處境，凱莉心裡想著只要文強給他足夠的愛，他回台灣就立刻辭職。他拿了床邊茶几上的電話，照著上面指示撥電話回台灣給文強，但是沒人接，只有答錄機。他掛掉電話，人就癱坐在地上不斷揉著頭髮說：「怎麼辦？怎麼辦？我不要一輩子完蛋！」

突然，他想趕緊逃出這個飯店清醒一下，於是快速套上線衫與牛仔褲，披上一件皮外套，拿起錢包就出門了。一出飯店他在五十七大道走了一下，又閃進旁邊小巷子好像在逃難似的，走了半小時看到小街道上有一個小餐廳還開著，飢腸轆轆的他豪不猶豫的走進去，原來是一家披薩小食店，裡面七、八個桌子都坐滿人，只有小吧檯有位置，他毫不考慮的坐上吧檯，還好他英文本來就不錯，出國前還找洋女人密集惡補了一陣子，因此他很輕易跟友善的中年老闆點了一份鯷魚蘑菇披

薩，他聽到凱莉要點這一道，拇指與食指夾住碰到嘴唇，然後雙指快速的在空中分開地說：「太美味了！」這個動作惹得凱莉忍不住的笑了。

老闆特別端出了一盤義式香草橄欖，說是免費招待，凱莉便點了半瓶紅酒，等會喝到微醺坐計程車回飯店好睡覺，他心裡想著除了自己，四季飯店在哪裡大家應該都知道吧。端上紅酒的是個個子不特別高，但是長相很像伸展台上那種五官挺拔的義大利模特兒，他端上酒後就毫不客氣坐在凱莉旁邊，自我介紹說他叫喬凡尼，是老闆的兒子，今晚義務來陪他收店。

凱莉想了一下好像英文中沒有這個名子，就直接說：「我是凱莉。我想你是義大利裔美國人！」喬凡尼直接說：「那我想你是日本裔美國人了！」「不！我是美國裔日本人！」凱莉開玩笑的說。喬凡尼卻說：「喔，太可惜了，如果我想娶你，還要辦一大堆的複雜手續，乾脆我們到拉斯維加斯私奔吧！」

喬凡尼逗得凱莉忍不住大笑，他喝了一口紅酒後說：「對不起，我是開玩笑的，我是中國裔台灣人！我只來這裡出差五天！」喬凡尼聽了摸摸頭笑著說：「難怪我還在納悶，雖然很多日本女人很美麗，卻不像你那麼有幽默感！」他端起手上的紅酒說：「敬今晚本店最美麗的女人，管你是來自哪個國家！」

凱莉喝了一口手上的酒，然後說：「看你那麼熱情又會討女孩子歡心，我相信你父親一定是義大利移民了！」。

「你眞是太聰明了，但是你可能不知道義大利男人最喜歡追求落單又美麗的女人，像你這樣只是短暫路過的美麗女人，實在不該進我家的餐廳，你會讓我心碎！」喬凡尼瀟灑地回應。

聽到這樣的稱讚凱莉實在不知如何回應，喬凡尼又幫他斟了紅酒，然後端著空瓶子往廚房走去。剛剛替凱莉點菜的中年男子出現在他的身旁，他說他叫喬安范尼，是這個店的老闆，手上端了一個大披薩，大到讓凱莉笑不出來。喬安范尼熱情的招呼他，「我的兒子沒有騷擾你吧？讓我告訴你，現在年輕人你不能跟他談感情，要談感情要找我這種中年男人，最有魅力又沒有體力去追別的女人，不要上喬凡尼的當！」

凱莉還摸不清楚這位義大利歐吉桑在搞什麼把戲，喬凡尼已經拿了一瓶紅酒，當著他的面把酒開開，凱莉急忙說：「我不能再喝了！」喬凡尼說：「我請客，放輕鬆一點，一瓶七十塊美金的義大利酒才配得上你這樣的美女！」喬安范尼立刻接腔說：「我就跟你說，現在年輕男人不牢靠，他才剛跟你認識就要把你灌醉！太噁心了，太噁心了！」歐吉桑講到後面兩個字還不斷用誇張表情重複著。

凱莉雖然有點搞糊塗，但是長期跟文強與金崙品酒培養出的好酒量，讓他立刻毫不示弱的說：「別擔心，單憑這瓶酒就想把我灌醉，他可要失望了！」喬凡尼看到凱莉如此認眞，就大笑的說：「老爹，別再鬧了！讓他好好吃我們的招牌披薩吧！」歐吉桑才摸摸兒子的頭說：「兒子，你得當個好孩子！」喬凡尼立刻用手比出童子軍手誓保證，老爹才開心的走開。

「我老爹是想逗你開心，他說你進門時看起來心情很糟，我沒看到，但是我看到了你笑起來很漂亮！想多逗你笑！」喬凡尼說著。

「你跟你老爹都是這樣逗吧檯女客人嗎？」凱莉好奇的問。

「並不是，他只逗不是常客又落單的美麗東方女客人，特別是我來店裡幫忙的時候，這一切是爲了我！」喬凡尼露出溫柔卻有點感傷的微笑。「爲什麼？」凱莉聽了他的話更好奇了。

喬凡尼凝神看著凱莉說：「這是一個很長的故事，簡單來說這是一家男同志常來光顧的披薩店，我很小的時候母親死了，我父親也發現他是男同志，剛剛在門口安排座位的是他的男朋友，我叫他叔叔。至於我，很不幸的不是男同志，因此愛上一個來美國唸書的日本女人，前年也結了婚，結果去年我們才打算有小寶寶，他就出車禍過世了，一開始我除了工作，生活像行屍走肉，後來老爹看下去，硬要我下班有時間來店裡幫他忙，然後只要有漂亮的女人，特別是東方女人，就會想辦法要替我製造機會。這就是整個故事！」

凱莉聽了鼻子酸酸的：「你一定很愛你的太太！」

喬凡尼聲音瘖啞而溫柔的說：「是啊！愛到我看到每一個東方臉孔就會想到他，想他想到整個晚上都無法入眠，失眠的時候常常用手敲打著自己的心臟，我不知道是想讓自己心臟停止，或是想讓自己好好哭一頓，但是就是哭不出來。每個晚上躺在我們曾經睡在一起的床上時，腦袋裡拼命想著他，手一直想往空中抓住空氣，那可能是他曾經呼吸過的空氣！還好，現在好多了，老爹常說我

們義大利人應該是痛快生活，好好珍惜生活的人，至於在天國的愛人就讓他們好好安息吧！」

喬凡尼話還沒說完，凱莉已經熱淚盈眶了。他怕眼淚觸動喬凡尼藏在心裡深沉角落的傷痛，趕緊將臉閃到一邊拿著紅酒大口灌進喉嚨裡，卻反而嗆了一下，一直咳嗽。喬凡尼趕快地上餐巾紙說：「你還好吧！」凱莉擦了一擦嘴，趕緊說：「沒事，不好意思，我今天情緒比較敏感！」

喬凡尼突然抓起他的手說：「別爲自己情緒激動或敏感感到抱歉，人活著就是要笑就笑，要哭就哭，好好珍惜你現在擁有的，不要遺憾已經失去的！」

凱莉聽了眼淚更是止不住，喬凡尼又拿了好多張紙巾給他，他擦乾眼淚才發現周圍眞的全是一對對的男人，許多人都好奇發生什麼事了。他等情緒平靜後，把手從喬凡尼的手中抽出來，對他說：「我是一個很糟糕的女孩，我整天忙著工作，疏忽了很愛我的男朋友，然後我們每天吵架，不說話，更糟的是我今天才發現我好像喜歡上我的老闆，他是一個花花公子，專門玩弄女人感情，他現在正跟一個比我美麗十倍的女人在享受高級餐廳。到今天我才發現，我以爲我很滿足的生活，其實一團亂，最糟的是我明天與後天還要和他一起對客戶提案，這是我生涯中最大的案子，但是我現在寧可不要發生那麼多事，只要回到我跟我男朋友剛認識那種安穩平靜的日子！」

喬凡尼聽了很平靜的說：「親愛的，我可以感覺到你的不安全感。你比我幸運，你愛的人、喜歡的人都活在這個世界，而且你有一個你自己覺得很驕傲的工作，你所需要的只是給自己時間做選擇，爲自己做選擇，在還沒有做選擇之前，你所能做的是誠實的面對自己及這兩個男人，重要的是珍惜你擁有的，不要遺憾你失去的，只要你真的選擇了，你不會失去這兩個男人，只是你要選擇把他們當朋友或情人！多給自己一點時間，好嗎？」

凱莉聽了心情開始感覺平靜，他從喬凡尼眼中看到了一種對人生純粹的熱情與關注，雖然他只是個素昧平生的陌生人。「你也可以選擇他們做你的朋友，選擇我做你的情人。如果你不願意，至少介紹你說的那個比你美麗十倍的女人給我，你已經夠美了，我真迫不及待想看清楚他是如何的美？」喬凡尼看凱莉恢復平靜，又忍不住逗他了。

「他身高跟你差不多，胸部可能有我兩個大，臉長的比露茜劉（劉玉玲）還美艷，而且是飛台北美國航線的空服員。」凱莉笑著說。喬凡尼聽了眼睛一亮說，假裝很狡詐的表情說著：「聽起來雖然還是比不上你，但是我相信美女的眼光，明天你就介紹給我，我就黏著他，讓你有更多時間搞清楚你對你老闆的感覺。」

「成交！」凱莉爽朗的說。凱莉喝完那瓶紅酒，喬凡尼自願載他回飯店，一聽到是四季飯店，喬凡尼舌頭吐了一下，趕忙問凱莉從事哪個行業，凱莉爆出自己的公司與職務，喬凡尼睜大眼睛說他也從事廣告工作，而且竟然是在凱莉公司的主要競爭對手擔任助理創意總監。

喬凡尼快開到四季飯店時說：「我後悔了，我覺得以工作收入及美貌來整體衡量，我應該要選擇你，而且我也不相信有女人會比你美十倍！」凱莉笑著說：「現在後悔太晚了，明天下午一點到飯店等我，你就知道他有多美了！」

進了飯店，到了自己房間門口，凱莉發現門上掛著兩個美麗的包裝紙袋，都貼著他的名字。打開其中一個原來是個餐盒，裡面是海鮮義大利麵、兩隻大的奶油明蝦，一顆蘋果、一個看來很美味的水果蛋糕，一罐礦泉水，還有一小瓶紅酒。他滿心感動的打開另一個袋子，竟然是一套鑲白邊的黑毛呢名牌長褲套裝，旁邊還有一個便條紙，寫著：「早點休息，明天會是我們揚眉吐氣的一天！」

那晚，他又夢到了自己穿著新娘禮服坐在禮車裡，只是身上已經不是白紗，卻是大紅色禮服，而且車子已經開到了禮堂，後面一輛休旅車慢慢靠近，然後停了下來。他坐在車上就是打不開車門，他拼命的拍打著車門，禮堂內與附近車子內都沒人走出來幫他開門，於是他急哭了，這時候突然一個小男孩從前座冒了出來，但是夢中的駕駛座卻沒有司機，只有那個穿著整套西裝的小男孩。

小男孩天眞的笑著，翻過前座說：「陪我玩，我們來玩猜謎！」凱莉手還是繼續拍打著門，小男孩卻一直笑著天眞無邪的說：「你知道天上有好多好多天使？可是普通人一輩子只會碰到一個，眞的，只有一個喔，可是你會有好幾個天使！」凱莉聽了突然感覺不再害怕：「你是小天使嗎？」小男孩說：「你不會只碰到一個天使！」凱莉越聽越開心：「你是我的天使嗎？」小男孩這時候突然背後長出兩個小翅膀，笑得像春天的暖陽、夏天的微風似的說著：「我媽媽是天使，他在天上保護我，天使不一定像我那麼可愛，可是都會保護你喔！」

卷五

愛情，迷離的國度

男人渴望有魅力，女人渴望有魅力的男人。

廣告並不是一種個人的英雄主義，而是匯集所有想像與觀察的結果，最重要的是，空有創意卻無法執行的廣告，基本上是浪費時間的。

當公雞啼的鬧鐘響了起來，凱莉立刻醒了，看看週遭優雅華麗的裝潢，現在是紐約時間早上八點，他輕輕的伸展了一下身體。走進浴室，沖澡時，他開始用英文跟自己說話，介紹自己，談自己對（大顧客）新古龍水的想法，還有對於台灣與亞洲男性消費者市場的分析，演練完後，就想起提案的內容，不過那是Brian負責的部分。

洗完澡後，他走到床邊拿起了Brian昨天放在他門口的套裝，心裡想可能會不合身，沒想到除了袖子長了點，其它都還好，他看了鏡中的自己，比想像中好許多，甚至略長的袖子也讓他整體看起來專業中卻不失女性柔媚的特質。他心想，這應該是Brian請小玲幫他挑的，只是昨晚百貨公司都應該打烊了，不曉得他們從哪裡找到這件衣服的。

他穿戴整齊後，把舊公事包的東西全放進Brian送的新包包裡，又看了一下鏡子，果然很配，就開心的打了客房分機給Brian，響了幾聲Brian才接了起來，他也準備的差不多了。幾分鐘後他們就在房門口碰面，Brian看著凱莉的穿著，吹了幾聲口哨然後說：「看起來果然像紐約女人！」凱莉愉悅的說：「應該是小玲挑的吧！我得好好謝謝他，只是那麼晚了他怎麼找的到？」

Brian滿面春風得意的說：「你昨天在飛機上睡著時，我跟他說你缺一件正式的套裝，他正好在紐約有個朋友在『Saks 5th Avenue』百貨上班，飛機一到機場，他就偷偷打了電話給他，他猜你的尺寸猜得很準吧！」凱莉回著：「剛剛好！」

Brian聽了說：「很好，資料準備的怎樣？我們去吃早餐，討論一下等會拜訪顧客的事情。」

淡淡的香味從轉角的咖啡廳裡飄出，穿著整齊的服務生引領著兩個人到靠近窗戶旁的座位上，窗外微露的陽光與走動的人群，讓這個早晨更顯得活躍。不知道是不是轉換時差的關係，凱莉覺得自己胃口特別好，他看著菜單微笑想著該點些什麼，「你的心情看起來很好，昨天睡的好嗎？」Brian的聲音突然從對面傳來。「還不錯，你呢？」

「應該算好吧！」Brian伸手招呼服務生點了一杯低咖啡因咖啡及一份水果：「想吃些什麼？」

「跟你一樣好了！」，雖然因為工作的關係常常有機會兩個人一起吃飯，但在另一個國度裡完全不一樣的氣氛中，凱莉覺得有些奇異的尷尬感，「昨天的晚餐還合你的胃口嗎？」

「還不錯！」

「昨天回來的時候你不在房內我還有一點擔心，後來看到你房間的燈亮了，我才比較放心！」

「紐約的夜晚其實還蠻迷人的。」

「嗯！」服務生將兩個人點的咖啡送來，凱莉輕輕喝了一口：「幫我謝謝小玲，他真的很貼心。」

「嗯！」Brian微笑的點點頭若有所思的望向窗外。

他們兩人似乎都沒打算繼續這個話題，水果送上來之後，凱莉把計畫表與提案書拿出來，開始研擬討論今天早上與明天早上的計畫。

到了位於曼哈頓的總部，跨國企業辦公大樓的氣勢果然真的不一樣，不止裝潢氣度大方，連每個員工穿的都是專業中不失流行感，凱莉慶幸自己接受了Brian的心意。他們登上了直達頂樓的三十六樓快速電梯，凱莉還沒有把自我介紹的背完，電梯門就打開了，「差五分十點鐘，時間剛剛好。」Brian說。他們被引導到國際商業部門行銷副總辦公室時，看到日本分公司的創意總監與業務總監從辦公室出來，神色不是很輕鬆，擦身而過時感覺到他們言語中凝重的壓力。進了辦公室後，副總是個中年女人Celine，穿著整套的Prada套裝，講話速度比紐約的計程車跑得還快。他們很快從彼此的介紹，以及Brian與凱莉報告彼此的資歷，跳到亞洲精品市場的廣告與行銷現況。

凱莉注意到每當Brian一講話時的手勢與熱力四射的表情，Celine就帶著非常細微的微笑，但是當凱莉開始表達自己對亞洲市場與歐美市場的差異時，自己很緊張，拼命想找出最適當的遣詞用字表達某一個想法時，Celine就會給予另一個關注的微笑，並且問凱莉為什麼會如此想，或是做如此大膽的假設。

他甚至問凱莉男性香水品牌多年來，幾乎都一成不變的想吸引女性買古龍水送男生，卻沒有成功過，爲什麼凱莉還認爲這種作法會有效，凱莉很直率的說，因爲女人對男人魅力的著迷多年來也是一成不變，不一樣的是，廠商不該是影響女性，讓他們覺得男人需要這個東西，而是要使他們相

信，他們的男人如果噴這個香水，會產生一種讓他們著迷的魅力。這跟許多OL女人偷偷看言情小說，有異曲同工之妙，都是女人對男人魅力期望產生的自我幻想與投射。

看到凱莉與Celine你來我往的討論一些市場性的東西，Brian顯得泰若自如，甚至有點驕傲，很明顯的他花了兩年訓練凱莉獲得了這個跨國公司副總的注意。提案的會前會中Brian與凱莉兩人不同的特性產生了極佳的互補效果，Brian勾勒畫面與理想，凱莉懂得說故事。一個小時的會談很快就結束了，Celine的男秘書通知新加坡分公司代表來了，Celine吩咐請他們再等一下。

然後轉過身去直接問Brian說台灣比起日本、新加坡、香港，甚至曼谷分公司都缺乏主導國際性廣告的經驗，如何讓總公司相信這樣的團隊是可以信任的，畢竟這是一個很大而且具有影響力的廣告案。Brian很精明的說他的團隊在過去幾年的績效絕對不比上述地區的分公司差，他一邊說著一邊拿出免稅機場買到的商品，以及他不知在哪裡撕下來的海報，他說他不知道這現場促銷廣告與包裝先前是哪個國家分公司做的，接著又拿出該古龍水競爭品牌的類似促銷廣告與商品，他認爲明顯後者優於前者，並且把原因與理由作很有調理的分析。接著他又拿出半年前，他爲另一家高級女性護膚商品做的案子與促銷包裝，說這是他的案子，他相信具有兩者的優點，卻減少了最少的問題。他一舉一動的神采，還有魔術師般不斷從一個公事包抽出那麼多東西，都讓Celine看得眼花撩亂，不住的微笑。

然後凱莉接著說，姑且不論這個團隊是否有很多執行跨國大案子的經驗，但是他相信從消費者喜好與購買行爲上，雖然各國都略有不同，但是本質上男人渴望有魅力，而女人渴望有魅力的男人，是適用於所有人種的。凱莉甚至以Celine爲例，「就像你今天穿的是簡約的套裝，表現非常專業而精明，但是卻噴了一些玫瑰花調性的香水，爲你添加了許多女性柔媚的特質，雖然那好像不是貴公司的產品。」Celine愉快的淺淺笑著，凱莉繼續表示，只要Celine給他們機會，他可以證明他與Brian絕對是最能了解消費者，也有能力利用廣告的創意刺激男人與女人的購買慾望。

Celine聽了，對Brian說他是一個很幸運的主管，能擁有一個觀察細微想像力出色的創意人員，他認爲廣告並不是一種個人的英雄主義，而是匯集所有想像與觀察的結果，最重要的是，空有創意卻無法執行的廣告，基本上是浪費時間的，他相信一個廣告的成功有很多因素，而今天他在這個會議桌上似乎嗅到了成功的氣味，他覺得Brian毫無疑問的，很能完全掌握廣告誇張的渲染力，但好像少了一點圓融的溫暖，而凱莉無疑補足了這一個缺口，用很寬容的心來觀察與體會普羅大眾的需求，而這種特質在誇大浮華的廣告界中似乎愈來愈缺乏了。

凱莉與Brian走出了客戶的辦公大樓，兩人雖然都知道他們征服了這個客戶的心，但是卻相對無言。過了好一會兒，凱莉才說：「看來你很在乎Celine最後的那番話！」Brian說：「倒不是，英雄主義或誇大浮華對我而言並沒有殺傷力，但是我不覺得他在第一次會談，就有權利對我下這種判斷。」

凱莉說：「往好處想，他也認爲你是個出色的主管，你自己不是也說過類似的話！可能他的工

作面對的男性，有很多都是這樣的想法很多但缺乏執行力的人，因此對有魅力的男人有些偏見吧！」

Brian聽了顯然覺得舒服許多的說：「你最後的話到底是稱讚我有魅力，還是罵我花心？」凱莉反應快速的說：「別忘了我的特性是用很寬容的心來觀察與體會對方的各種需求。」Brian聽了莞爾一下的說：「你最好是。」

快十二點多了，Brian說去好好吃個飯，慶祝一下第一關的成果，凱莉說他要回飯店了等人。

「等人？我並不知道你紐約有朋友。」Brian很好奇的看著凱莉。

「其實也不算是朋友，只是昨天晚上我出去閒逛時認識的一個有趣的人。」「有趣？我很少聽到你用這個字眼，看來這個人一定很特別。」

「不要用你習慣的思考邏輯來看每件事情，你的眼光讓我感覺自己好像做了一件很奇怪的事情。」

「你想得太多了，我只是好奇以你的個性應該不會這樣輕易的就把陌生人當朋友的。」Brian顯然對這個話題很感興趣，原本要按電梯的手也停了下來。

「我不知道現在的老闆管得這麼多，連員工交朋友都要過問！」凱莉有點懊惱的別過頭去讓身後的人上電梯，轉身走到飯店中庭的沙發上坐了下來，打開資料袋整理，不打算繼續這個話題，Brian一派輕鬆的也跟著坐了下來，翻閱著其它客人留下來的紐約旅遊資訊介紹DM。

「抱歉，我不是要介入你的私人領域，只不過我覺得自己有一些責任要承擔，尤其對於像你這麼重要的同事，紐約是一個光怪路離的城市，充滿了許多的危險，所以人跟人之間都是保持著一定的距離，當然我相信你，不過我希望能夠確定你的安全。」

凱莉很訝異的聽到這樣溫和的語調，抬起頭來迎向Brian誠懇柔和的眼光，「謝謝你，這樣的說法我接受！」將攤在腿上的資料整齊的收好，凱莉坐直了身體將昨天晚上發生的每一個細節都清清楚楚的告訴Brian，其中還特別強調了喬凡尼的工作及他自己的感覺。

「看來你有一個很精采的奇遇，有機會我也想認識一下這個有趣的人，或許可以從他的身上打聽到一些很實用的資料。」

「你好現實怎麼這麼快就聯想到這樣的事情。」凱莉將資料放入提帶中。

「有機會的話我會安排，不過我也要先詢問一下人家是不是也有這樣的意願。」

「怎麼讓我感覺這個陌生人的重要性還在我之上，現在我對這個人眞的越來越感興趣了。」

Brian笑著說：「走吧！到我那裡去聊一下，順便討論明天的提案，我昨天晚上想到幾個還不錯的點子，也許可以加強提案的說服力。」

回到房間的走廊，凱莉看到請勿打擾的牌子還掛在Brian的房門上，Brian輕輕按了一下門鈴，喀答一聲房門打開了，小玲穿著一件雪白的大襯衫與灰色的棉質運動褲站在門口。

「回來啦，一切還順利嗎？」Brian一邊往裡面走一邊說：「一切都很順利，你睡的還好嗎？」

凱莉突然覺得很尷尬不知道是該往裡面走還是要退出。

「沒關係，剛剛我已經請人整理過了，房間很整齊的。」小玲好像看出凱莉的不自在笑著說！

「我覺得有點累了，讓我先回房間換衣服好了，對了謝謝你小玲，你選的衣服非常適合我，如果有時間我還想請你帶我去買一些衣服好嗎？」

「沒問題，我還擔心你不喜歡呢！」

「那我先回去了，等一下還有朋友來找我！」

Brian突然出現在小玲的身後說：「也好！今天時間還很多，晚一點再討論明天的細節。對了，不要忘記介紹喬里尼給我認識。」

「有機會的話，」凱莉轉過身去，「他是喬凡尼不是喬里尼，晚一點見！」語氣有一些冷漠的說。

回到房間，凱莉將自己摔進柔軟的大床上，雖然早上的會議讓他心裡還殘留著一些緊張的感覺，不過小玲的如影隨形讓他更是備感壓力

「討厭！怎麼憑空多出一個老闆娘？」凱莉自己對自己說。

與喬凡尼相約在一點，凱莉刻意提早十五分鐘到大廳，一方面想詢問一下櫃檯有沒有紐約市的當天旅遊團，好安排空檔的時候出去走走，另一方面也想趁這個短短的時間到飯店旁邊的小店買幾張漂亮的明信片，寫一些對紐約的感言給文強，雖然手機連絡很方便，但用寫信的方式還是感覺很

浪漫，想到這裡凱莉突然感覺到有點難過，「文強怎麼都沒有打電話來，這段時間眞的很對不起他，回去我一定要多陪陪他，還有那個蔓蔓也眞是的，出了那麼大的事情也不連絡一下眞的很讓人擔心！」，走出電梯心裡還在胡思亂想，就看到喬凡尼已經站在櫃檯正在打電話，凱莉走到他的身旁聽到他說「好，我會在樓下等你們。」他輕輕拍了拍喬凡尼的肩膀，「噢！你已經下來了，我剛剛打電話到你的房間裡沒有人接聽，所以總機幫我轉到你朋友的房間，你朋友說他會去看一下，並很熱情的約我一起吃午飯，我想你應該不會反對所以就答應了。」

過不久Brian和小玲一起出現，凱莉介紹大家互相認識了一下，喬凡尼提議附近有一家還不錯的希臘小館，有很多特殊的冷點，在紐約的雅痞族中還小有名氣，Brian覺得不錯，小玲也說這家店眞的頗具特色，凱莉沒有表示意見，就在喬凡尼的帶領下出發。

或許是眞的累了，用餐中凱莉很靜默的用著自己點的沙拉，Brian與喬凡尼熱切的挑論著廣告業界的話題，並且交換彼此的觀察，從單一的產品到無國界創意設計，完全忘了身邊的女伴，「這個人好有趣，絲毫沒有紐約人的冷漠氣息。」

小玲軟軟的靠在凱莉的身邊「或許他會是一個好朋友！」

「我對他認識也不深，或許你應該自己跟他聊一聊。」凱莉面無表情的回答。「嗯！有些事情眞的要自己去接近比較容易了解。」小玲看著喬凡尼微笑著說。

回到飯店已經接近三點半，由於喬凡尼四點鐘還有一個會議，所以就先行離開，臨走前他與

Brian約好晚上再接續沒有聊完的話題，八點鐘會來飯店接他們等等。

凱莉回房間沒多久Brian就來到他的房間，兩個人針對明天的提案做了更仔細的推演，最後決定由凱莉先講述整個廣告的創意發展及構思企圖，Brian在中間報告各市場的現況分析、消費習性及廣告行銷策略的方向，最後再由凱莉彙整總結。

「這樣好像有點奇怪，程序應該是倒過來才對。」凱莉對這個狀況有一點疑惑。

「事情沒有什麼好疑惑的，就這樣決定了，你的能力足以搞定這個案子。」Brian看著凱莉很溫和的說：「我挑的人絕對有他獨特的能力，現在就看這個人願不願意相信自己！」

電話鈴突然響起，凱莉接起電話講了兩句就掛上，「小玲打來的，他說現在七點多了，你應該要回去準備一下晚上的約會。」

「那就等一下見了。」Brian拍拍凱莉的肩膀……

「不要緊張，讓自己放輕鬆下來，很多事情越冷靜就越清晰。慌亂不能解決問題，只會讓你更害怕。」

喬凡尼真的非常的守時，準時八點就出現在大廳中等待，凱莉因爲心裡有事無心打扮也早早到了大廳，反倒是小玲與Brian遲到了十五分鐘，穿著淡紫色及膝小禮服的小玲，看得出來是經過一番打扮，臉上的彩妝柔和秀麗，眉型刻意的勾勒往上，頭髮向上梳高、向後盤起，更顯得臉型的清麗，小巧的鑽石耳環搭配心型的胸飾，手上掛著一個白色的披肩，最特別的是他穿著一雙同樣淡紫

色的繡花鞋，上面的亮片配合著小玲的移動而閃亮得相當動人，同樣穿著相當輕簡的Brian笑著對等待中的喬凡尼抱歉。

「他說不能辜負了紐約的迷人夜晚，所以花了一點時間準備。」

「爲美麗等待多久都値得，」喬凡尼略爲欠身對著小玲說。

「今天的紐約夜會因爲你而更美！」

到達餐廳時老爹早已經準備好一瓶上好的紅酒，喬凡尼開心的到廚房裡搬出了許多義大利的家鄉口味。

「這些東西不見得適合美國人的口味，但我想小姐們會喜歡。」餐廳裡濃郁的氣味一如昨日，凱莉卻有一點恍惚的感覺，喬凡尼與Brian繼續著中午的話題，小玲帶著淡淡的笑容應合著，只有他像個局外人一樣安安靜靜的坐在這裡。

「你在想什麼？」Brian用腳輕輕的觸碰了一下凱莉……

「沒什麼，只是對明天的提案有一點擔心吧！」

「如果你覺得眞的有困擾，那還是由我來主導好了。」

「不，對我來說這是一個很好的機會，我並不想錯過，只不過我需要你的協助。」凱莉低聲的說。

「我一定會在你身邊的，」Brian伸手拿了一塊熱熱的披薩放在凱莉的盤中，順勢貼近他的耳

朵：「相信我，我一直都在！」

「嘿！講悄悄話，這樣是不禮貌的。」喬凡尼微笑著皺著眉頭。

「我是不是錯過了些什麼？」

「沒有，凱莉只不過是爲了明天的提案有點疑慮，」Brian輕輕舉起酒杯：「敬凱莉，祝他明天一切順利！」

「沒問題的，雖然我沒有和你一起工作過，但聽到Brian對你的稱讚我相信你一定很棒。」小玲搖晃著杯子！

「敬這個美麗的夜晚，明天將會更美好。」

「Celine在紐約的廣告界是嚴謹出名的，他對於任何的廣告案要求都非常的精細，如果你不能在第一時間裡說服他，這個案子恐怕就會很難過關，不過今天你們能這麼快就獲得提案的安排，應該就沒有太大的問題。不！我應該說Celine絕對有他的把握！」喬凡尼正色說：「你們現在唯一能做的就是堅持自己的想法、相信自己的想法，不要閃爍也不能閃爍，Celine喜歡有主見的人！」

「謝謝你們，明天一定會很圓滿的。」凱莉喝了一口酒，感覺自己越來越篤定。

回到飯店將近十一點，小玲與喬凡尼聊得太開心所以想到附近的公園裡走一走，Brian說他累了就與凱莉先上樓，回到房間兩個人又短暫的交換了一下想法，將企劃案快速的瀏覽了一遍就各自休息，剛過十二點凱莉準備上床的時候，有人輕輕敲著房門，小玲委婉的表示希望今天晚上可以睡在這裡，凱莉沒有拒絕，小玲很開心的衝進來快速的盥洗了一下就躺在凱莉的身邊。

「Brian已經睡了嗎？」

「好像是！」小玲很含混的回答。

兩個人靜默了一下，小玲翻過身來對著凱莉：「我覺得他是一個很特別的男人，個性很幽默、想法也很開放。」

「Brian?!」

「不，我說的是喬凡尼！」凱莉翻過身來張大眼睛說：「喬凡尼！」

「你不覺得嗎？」小玲側著頭看著凱莉：「雖然今天第一次遇見他，可是我覺得好像跟他之間沒有距離！他說的每句話我都了解，我說的每句話他也都很感興趣，感覺好特別唷！」

「你一定在偷偷笑我對不對？」

「沒有，我只是覺得好像太快了一點。」凱莉挪動了一下身體。

「Brian知道了嗎？」

「Brian？我沒想到這個問題！」

「我還以為你是他的女朋友……」

「女朋友？也許是吧！不過那已經是很久以前的事了，現在我們只不過是比較好的朋友！」

「可是……」

「事情並不像你想的那樣，我和他之間有一些特殊的默契和界限，他跨不過來我也走不過去，幾年來我們都在原地打轉。」

小玲與Brian認識了好多年，剛開始的時候兩個人也密切交往過，只不過小玲經常需要飛行，Brian又是工作狂，一但投入工作就沒日沒夜的，兩個人一個月見面的次數少的可憐，再加上他花心的傳言不斷，久而久之感覺也就淡了，雖然沒有提過分手也沒有繼續在一起，但慢慢地也就發展成現在這個樣子。

「他是一個很特別的男人。」

「喬凡尼？」

「Brian！」

「他是一個意志很堅強的人，好面子又不肯服輸，其實我算是蠻了解他的，自從變成這樣奇妙的關係以後他在我面前更鬆軟了，也會說一些心事，雖然我知道他還是有所保留，不過讓我覺得他比較有血有肉，不會輕飄飄的讓人猜不透也看不清。」

「你們現在真的只是朋友嗎？可是看起來還是很親密啊？」

「哪些是假象；哪些是實情，只有我和Brian最清楚，不過我覺得Brian跟你之間有些特別，其實我才該問你，你們之間的關係呢？」

「別鬧了，我已經有一個論及婚嫁的男友，這次提案完成後，就要開始準備結婚的事，Brian和

我之間只有公事沒有私事，你想太多了。」

「或許眞的想太多了，我只是覺得Brian變的不太一樣，比較和善，沒有那麼大的距離感了，我直覺是因爲你的關係，雖然你們之間或許單純，但我敢說Brian對你是很在意的，他這兩天常常不經意的提到你，聽得我都有點不高興！」

「我們不要再說這些了，我不想去猜測他的意圖，我只想扮演好自己的角色。」凱莉將薄毯拉到胸前：「喬凡尼很喜歡你，剛剛我注意到他的眼神好有魅力，尤其在面對你的時候！」

「眞的！」小玲往凱莉的身邊靠近。

「他太善解人意了，好到讓我覺得很像是假的，其實我的感情經歷也不少，但是他讓我有一種全新的感覺。」

「每個人都看得出來，尤其是那雙繡花鞋。」凱莉笑著說：「眞的是太刻意了！」

「喜歡就去做一向是我的哲學，人生這麼短何必要遮遮掩掩的，找到自己喜歡的最重要！好了，不說了，明天你還有一場硬仗，不要太累了。」

小玲翻過身去關掉了檯燈，靜靜的夜裡凱莉看著天花板久久不能入睡。

「Brian常常不經意的提到我，這是什麼意思呢？」

卷八　我的男朋友與我最好的朋友

好強的凱莉不想讓同事知道他的南瓜王子甩了他，便推託說要去顧客那裡拿一些樣品與陳列道具。

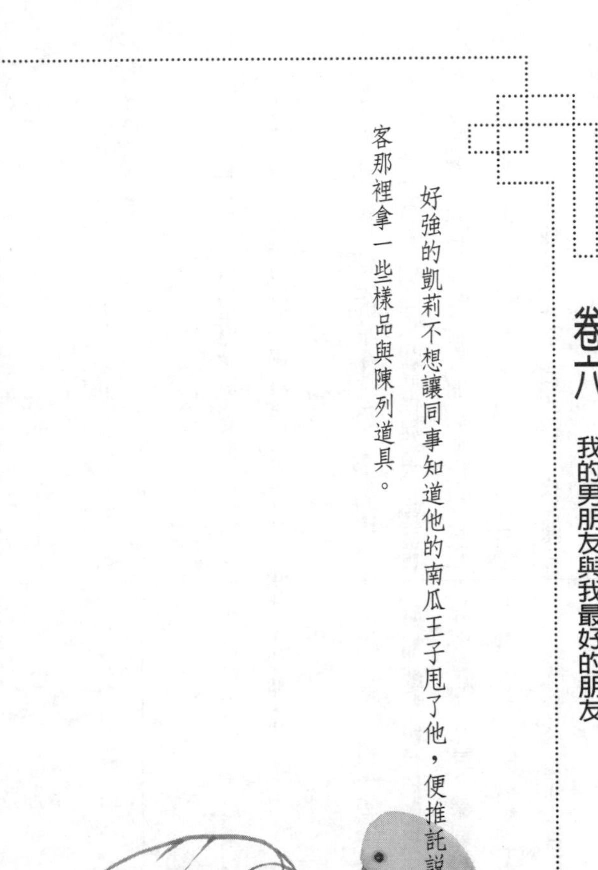

凱莉努力擠出微笑看著文強，兩人距離幾十公尺，走起來卻像好幾公里般漫長，他感覺眼淚已經快飆上眼眶，用力咬了一下嘴唇，繼續微笑著。

果然就如喬凡尼的猜測，第二天的提案非常順利，不到一個半小時就結束，雙方沒有任何激烈的攻防，雖然Celine在席間曾經提出一些疑問，但都被凱莉一一化解，最後曉航爲這次提案作了一個完美的注解，煽動性的語言加上優雅的姿態，讓與會的人留下深刻的印象，凱莉雖然完全參與建構這個創意案，但同樣懾服於這個男人的魅力之下，情不自盡的拍起手來。

「很精采、很有創意、很完整，我很滿意。」離開會議室前Celine特別與曉航和凱莉握手並且恭喜他們。

「我想總公司會很快的將這個案子作出一個結論，你們的表現讓我對台灣的廣告環境深具信心，有機會的話我也想去那裡看看！」

「沒有問題，如果你到台北我們會全力的招待你。」曉航親切的回應。

「這聽起來好像一種賄賂，不過我接受！」Celine轉身面對凱莉……

「我喜歡有個性的東方女性，如果有機會你應該到紐約來發展。」曉航誇張的抓著凱莉的手對著Celine說：「他對我很重要，你休想把他搶走。」

「他是一個很壞但很有吸引人的男人，你千萬要小心他！」Celine送他們離去前對著凱莉笑著說。

走出總公司，凱莉簡直不敢相信事情就這樣完成了，情不自禁拉著曉航在曼哈頓的街頭上興奮快步的走，嘰嘰喳喳的像隻快樂的小鳥，曉航摟著他的肩膀開心的應合，這些日子的疲累感通通拋到九霄雲外去了。

接下來的幾天，凱莉、曉航、小玲、喬凡尼像四個連體嬰，他們穿梭在紐約市的各地方，吃東西、看東西、買東西，每一天都玩到深夜才肯休息，小玲與喬凡尼更是誇張，完全陷入熱戀的情網中，旁顧無人的熱吻擁抱，有時都會讓凱莉害羞的不知道該怎麼辦，曉航倒是老神在在，微笑的看著他們，彷彿變成祝福小玲快樂的兄長。

文強還是沒有打電話來，雖然凱莉留了幾次言但都等不到他的回應。

「也許他正在忙吧！回去該我好好的指責他一下！」

說不出來是心虛，還是爲前一段時間的忙碌做補償，到紐約最大的梅西百貨逛街時凱莉還特意的爲文強挑選了一件咖啡色的皮大衣，雖然刷卡時有一點猶豫，但想到文強可能開心的樣子，他還是鐵了心的買下，結帳的時候曉航翻動了一下價目卡輕輕吹了一下口哨。

「如果以價錢來換算，你是眞的很愛他。」凱莉看了他一眼說：「我從來不懷疑。」

回台北的前一天，凱莉坐在房間裡整理行李，正在煩惱該怎麼樣把衣服放入小小的行李箱時，

手機突然響了，心裡想可能是文強，接通後聽到他的聲音高興的說：「你怎麼都沒有打電話過來，我好擔心你，最近是不是很忙，你那裡一切都還好嗎？……」凱莉急急忙忙的說話，讓電話那邊一點都沒有插嘴的餘地，等了一下，凱莉總算喘了一口氣，電話那頭的文強才有機會說話：「你還好嗎？我聽到電話留言知道你們已經拿到這個案子，恭喜你！前一段時間的忙碌總算有代價了。」

「文強，謝謝你的體諒，我會遵守我的承諾，回台北以後我會盡快的向公司申請職務調整，絕對會把所有的時間都留給你。」

「另外家裡有些東西要好好整理，我都想好了，一到台北我就把小套房退掉，搬到你那裡去，眞的，我們應該好好計畫一下未來了。」

「凱莉、凱莉你聽我說，」文強在電話的那頭急切的說：「你離開這一個星期有很多的事發生，我一直不敢打電話給你，因爲你不會希望聽到這些的。」

凱莉熱切的情緒突然冷靜下來。

「因爲你明天就要回來了，無論如何我一定要先把事情的原委告訴你，也希望取得你的諒解。」

「文強你不是在逗我的吧！你該不是學蔓蔓一樣假裝在嚇我。」

文強說：「電話有點不清楚，你等一下，我打到飯店給你。」掛掉電話之後凱莉愣在那裡眼淚突然掉了下來，他知道以文強的個性不會開這種玩笑，除非是眞的有什麼事情正在發生……

電話鈴響了凱莉急切的拿起電話：「文強到底發生了什麼事，你不要這樣嚇我！」

「你在哭？發生了什麼事，需要我過來嗎？」是曉航的聲音：「我剛剛發現你的電腦還留在我這裡，我想拿給你，聽你的聲音好像不太好？」

「抱歉，曉航我正在等一個很重要的電話，電腦先留在你那裡，等一下再說好嗎！我要掛斷了，抱歉。」

剛剛掛上電話鈴聲再度想起，凱莉深吸一口氣拿起電話。

「凱莉是我！」

「蔓蔓，蔓蔓……我一直打電話給你，你去哪裡了，文強剛剛打電話來說的迷迷糊糊的，我不知道發生什麼事情，你幫我聯絡一下好嗎？我現在心情很亂，文強說要打電話給我，可是還沒有打來，你是我最好的朋友幫幫我，我現在眞的不知道該怎麼辦！」凱莉對著電話沒有章法的說著話，眼淚一顆接著一顆掉下來，電話的那頭蔓蔓也放聲哭了起來：「凱莉！我對不起你，我眞的很對不起你，我現在跟文強在一起，他就我身邊！」

「凱莉你聽我說，」文強在電話的那一端語氣非常的急促：「你不要怪蔓蔓，一切的問題都由我承擔，如果有錯，錯都在我！」

「蔓蔓現在跟我在一起，這個星期我們倆想了很久，也做了一些決定，雖然對於你和金崙很殘忍，我也不知道如何彌補你，但是我跟蔓蔓無法欺騙你，我們遲早是要面對你的！」

「我聽不懂，蔓蔓、你……」

「凱莉我很抱歉，這一兩個月發生太多的事，我跟你的關係已經無法再繼續，我知道聽起來像藉口，但是我想我們兩個不適合，而我也情不自禁地愛上蔓蔓了！」

電話的這一頭凱莉像崩了堤的跌坐在地上，全身顫抖的拿著電話卻怎麼也擠不出一個字，靜默了幾分鐘後對著文強說：「讓我想一想。」接著就掛斷了電話。

過了不知道多久，房門被緩緩打開了，曉航的臉透了進來：「凱莉、凱莉，剛剛我敲了好久的門都沒有人應門，所以找服務人員打開你的房門。」曉航回過身去塞了一點小費給服務員隨手將房門帶上。

凱莉坐在地上看著他不言不語，只是眼淚一直掉個不停，曉航緩緩的坐在他的身旁「到底發生什麼事情？」雙手輕輕扶著凱莉，語氣溫柔而和緩的說：「你不說也不能解決任何問題。」溫和的語氣讓凱莉好像找到了浮木，搭在曉航的肩膀上哭了好一會，情緒才慢慢的緩和下來：「是文強，他剛剛告訴我他決定與我最好的朋友在一起，他要離開我了！他要離開我了！」

凱莉斷斷續續的說：「我該怎麼辦，我該怎麼辦？」曉航拍著他的背，堅實的背膀讓凱莉有種心安的感覺，他抱得更緊更用力，彷彿這樣文強就不會飛掉，窗外的紐約街頭車水馬龍，窗內的世界卻異常的寧靜，凱莉在曉航的擁抱中不知不覺的睡著了。

回台灣第一天上班，凱莉接受了許多同事與大客戶的祝賀，雖然已經在家裡休息了兩天，生理

時差也已恢復，但是心情還是沒有調整好，特別是他將如何面對文強與蔓蔓？有時候凱莉恨他們背叛了自己，可是有時候又心軟豁達，他知道在精神上與生活上早已與文強愈來愈疏離，既然一個是他最好的朋友，一個是他深愛過的男人，他應該祝福兩人的新戀情，但爲什麼是這個時候，當他肯定自己並決心要好好的安定下來的時候……思緒就這樣百轉千折的擺盪著。

下午總經理撥進凱莉的分機，請他去他的辦公室談一下前往美國出差的事情。他掛了電話後，就撥了曉航的分機低聲的告訴他這件事。曉航聽了語氣很不好的說：「這個人又想要幹什麼？當初不相信我們有能力打敗其他分公司，現在又這麼積極的想要參與！」

凱莉也很不喜歡陳總經理，他跟曉航可以算是公司裡的兩大山頭，職位上雖然曉航比較低階，但是在工作上，曉航的能力卻是受到總公司的肯定，所以兩個人表面上是合作的姿態，私底下卻彼此競爭，但這不是他討厭賽門（Simon，總經理）的原因，公司的人都知道賽門是那種好大喜功又愛耍權謀的人，除了他的親信之外，他都一概不接近也不信任公司的其他人。特別是一年多前，曉航覺得凱莉組織力強，工作也很認眞，更重要的是常有逆向思考的創意，因此把他從秘書調任爲創意人員時，賽門就有意無意的從中攔阻，其實單就公司的人事架構，這兩個工作都屬於創意部分，內部的調度與公司管理制度沒有牴觸，賽門應該是無權過問。

但是賽門在看到這個新的人事安排後，就跟曉航說：「公司對外招募創意人員，也至少要兩年的經驗才能晉升，何凱莉才來半年，沒什麼經驗就調整爲創意人員，我可以了解你一向很大膽、很有自己的想法，但我不了解的是，還有很多職位可以調啊？爲什麼要公司冒這種新人不適任的風險？是不是因爲他的長相不符合你任用秘書的標準！」

凱莉在一旁整理文件時剛好聽到他們倆的對話，本來還很高興自己被賞識，結果竟然是因爲自己長相不符合花花公子主管對秘書的要求，氣到很想等賽門一走就提辭呈，幸好曉航回答：「賽門，你的秘書莉塔不要說是在我們公司，在廣告界都是排在前三名的美女，當你秘書剛剛好。至於凱莉，我倒不覺得不美，只是他的創意潛力在廣告界絕對排得上前三名，當秘書太大才小用。」

如今經過一年多，即使許多客戶都稱讚凱莉的表現與拼勁，但是賽門對他卻一直保持著遙遠的距離，看到凱莉有時還會叫錯名字。一個多月前，曉航決定參與全亞洲分公司比稿，並將凱莉調任爲專案創意，全力主導這個跨國行銷提案的主要夥伴時，凱莉原本手上的工作自然就得轉交給其他幾個資深的創意人員分擔，其中一、兩個跟賽門比較熟絡的，私下就跟他抱怨凱莉的升遷與不合理的分配，賽門就把曉航找去，告訴他不論有沒有比稿，客戶在台灣的廣告業務也會交給營業部門，創意部門不要浪費有限的人力與時間去比稿，如果做出來的成績不理想還會淪爲業界的笑柄，他甚至威脅不提供紐約機票與住宿費用。曉航聽了自然很不開心，幸好他非常受到客戶在台灣的總經理——薇薇安黃的喜歡，在薇薇安黃力挺與堅持之下，賽門才很不甘心的罷手不再干涉這件事情。

如今曉航拿下了大案子，賽門竟然沒有先找他，反而是直接找凱莉，不但曉航很感冒，凱莉也覺得賽門莫名其妙，不知道他葫蘆裡賣什麼膏藥。

他到了賽門辦公室，賽門看到他表現得很熱絡。先是感謝他這次優異的表現爲公司爭取到這樣龐大的業績進帳，公司應該要好好表揚一下，凱莉則回應說這次的好成績都是曉航的主導與策略成功，他才應該受到公司的獎勵等等。客套話沒說多久，賽門就開門見山的說有一個新任務要交給他。既然跨國的大案子已經拍板定案就交由曉航繼續主導發展，也因爲紐約行的出色表現公司對他另有重用，目前公司已經確定要爲一個大型汽車客戶特別成立一個團隊，大客戶指定要賽門兼任團隊的專案總監，他希望凱莉能轉到這個部門協助創意這個部分，只要他願意，職位將升爲專案創意指導，等於是比曉航給他現在的位置還高一級，薪水更是調升將近一倍。

凱莉聽了只能淡淡的陪著微笑，心裡卻更加看不起賽門，幾個禮拜前還會把他名字叫錯的人，現在只爲了跟曉航在公司裡競爭，就要挖他去。這無疑是一石兩鳥之計，以賽門爭功諉過的個性，若是把專案團隊做起來，功勞當然都歸他，而且又能打擊曉航的勢力，但是如果做不起來，就可以把他推成替死鬼，愛將沒有實力曉航當然也得跟著沒面子。

凱莉微笑著說：「總經理！」他還沒說完，賽門立刻說：「公司內都叫我賽門，特別是我們兩個共事後，你更應該叫我的英文名字！」

「總經理，謝謝你的賞識，可是我實在升得太快了，快到超乎我的能力範圍，我想我還需要一些時間學習，現在還不是一個好的時機！況且公司比我資歷深、能力強的專案創意很多，總經理應該優先考慮他們，我還有待磨練。」凱莉態度謙和但意思堅決的快速回應，他不想在這個議題上給賽門任何接續的機會。

賽門笑著說：「客戶已經跟我說他們總公司的高階主管非常賞識你，你應該對自己有信心，不需要那麼謙虛。尤其你在美國的表現讓很多的廣告主都對你特別的感興趣。」

「總經理你過獎了。」凱莉不急不徐的看著賽門。

「其實這次美國提案，幾乎都是我的老闆主控全局，我沒幫上什麼忙，只是曉航願意提拔我，因此不獨佔功勞，我自己了解，依我的經歷還不太能參加這麼重要的大客戶專案團隊，請你給我一年時間磨練，再加入這個團隊，我一定不會辜負你的期望。」

精明如賽門當然聽得出凱莉的推託，就說：「凱莉，好機會是不會等人的，一年以後這個團隊若是成功了，就不一定需要你。」凱莉立刻微笑說：「我相信，但是我更擔心自己的加入，不但對團隊沒有貢獻，反而會因爲經驗不足而壞了事，那就眞的對不起公司了，特別是我對汽車市場也不了解！」

賽門聽了臉色愈來愈沉，只好交待凱莉再好好考慮。凱莉微笑的說：「謝謝總經理，給我那麼好的機會，我答應你會好好考慮的！」賽門聽了站起身來微笑的說：「請叫我賽門吧！希望你會認眞的考慮，我雖然沒有曉航對異性的吸引力，但是跟著我，待遇與機會絕對不會比你老闆差！」

凱莉聽到最後幾句話，似乎暗示凱莉是因爲曉航的魅力而不想離開。他心裡還沒克服文強帶來的傷痛，又聽到賽門這種暗示性的批評，讓他心煩氣燥之餘對這個總經理劃上更大的叉叉。

「總經理太謙虛了，您的魅力在公司是有目共睹的，但是我從來沒有指望我的老闆要多有魅力，而是工作上能激勵我、指導我，讓我有更多的成長。因此你的建議，我真的會好好考慮。」

離開賽門辦公室後凱莉立刻回到自己的座位上，曉航看到他，臉上擺出一副事不關己的態度。凱莉心裡很清楚，曉航這種冷漠的表情正是他慣常的武裝方式，但是他也懶得講剛剛發生的事，現在他只想安靜的撫平感情巨變的創傷。

但是還不到一個小時，他心情好一些後，還是忍不住打分機給曉航：「賽門剛剛找我去他辦公室！」凱莉看著曉航連頭都沒抬，只回了一聲：「嗯！」

凱莉繼續說：「他想叫我去新成立的汽車大客戶部門！」曉航頭還是沒抬的「嗯！」一聲。

凱莉又繼續：「他說我去那裡就升成專案創意指導！」

曉航聽了才抬頭看了他一眼，冷冷的說：「正好你升創意指導的公文他還沒批下來，他要幫你再升一級我是沒有意見！」

凱莉聽了心裡突然難過了起來：「所以你是讓我過去了？」

曉航回他一句：「以你的能力，不管在哪個單位遲早都可以做到這樣的位置，廣告界來來去去就是如此，你希望我說什麼？凱莉不要走嗎？」凱莉聽到前兩句心就軟了，輕輕的說：「你可以這樣說啊！雖然我已經拒絕他了！」曉航抬起頭看了他一眼，擠出一個假意的微笑，然後用手摸著心臟無聲的用嘴型表示：「不要走！」接著就掛掉電話轉過身去，凱莉坐在位子上看著曉航的背影，發起呆來。

六點多時，文強打電話來了。凱莉閃避一天不想面對的事情還是發生了。電話那頭文強溫柔卻有點疏離的說：「你要我打包的東西已經準備好了？」凱莉聽了心情完全跌到谷底，直覺的說：「蔓蔓整理的嗎？」文強微弱的「嗯！」了一聲。「我一個小時後去你家樓下拿，到時候你什麼話都別對我說好嗎！」就這樣他掛掉了電話！

他拿起了電話，打給公司長期配合的搬運公司，才正在約出發時間與車子大小時，曉航無聲無息的突然出現在他座位旁邊，拿起他的話筒直接說：「對不起，現在暫時不需要，有需要再通知你！」凱莉座位旁邊的幾個創意指導聽到都忍不住放下手邊工作，好奇的看發生什麼事。曉航面無表情的看著凱莉說：「我載你去，半個小時後出發！」然後又轉身回自己座位。同事立刻交頭接耳，問愣住的凱莉發生什麼事了，好強的凱莉不想讓同事知道他的南瓜王子甩了他，便推託說要去顧客那裡拿一些樣品與陳列道具。

半個小時後，凱莉坐在曉航車上，兩人沉默了好一會兒，快到文強家巷口的時候，曉航才說：「等會你需要我去揍他一拳嗎？」凱莉聲音軟弱的說：「既然我們不適合，就好聚好散吧！」，「我是說揍你所謂的好朋友，反正我也看過男人打女人！」凱莉聽了有點生氣的說：「神經病，你都是這樣打女朋友的？」曉航手握著駕駛盤，眼睛繼續往前看的說：「沒有，倒是被他們賞過耳光！」

「活該！你看過哪個男人打女人？」

曉航猶豫了一下說：「有！我的養父打我媽，他在外面有男人，不過我媽也拿檯燈把他打得頭破血流，縫了十幾針，我繼父比我媽還早外遇！」

凱莉聽了溫柔的說：「那時候你多大？」曉航回著：「大到永遠不會忘記這件事情！大到知道男人、女人不快樂就不要勉強在一起！」

「那時候幾歲？」曉航表情還是冷冷的「國小四、五年級吧！」凱莉點點頭說「難怪你不會跟女人有長久關係！」曉航轉頭看著凱莉：「不必對我拿出心理分析這一套，去跟別的男人說吧！」凱莉聽了就什麼話也沒說。

到了巷口凱莉看到幾十公尺外文強的身影，身邊有兩個大行李箱，轉過頭對曉航說：「你可以在這裡等一下嗎，我想自己一個人去把行李箱拎過來！」曉航的手跨過他的身體，沉默的幫他推開了車門。

凱莉努力擠出微笑看著文強，兩人距離幾十公尺，走起來卻像好幾公里般漫長，他感覺眼淚已經快飆上眼眶，用力咬了一下嘴唇，繼續微笑著。終於走到了，文強也是壓抑著臉上顫抖的肌肉說：「我幫你拿好嗎！」凱莉什麼也沒說，只是用力推推皮箱，然後說著：「皮箱不會很重，而且有輪子，我自己推就好了！」文強張開嘴本來要說什麼，凱莉伸出右掌靠近文強的雙唇，彷彿是用最後一絲力量說著：「什麼都不要說，我們都要快樂的繼續過下去！」

他抬起頭看著他曾經從屋內眺望外面的窗戶，發覺蔓蔓在窗口已經滿臉熱淚，他用力擠出笑容，手抬高，揮一揮手，蔓蔓看了用手捂住了嘴又低下頭，凱莉的眼淚就快掉了下來，但是繼續咬著嘴唇，硬撐起臉上的微笑，然後就雙手拎著大提箱轉頭就走了，他努力的笑著，甩甩頭秀髮滿天飛揚，但是那顆淚水還是不爭氣的掉下來，他的眼淚愈來愈多，想到這輩子第一次刻骨銘心的感情真的就這樣結束了，突然覺得強烈不捨，回頭淚眼婆娑的看著仍然直直站著目送他離開的文強，他放下行李用手抹掉眼淚，張開雙唇努力地笑著，對文強揮了最後一次手才又回頭繼續走，而視線已經模糊了！

到了巷口，曉航就站在車旁，什麼也沒說就開了車門，接過了凱莉手上兩個提箱，放在後座後就上車，拿了盒面紙放在座位旁凱莉的腿上，然後換了一下檔，車子直接開走了。

凱莉上了車以後情緒漸漸平復，只是臉一直朝著車窗外，手上捏著幾張面紙，一路上曉航沒有開過口，只有快到凱莉的套房附近時才開口：「接下來要怎麼走？」凱莉愣了一下說：「哪裡？」

曉航搖搖頭說：「你家啊！難道我們要回頭嗎？」

凱莉聽了笑了一下，振作起精神說：「前面紅綠燈右轉，第一個巷子再右轉進去，你停在巷口附近就可以了，那裡不好停車！」曉航沒有回應，單手扶著方向盤，流利的切到外線道然後轉進旁邊馬路，也不管凱莉的指示，一氣喝成的轉到巷子裡，看到有個剛剛好的停車位，就說：「你先下車！」凱莉下車後，曉航很漂亮的把車給停好。打開後車廂，取出了兩個行李箱時說著：「你去開

門吧！我幫你把行李提上去。」

凱莉拿出皮包裡的鑰匙，走到幾公尺外一個公寓的門口開了門，等到曉航把行李箱推過來後說：「我住六樓頂樓，箱子給我提一個吧！」曉航聽了也只是雙手提起兩個箱子，經過凱莉後直接往樓梯上走，並沒有打算讓凱莉拿箱子。凱莉看著曉航似乎很輕易把皮箱一層一層往上提時的背影，突然想到一路上他的體貼與沉默，不去觸動他的情緒，現在又幫忙提行李，心裡突然覺得有點悲哀：「到台北來唸書與工作後，整天除了工作，除了蔓蔓與文強之外，幾乎沒任何親近的人！」

凱莉呼吸急促的一階一階走著，好不容易爬到頂樓，曉航已經在門口等著，他的額頭冒了一些汗，襯衫胸口的扣子也開了，露出了結實累累的胸肌，還有因爲搬運行李而揮發出的強烈男性氣味。凱莉有點喘著氣的打開門，然後忽然間就眼冒星光，接著就腦袋一片空白。

凱莉醒來已經是半個小時以後的事，他感覺躺在自己的床上，額頭蓋著一條濕毛巾，他聽到冷氣發出坦克車前進般的噪音，他突然感覺胸口涼涼的，睜開眼睛發現上衣兩顆扣子已經被打開，身體也感覺舒服許多，沒有剛才昏倒時那種腦袋沉沉的感覺。他想起身的時候，聽到大門打開了，曉航拿了兩瓶柳橙汁走進來，然後插入吸管遞給他說：「喝一點，會比較舒服！」

「我感覺已經好多了！」凱莉坐起身來，喝了好幾口著柳橙汁，然後說：「謝謝你！」。曉航微笑說：「你的屋子眞是一踏糊塗，冰箱幾乎是空的，還好沒被斷水斷電！」凱莉聽了不好意思的說：「本來不是這樣的，我出國前都很忙，回到這邊都是累得倒頭就睡！」曉航促狹的說：「那你剛剛也倒得太快了！」

凱莉趕緊解釋說：「我已經好幾天沒睡好，本來想下午回來整理一下，帶個皮箱過去拿東西，可是賽門跟我談了好久，就忘了這件事，更沒想到要讓你上來！我眞的寧可你不要進來！」曉航聽了說：「講這個已經太晚了，我總不能在你昏倒的時候掉頭就走吧！還是你寧可要我扛著你回你男朋友那裡？」

「文強已經不是我的男朋友了，我昏倒也與他無關，我寧可你送我去醫院！」凱莉倔強的說。「可是我還是得把你的皮箱放進你的公寓，才能送你去醫院，這樣子我還是會看到你的房間，還是說，你後悔的是我解開你上衣的扣子！」凱莉聽了臉一下子從蒼白恢復害羞的血色，因爲他想起了與曉航工作時不經意的親密接觸，心情突然鼓譟了起來，只好趕緊扣上扣子，將身體坐直。曉航假裝沒看到，蹲下身來把另一瓶柳橙汁放到冰箱裡。

「謝謝你送我回來，我實在不應該抱怨的，只是讓你看到我的房間那麼亂，我還沒有心理準備！」凱莉語氣柔弱的說。「你待會要做什麼？你確定今晚要待在這裡？」凱莉只覺得好疲倦，因此只表示想先睡一下，晚一點再到巷口開到深夜的麵攤吃點東西就好，曉航聽了也沒說些什麼，臨走前告訴他，如果第二天不舒服，就請幾天假吧，甚至最後還加一句：「你請假也好，讓賽門沒辦法打你的主意。」凱莉笑一笑就關上門，然後往床上倒頭就睡了。

第二天早上醒來，凱莉並沒有到辦公室。他想讓自己休息幾天，打了通電話給曉航說要休兩天假，曉航只問他好一點沒，需不需要請公司的小妹送點東西過去，接著就掛電話了。他整理了兩天房間後，清出了三大袋垃圾，終於讓房間恢復乾淨，正當他準備將垃圾拿到樓下時，突然手機響了，他回過神來按下通話鍵。話筒那端是個女聲，凱莉心跳了一下，如果是蔓蔓打來，他還不知道該跟他說什麼。幸好是小玲！

聽到小玲的聲音，凱莉突然覺得美國那個快樂的禮拜離他好遙遠，特別是小玲的聲音裡充滿了生氣與愉悅讓凱莉反而更疲倦。小玲說他第二天飛一趟日本後，接下來休兩個禮拜的假，然後還要飛一個月的日本。因此希望飛完這一趟日本後，能跟凱莉碰面。凱莉心想著自己的好朋友已經跟自己的前男友走了，在台北只剩下孤孤單單的一個人，當然很高興的答應了。然後小玲冷不防的問了一句：「聽說你跟你男朋友分手了？」

凱莉聽了只好承認，但還是很開心的說，他現在決心要當個快樂的單身女郎，不再上感情的當。沒想到小玲又冒了一句：「聽說你男朋友是被你最要好的朋友搶走的？你一定很難過喔！」凱莉聽了更不知該說什麼，不過腦袋一轉立刻問說：「是曉航告訴你的？他什麼時候變成了廣播電臺！這種眾叛親離的丟臉事情實在不必張揚！」

小玲甜甜的聲音說著：「你別怪他啦！我本來打電話給他就是要問你的電話，因為我不小心把你的電話留在喬凡尼的……」小玲講了一半突然停下來了。凱莉聽到喬凡尼這個名子，突然精神起來了一些：「喔！你把東西留在喬凡尼家，有曖昧喔！」小玲聽了安靜一下就撒嬌的說：「唉喲，人家也不想，可是我拒絕去他家，他就表現很傷心的樣子，你也知道像他那麼帥，那麼可愛的人裝可憐，實在很難拒絕！」

凱莉想起喬凡尼那充滿魅力的微笑，還有時而傷感時而純淨明亮的眼神，忍不住微笑著說：「我又沒怪你，他眞的是個讓人很難拒絕的男人，只是聽說義大利男人都很花心！」小玲聽了突然蹦出銀鈴般的笑聲：「我還寧可他是這樣，可是他反而擔心我花心，一聽說我有兩個月不飛美國，就已經定好下個禮拜機票要來台灣了！」凱莉聽了吐吐舌頭說：「天啊！你們進展那麼快啊！」

小玲聽了語氣躊躇的說：「我也不知道這樣好不好！我以前以爲義大利男人很熱情，但是沒想到那麼癡情，特別是他在紐約有那麼好的工作，長的又帥，我一直認爲他只是玩玩而已，沒想到他反而以爲，我才是那種玩玩就算了的女人！」凱莉聽了訝異的說：「他憑什麼那麼認爲？」

小玲猶豫了一下說：「你不能笑我喔！」凱莉聽了直接說：「你都講那麼多了，還怕我笑，我不笑就是了！」小玲才正經的說：「他一眼就看出我跟曉航曾經有過特別的關係，他覺得曉航是個花花公子並不適合我，我對他的喜歡只是一般的男女關係而已，而且他還說我外表是辣妹，心裡卻是個渴望愛情的小女生，只是沒碰對人，特別是曉航！我聽了差點沒掉眼淚，而且他還說喔……」

小玲頓了一下！凱莉忍不住問：「他到底說什麼？」

小玲又重彈老調賣關子說：「你不能生氣喔！不然我就不說了！」凱莉沒耐性的說：「不要吊

我胃口，快說！」小玲故做神秘的說：「他說，他說，他說他要我告訴你，曉航這種男人太會放電，他覺得你已經被曉航吸引了，但是他認爲曉航對你有特別的感情！喬凡尼觀察曉航是個很有強烈防衛心的男人，他對你表現的比對我冷漠，但是又有意無意的暗中關心你，代表其實他對你有特別的感情……」凱莉沒等小玲說完就立刻插嘴說：「怎麼可能！」

小玲趕緊說：「你聽我說完嘛！我也問他憑什麼下這種判斷，他就說他是作廣告創意的，吃這行飯靠的就是敏銳的觀察！反正他就覺得現在大概只有你鎮得住曉航，所以喬凡尼很低級的說要我不要浪費時間在曉航身上，選他就對了！」凱莉聽了更好奇的問：「那你覺得呢！」小玲毫不思索的回答：「我對喬凡尼是不清楚啦！但我跟曉航認識這麼久，他是我以前男朋友的同學，他對感情本來就是很隨便，我曾經喜歡過他，可到後來也就看清楚了，他想玩玩，我也覺得跟他在一起，至少比那些追我的呆頭鵝好多了，但是談感情就不能指望他了！」

凱莉尷尬的回答說：「也是啦！」突然間他想起自己與曉航在紐約的那一個貼心親近的夜晚臉上一陣發燙。小玲接著又說：「你跟曉航到底是什麼關係啊？對不起，我不應該問的，特別是你跟男朋友才分手。」凱莉故做灑脫的說：「我們就是老闆與部屬的關係啊！」

小玲立刻說：「我跟你講喔！我剛剛跟曉航問你的電話，也問你最近怎麼樣，他突然說你跟男友分手，而且還是爲了你最好的朋友放棄這段感情，又說你沒有什麼朋友，要我有時間多找你出去，讓你的情緒好過一點！這不像他會做的事，他平常對別人的感情或情緒問題根本不在乎，總覺得每個人都應該像他一樣是沒有眼淚的超人，應該遊戲人生，可是竟然會要我陪你，就很奇怪啦！」

凱莉聽了心頭一震，甚至還有點甜甜的感覺，但卻假裝冷漠的說：「誰知道他在想什麼！大概是我們老總想挖我去別的部門，他跟曉航又是死對頭吧！」小玲聽了說：「眞的是這樣喔！辦公室政治眞的是很複雜，我們公司的管理部門也常常有這種事情的傳聞，還好不會發生在我身上！」

他們又聊了一下，凱莉也答應喬凡尼來台灣時，他們一定會碰面，然後就收線了。結束與小玲的對談，看著地板上的垃圾，凱莉突然發起呆來，過去的情景像跑馬燈一樣快速地在腦海中閃過：曉航的身影、文強的笑容相互交錯，期間還不時浮起喬凡尼深情專注的眼神。這幾個近乎完美的男人，每一個都距離他這麼近，但也同樣距離他非常非常的遠，深愛的、動情的、浮光掠影的，到底哪一個眞正觸動過他的心弦，曉航那似笑非笑的臉孔突然定格在他的思緒裡，這個奇異的男人到底有哪一點好，風流情史不斷卻又那麼讓他難以拒絕，「莫非我眞的愛上了他？」，凱莉用力的搖搖頭，「不可能的，雖然他幫助過我，完全的激發了我的潛力，但他也曾經讓我非常的難堪，我不可能會愛上他呀！」，自問自答間手機再度響起，「凱莉是我，心情好一點了嗎？今天晚上有沒有空，想不想出來走走！」

「不了，我剛剛把家裡才打掃完，等一下還要去把送洗的衣服拿回來，晚一點我想把美國的結案報告做最後的整理，今天我還是待在家裡好了。」凱莉毫不猶豫地拒絕了曉航的邀約。

卷七

危險情人

因為你的緣故，我的心越來越感覺到危險。

「或許現在是該好好照顧自己，享受生活的時候了」，凱莉一邊逛著、一邊想著，是該好好盤算該怎麼利用了。

休息兩天回到辦公室，凱莉並沒有覺得自己心情好一些。其實剛起床的時候他是有點期待到辦公室的，匆匆喝了咖啡之後，走進浴室磨蹭了半天，思考著今天的頭髮是要挽起來還是放下，頭上的瀏海要不要梳向一邊，還刻意對著鏡子精心的比對衣服的顏色樣式，務必讓自己看起來確實完美。但當他在位子上坐定打開電腦的那一瞬間，整個情緒突然低盪下來，覺得自己在安靜的辦公室裡好孤單，心裡空空的不踏實。然而曉航整個早上都沒出現，反而是賽門的秘書打了電話來，安排了一個莫名其妙的動腦會議。

果不期然，來到會議室空盪盪的只有賽門一個人，凱莉還猶豫該不該進去時，賽門就邀請凱莉坐下，話題一開始賽門就注意到凱莉今天打扮的變化，花了好一會兒時間，稱讚他今天穿著嫵媚又有時尚感，一點都不像髒髒亂亂永遠都睡不醒的所謂創意人。凱莉聽了心裡多少有一點受寵若驚的感覺。但是話題轉換到工作調任上時，兩人又像上次那樣你來我往的言不由衷，這次凱莉的藉口是他發現自己回國以後身體與精神狀況都不是很好，希望能做自己比較有把握與擅長的案子，特別是剛剛談成的香水與男性保養品客戶，是他比較熟悉的，而不是車子這種非常男性的市場，除非汽車客戶想大規模開發女性市場。

當賽門提到他既然能懂男性保養品市場，當然也可以去了解汽車市場，凱莉立刻笑著說：「女性顧客一直都佔男性保養品市場的一半市場，特別是五、六年級的男性消費者的保養品與香水，都是由女伴或老婆代買或贈送的！」賽門說：「對啊！什麼時候你也可以幫我買男性保養品或香水啊！到我這個年紀也該保養了！我又不像曉航有那麼多女朋友可以幫他挑選。」凱莉順水推舟說：「總經理，不要開玩笑了，你也算是廣告界的金童，怎麼可能沒有紅粉知己，會不會是你的你眼光太高、職位太高，讓一般人不敢靠近你？」

賽門也反應靈活的說：「你不知道這麼大一家大廣告公司，財務、行銷與業務都要管，還要面對一些『恃才傲物』的主管，又不像你老闆忙歸忙，還有時間應付女人，我哪有時間交紅粉知己啊！」凱莉聽了就沒說什麼了，反而是賽門好像自說自話：「反正你下次去百貨公司的時候，幫我挑一些適合三十五歲男人的保養品吧！假裝是我的女朋友一下吧！」凱莉笑著說：「不好吧！你那麼有魅力，職位又大，我做這件事情會讓很多人講閒話的。」賽門志得意滿的說：「那你就偷偷送給我，我不會說出去的，情人節好像快到了，你就幫忙一下吧！我會回贈你禮物的。」

對於賽門這種超乎常軌的要求，凱莉不知道這個男人到底在打什麼算盤，特別是現在離情人節不到三個禮拜，他寧可賽門說這些話是要影響他脫離現在的班底，而不是眞的對他有什麼曖昧的暗示。畢竟他現在都搞不清楚自己對曉航有什麼樣的感覺。結束了這個奇怪的會議回到座位上，他埋首於工作中直到午餐時間才拿起了皮包想到附近晃一晃。過去兩年來，他每天只想在工作上力求表現，希望能升官加薪，對於午餐都是用便當打發。賺的錢除了固定每個月寄錢給母親外，還撥了一部分爲自己與文強的未來生活所設定的積蓄，現在文強移情別戀，他突然覺得這一、兩百萬的積蓄變得多餘起來，「或許現在是該好好照顧自己，享受生活的時候了」，凱莉一邊逛著、一邊想著，是該好好盤算該怎麼利用這筆錢了。

他走到安和路上想找一間特別的餐廳，突然發現大巷子有家看來不錯，招牌光鮮又有扶疏花木的混南歐餐館，客人只坐滿一半，就大方的走了進去，這是他很少會做的事，特別是跟習慣美式食物、吃飽不吃巧的文強在一起兩年多，用餐的情調與異國食物的奇妙口感都好像離他好遠好遠。穿著素白潔淨的服務生爲他端上光可鑑人，裡面還放了片檸檬的水杯時，他看著菜單點了香料小羊肉燴飯，還有一杯冰薄荷茶。

等待著上菜，凱莉仔細觀察周圍，雖然空間不算特別寬敞，但是座位卻不擁擠，在莫札特小提琴奏鳴曲中，客人間的交談似乎都特別的輕細，好像要表現某種高貴的氣質。他心裡猜測，這大概是前蘇聯大師歐伊史特拉夫的作品，才能融合南斯拉夫的民族性與俄羅斯的冰天雪地風情，音樂演奏時而冷調優雅，時而熱情溫潤。他發現周圍客人大多像他一樣是年輕白領，只是服裝式樣更像時尚雜誌裡的美麗人兒。

雖然凱莉點的是慢工出細活的菜色，但是這家餐廳似乎爲午餐花了許多時間準備，因此香料羊肉燴飯大概十分鐘就端上桌來，中型皿具中裝的乳白狀小羊肉看來十分的軟滑好入口，他拿起湯匙沾了一點湯汁放進嘴哩，輕甜的香料去掉了羊的腥羶味，點出了羊肉的溫潤與柔軟。他心情突然開朗起來，清啜了檸檬水，佐著窗外透過綠樹枝葉細碎灑下的燦爛陽光，慢慢的、專注的享受澆上湯汁的長纖米配上鮮嫩的羊肉。

就在他正陶醉於美食的時候，突然聽到一個女人尖銳高亢到門口都可能聽得到的聲音說：「你怎麼可以這樣對待我，沒有男人敢這樣對我，你以爲你是誰？玩了我就想甩了我？」周圍的人都開始往聲音方向觀望，凱莉沒有抬頭只想著這盤羊肉燴飯吃完了，喝杯冰茶就可以回辦公室，那時候曉航應該就進來了。

「虧你也是廣告界有頭有臉的人物，早知道我就該聽我朋的友勸，你既然不是眞心想談感情，想同時玩幾個女人，你就不應該追我啊，你以爲每個女人都像你那樣賤嗎？你根本就是豬八戒、畜生，女人認識你都倒了八輩子霉，可是你別以爲我像其他女人一樣好欺負，我一定要把你的惡行惡狀跟所有人說，你別想再像糟蹋我一樣，糟蹋其他人！」然後那男人輕生細語回應了幾句，接著就聽到批哩啪拉玻璃杯被打碎的聲音，接著就聽到那男人渾厚有力的聲音說：「你一定要搞那麼難看嗎？我有給過你什麼承諾？我難道一開始沒說過我不想談感情嗎？難道是我逼你跟我約會的嗎？」

凱莉聽到這個男人的聲音好熟悉……「是曉航！」然後又是一連串玻璃杯被打碎的聲音，伴隨著椅子傾倒的巨響回盪在餐廳裡，接著一個高挑美麗踩著高跟鞋，穿著短到幾乎要露出褻褲的女人快速的衝向大門，店門口的自動門根本跟不上他的速度，他氣急敗壞的用力敲打著玻璃門，等到門開了，就急忙衝了出去，高跟鞋扭了一下，往前俯衝的身型踉蹌地幾乎摔倒，雖然這個女人慌亂中試圖遮掩，但是彎下腰時露出短裙內的黑色丁字褲下，飽滿挺翹的臀部卻一覽無疑，許多客人看得目不轉睛……

「是那個知名模特兒」凱莉突然想到。接著曉航出現了，他看來面色凝重的到櫃檯結帳，本來想丟下錢就走人，可偏偏服務生要先檢查千元大鈔是不是偽造的，讓他等了一下，曉航只好無奈卻武裝性的瞪著周圍的客人，結果當他凶狠狠的眼光發現凱莉時，突然擠出一個慣有的嘲諷微笑，然後回頭繼續注視櫃檯服務生。等服務生準備找他錢的時候，曉航就說：「剩下的就算是賠玻璃杯與調味罐好了！」然後頭也不回的走出大門。

凱莉看著曉航的離去，心裡百感交集。一方面想起喬凡尼與小玲說的曉航的花心，一方面想到一個多月前，那個知名模特兒來找曉航時，兩個人還十分甜蜜親熱，沒想到才那麼短時間，就一切變卦了，凱莉突然覺得如果這種當紅的超級美女都會落到如此下場，自己怎麼比？

環視這個美麗的餐廳，他一下子覺得無精打采，原本想犒賞自己的好心情完全消失，看著面前的小羊排燴飯卻再也吃不下，只好要服務生幫他的薄荷茶打包，然後就回辦公室。他一進辦公室，發現曉航已經坐在他的大辦公桌上，神色自若的講電話，看到凱莉進來時，瞄了他一眼，又繼續講電話。凱莉剛剛坐回到自己的位子上，電話就響了，賽門打來的。

「凱莉，我聽說你剛才應該看到精采火爆的鏡頭？有被嚇到嗎？」賽門好奇的問，凱莉似乎感覺到他語氣有幾絲幸災樂禍的味道，因此冷淡的回答說：「看到了，但是不關我的事情，我也不知道發生什麼事？」賽門似乎用一種不可思議的、興奮的八卦口吻說：「你老闆的女友，應該說是前任女友聽到我們拿到雷克斯亞洲廣告主導權，想成爲廣告中女主角，竟然被打了回票，所以他們就在餐廳裡鬧起來了！」

凱莉故做冷漠的說：「喔！」賽門接著又說：「我聽說曉航昨天已經帶他去找薇薇安黃，結果薇薇安似乎跟你老闆也有一腿，很不開心，就說要重新考慮這個案子！」凱莉聽了直接說：「黃總經理已經結婚了，你這樣不是壞了他的名聲，傳到他耳裡很不好，再說這個案子是由雷克斯亞洲總部負責的，薇薇安應該不會跟他的亞洲大老闆爲了這件事衝突！」

賽門立刻說：「薇薇安雖然還沒有採取行動，但是你老闆試圖推銷他的女友作爲廣告女主角的內定人選，顯然違反了職業道德，多少會影響客戶亞洲總部對我們的信任，再說客戶大陸分公司的總經理正是薇薇安的老公，大陸畢竟才是亞洲最大的市場！」凱莉聽了想了一下就說：「據我所知曉航的女友，是個當紅模特兒，基本上曉航身爲這個案子的總監，用一個當紅的模特兒並不是奇怪的事，如果總經理願意以專業角度解釋讓客戶看到這點，應該不會產生太大的問題！畢竟光是這個案子，就可以讓總經理今年發給我們一筆大紅包當年終獎金了！對您管理公司整體營運也大有幫助。」賽門聽了頓了一下說：「我當然穩得住這個案子，但是我比較在乎的是你，你才剛剛完成了這麼大的案子，不需要繼續留在那個團隊裡面，讓這些不確定的因素影響你的成績，我覺得現在正是你跳到汽車大客戶事業部的時候！」凱莉聽了壓抑怒氣，溫柔的說：「總經理，現在情況那麼亂，我沒辦法思考，你再給我幾天時間吧！」賽門聽了說：「好吧！我再給你一個禮拜，只是我老實跟你說已經有好幾家競爭對手的助理創意總監，主動來跟我爭取這個位置，我是優先想要保留給你！」凱莉覺得自己的耐性快用完了，就趕緊說他要先完成客戶重要的備忘錄，也保證會好好考慮，然後就掛了電話。

他掛上電話後才發現，曉航已經站在自己的身後。他假裝沒有注意到他，旁邊的資深創意指導都停下手邊工作，看著凱莉，直到曉航忍不住開口說：「先不要管什麼亂七八糟的備忘錄了，客戶剛打電話要你跟我去他們辦公室談預算問題，他們想改變媒體策略，預算會跟著變！」

五分鐘後，他們就坐在曉航的休旅車上。這輛車對凱莉來說好像是個甜蜜的囚車，儘管剛剛才發生過這麼多的事，但他還是挺喜歡跟曉航坐在裡面的感覺，雖然他們在車裡永遠都講不到幾句話。車子開出了地下停車場轉入快車道時凱莉忍不住先說話了：「曉航，我不會在乎你的私人感情問題，但是如果我爲了你拒絕賽門的提議，請你至少不要讓你的感情影響我們的案子！」

曉航聽了緊閉著雙唇面無表情，繼續開著車好一會兒才說：「如果你要相信賽門說的話，你就去他那裡吧，我沒有力氣跟不信任我的人共事，只要你在我的部門一天，你就要相信我、支持我所做的任何決定！這個案子是我主動爭取來的，我比你更不想把這案子搞砸！」凱莉聽了火冒三丈說：「如果這樣，你可以叫你的女朋友參加模特兒選角徵試，爲什麼要帶他去見黃總經理？」

曉航聽了，臉上出現少有的鐵青嚴肅神色，他推一下方向燈搖桿，然後快速切到外線的路邊，後面來車急忙按了好幾聲喇叭，外加緊急煞車與大轉向才沒有撞上曉航的車，倒是凱莉嚇了一身冷汗。曉航拉起手煞車，轉過身來冷冷的說：「我不再說第二遍，如果你不信任我，請你去找賽門，去接受高薪高職，不要委屈跟著我！」

凱莉毫不退讓的說：「我從一開始就沒想過離開你，也相信你的專業，但是如果你把我當成你的工作夥伴，不是秘書，你至少要讓我知道你在想什麼，否則我要如何應付賽門與客戶？」曉航聽了也沒有退讓的說：「誰說他是我的女朋友了？我在餐廳裡講得很清楚了，你也聽到了，我跟他沒有承諾，沒有住在一起，沒有固定見面。還有是他自己找薇薇安黃的，他們是表姊妹，也是他們兩個約我吃飯的！如果有什麼不高興，是他們兩個自己的問題！」

凱莉聽了頭皮發麻，覺得自己的情緒還有工作壓力都搞在一起，忍不住開始流淚了，但是立刻擦乾眼，看著曉航激動的說：「別人覺得我跟你一起工作很辛苦，可是我從來不覺得如此，但是我開始覺得好累，我自己就有感情問題，卻還要讓你的感情問題影響我的工作情緒！你覺得你很了不起，有沒有我跟你一起做事沒差，那很好，我覺得我撐不去了，我也不想去賽門那裡，我還是離職好了！」

他說著說著淚水又流下來，但是立刻用手擦掉，然後就想打開車門離開，但是鎖住了，他用力的往外推，怎麼樣就是推不開。突然一雙強而有力的臂膀緊緊抱住他，溫柔的說：「別哭了，如果

你眞的想離開，至少讓我載你回去吧！」凱莉用手遮著臉激動的說：「讓我走，我再無法承擔這樣的壓力了，我只想脫離這一切重新生活，換個單純的工作，換個我不會喜歡上的老闆！」

他話還沒說完，曉航的手更用力的抱緊他，身體完全傾向他，凱莉還沒回神，就感覺曉航溫熱的唇貼在他的眼睛下，吮乾了他殘餘的淚水，然後往下蔓延到他的嘴唇，凱莉想掙扎，但是曉航擁得他更緊，直到凱莉的意志完全屈服在曉航激情的熱吻中，他的雙手忍不住去碰觸曉航的雙頰，而曉航厚實的雙掌已經從他的背往上移進他茂密的秀髮中，把他的臉往自己更貼進，凱莉意亂情迷的只能配合著他從雄渾有力的引導，逐漸變成溫柔而熱情的互吻，當曉航溼熱的舌頭愛撫他因情慾而飽漲的雙唇之間，他忍不住打開了香唇，輕巧的舌頭不自主的隨著曉航激情衝動的舌在他口腔小小空間中漫舞，直到曉航主動抽身，但是一隻手已經握住了他的手。

曉航清一清喉嚨，但是聲音卻依然瘖啞性感的說：「如果你要我道歉，我會道歉，但是我就是忍不住想吻你，我需要你陪在我身邊！」凱莉聽了把手從曉航手掌抽開，雙手抱住頭，沉思了好一會，心裡百轉千折想搞清楚情況，但是身體被曉航緊緊擁抱的烙痕，還有依然滾燙的臉頰與雙唇，都讓他無法讓飽漲著剛剛那一刻纏綿的腦袋，多抽出一點思緒來思考。

過了好一會兒，他把座位前端上方的小鏡子扳下來，把頭髮梳理好，拿出面紙擦乾臉上激情之吻後留下的痕跡，又拿出提包內的口紅對著鏡子補妝，旁邊的曉航只是雙手握著方向盤，眼睛看著前方。凱莉補完妝後，又拿了一張面紙給曉航說：「把你的嘴也擦一擦吧，我們得趕快去找黃總經理了！就當剛剛事情沒發生過！」

他們到了薇薇安黃的辦公室，事情比凱莉想得順利許多，特別是曉航提到雷克斯日本亞洲總部總經理今早打電話跟他聊過，他們的共識是，既然這是一個全亞洲的廣告，男主角可以選中國人、日本與印度模特兒，但是女偵探的角色最好是日本知名女星來扮演，而不是模特兒，特別是日劇在亞洲還是有很大的市場，日本女星作陪襯比較能引起觀眾的注意，對男女顧客也都會有正面影響。凱莉在旁邊聽了，不禁佩服曉航竟然能夠在短短時間內，冷靜的把問題解決掉。

回到辦公室裡凱莉如釋重擔的攤坐在椅子上，回想起車上的激情熱吻與曉航厚實手掌的溫度，心情高低起伏得不能自己，草草整理了一下客戶的備忘錄，盤算著下班之後要幹什麼，曉航晃晃盪盪的搖到身旁，丟下一個卷宗就快速離開，凱莉打開一看厚厚的資料上夾著一張小紙片，上面寫著晚上七點，他家巷口見，一起晚餐的邀請，他迅速的將這個紙條放入手提袋中，六點不到就推說身體不舒服提早下班回家。

爬上自己的小套房，凱莉趕緊沖了一個澡，站在鏡子前面畫了一個淡淡的妝，取出小玲在美國替他挑選的粉色小洋裝，仔仔細細的搭配好鞋子，帶著幾分雀躍的心情站在巷口等待曉航的出現，七點多一點曉航的車轉近巷子，他帶著微笑的打開車門，凱莉毫不遲疑的坐上，車子快速的離開。

在慵慵懶懶的爵士樂中，車子轉上了大直橋，一路上兩個人都沒有開口講話，只是偶爾很有默契的相對凝望，又緩緩轉開。過了沒多久曉航將車停靠在外雙溪一個斜坡上，熄掉車燈輕輕的說：「我們到了。」穿過一個造型優雅的小橋，曉航引領著凱莉進入一間浮動著清新花香的小餐廳，迎面而來的是一個四十多歲穿著類似鳳仙裝的金髮女人，曉航親切的與他打招呼，詢問了一下今天的菜色，並且選了最裡面的位置坐下，凱莉環顧了一下四周，金色的屏風、雕花的桌椅加上垂吊的繡花宮燈，完完全全的古老東方，但桌上微微閃動的燭光與鵝黃色餐布擺放著的銀色刀叉，兩者之間有著美麗又嚴重的衝突，「這是一家很小但很特別的餐廳，店主人是一對來台灣將近二十年的法國夫妻，他們太喜歡這裡，所以決定在這裡生根，還爲自己取了一個很特別的中文名字，男的叫武松，女的叫潘金蓮，非常有趣！」，曉航微笑的爲凱莉解釋：「我喜歡這裡不是因爲這裡的東西特別好吃，而是這裡的氣氛非常奇妙，讓人很容易放鬆。」

「你常常帶人來這裡嗎？」

「很少！」曉航雙眼直視著凱莉！

「我眞正的世界不太喜歡別人介入，除非這個人夠特別！」

生干貝佐檸檬酸醋沙拉，半生熟的牛肉薄片搭配著微甜的松子菠菜醬，兩個人靜默的面對面誰都沒有開口講話，紅酒燉梨的甜點送來後，高高壯壯的男主人武松出來打招呼，詢問了一下今天的菜色滿不滿意，送上了兩杯特調的餐後甜酒後道謝離開。

輕餟著甜酒曉航挪動了一下身體靠近凱莉：「你在想什麼？」

「我在想你所說的特別是什麼意思！」凱莉毫不閃躲的迎向曉航的目光！

「你是一個很特別的女人，而且越接近越讓人迷惑，」曉航停了一下繼續說「你剛剛開始做我助理的時候，我只覺得你很努力、很聰明，但是隨著每一個案子的累積我越來越覺得你有很多的潛力，有些時候我甚至認爲你比那些來公司很多年的創意有更多的想法，所以我才會給你更多的工作看看你的底限在哪裡！」

「結果你看到了嗎？」凱莉沒有表情的喝了一口甜酒。

「老實講並沒有，所以我就對你更加的好奇。」曉航微微笑了一下繼續說：「把你拉到美國這個案子其實我是考慮了很久，我並不是不知道這樣會影響你的正常生活，可是我就是想知道面對這樣的大案子你會有什麼樣的表現，甚至我還暗自猜測你會不會因爲承受不了壓力而離開……」

「所以我的努力只不過是你設定好的考驗遊戲？」凱莉的語氣裡充滿惱怒。

「不！這不是一場遊戲，我在裡面同樣下了很大的賭注，如果你能承擔並且完成這個案子不但印證了你的能力，同樣印證了我的眼光，如果你輸了，我在公司的地位也會因爲大膽啓用你而動搖，所以我們的危險是相同的……事實上，我發現自己面對的危險遠遠超出原來的想像。」

「怎麼說？」凱莉很好奇的問，曉航嘆了一口氣：「因爲你的緣故，我的心越來越感覺到危險。」

「我？！」

「對，是你！」

潘金蓮微笑著走過來幫他們清理了一下桌面，並且換上了兩杯拿鐵，凱莉輕輕的晃動咖啡，低下頭思索……

「前一個多月密集的工作，我慢慢發現自己越來越依賴你，常常會希望你在我身邊不要離開，漸漸的我甚至希望如果你跟我能更親密些該有多好。」曉航深吸了一口氣緩緩的說：「美國之行讓這樣的感覺更深更濃，我不想讓任何人把你從身邊搶走，不論是Celine、賽門或者其他的任何人！」

「我聽不太懂你的意思，你是一個好的老闆，我也從來沒有想過離開這件事，更不要說什麼搶不搶的問題！」凱莉很快的回答，其實他心裡並不是不明白曉航話中的涵義，雖然下午車裡的熱吻讓他久久不能自己，但是一想起喬凡尼說的話，與中午那個女人氣憤慌亂的身影，還是讓他對曉航溫柔的話語抱持著懷疑，他也不太相信這個花心的男人會願意認眞的面對自己。

「你是一個好的老闆，眞的！工作上我絕對支持你，至於其他的事，我還需要多想想。」凱莉委婉的說……

靜默了一下曉航將手按了按自己的太陽穴：「今天眞的說了太多的話，你應該累了吧，我送你回家！」

站起身來和潘金蓮揮了揮手，凱莉還沒回應過來，曉航就已經結好了帳與武松握手告別。回程的路上曉航淺淺的談論著自己的感情歷程，半開玩笑的說男人就是要經過這些淬鍊才會完整，他的學分修的不夠，還得繼續接受挑戰，凱莉什麼話也沒說只是細細回想曉航的每一句話，是眞是假的捉摸不透，雖然他不全然確定這個男人的意圖，不過他可以確定的是自己的心情已經完全被這個男人佔據。

車子沒多久就回到了凱莉家的巷口，下車的時候凱莉回頭看了看曉航，溫柔的目光讓他幾度想要開口邀請他上來坐坐，但是他非常明白這樣的停留可能會帶來什麼樣的結果，而這個結果會讓所有的狀況更加混亂，他說聲再見關上車門頭也不回往樓上走，回到家裡打開房間的燈才聽到曉航汽車離去的聲音，他疲倦的坐在床上想著這個男人的臉，這個男人的吻以及這個奇妙的夜晚，直到快闔上雙眼的時候他才驚覺，才幾天的時間文強已經完全地離開了他的生命。

卷八 愈愛愈美麗

他決心要讓自己像現在一樣愈來愈美麗，沒有了文強，他愛上了曉航，失去了曉航，他還會有新的人生會展開，只要他願意。

愛情的不長久，在於相愛的人彼此或某一方，有一天發現對方對自己的生活與人生不再具有意義了，那時候要勇敢的離開，人才能獲得新生。

因爲航班及工作上的關係，喬凡尼並沒有如期的來到台灣，他打電話來跟小玲和凱莉說要晚幾個星期才能來拜訪他們，爲了配合喬凡尼的時間，小玲花了好大的功夫修改班表，將後面的行程整個變動，原本說好要與凱莉的碰面都順延，只是靠著電話彼此報告現況，凱莉將曉航的表白輕描淡寫的告訴小玲，小玲沒有多說些什麼只是提醒凱莉且看且走，不要陷得太快太深，兩人相約喬凡尼來的時候要組織一個旅行團，凱莉自告奮勇的接下了規劃的工作。

消失好一陣子的金崙意外的來找凱莉，他們相約吃飯聊天，金崙看起來氣色還不錯，心情也相當的平穩，經過感情的挫傷，金崙好像一下子長大很多，他答應父母的要求到北京協助姊姊管理公司，對於文強與蔓蔓也比較釋懷，雖然語氣裡還有些許的不諒解，但對於這段感情他還是很理性的祝福，告別的時候金崙開玩笑的對凱莉說如果台北眞的混不下去可以到北京找他，以他公司的關係與凱莉的能力，一定可以找到更具發展性的好工作，他還提醒凱莉別忘了要送他結婚禮服這件事，男人的承諾他絕對會信守，凱莉笑著跟他告別並說一定一定！

美國總公司經過最後的決議，拍板敲定這次雷克斯廣告案由台灣創意勢力主導，雖然Celine在紐約期間就已經告知曉航與凱莉，但透過公司合約系統的確認，獲得專案執行款項的匯入，這個案子才能算是真正啓動，顯然那個模特兒事件並沒有後續的影響力，Celine透過電話對曉航與凱莉指示要盡快將廣告的形象草圖設計好，因爲這次的發表是全球同步，需要非常精密的規劃與配合，而這個形象圖將決定這個計畫的快與慢，他強力的希望曉航與凱莉能夠在有限的時間裡完成這個工作，掛掉電話以後整個企劃部門還開了一個小小的慶功派對，賽門理所當然的沒有參加，只不過透過公司網路發了一個祝賀函聊表心意。

自從外雙溪浪漫晚餐的表白之後，凱莉與曉航之間顯得更加的迷濛，雖然偶爾曉航會送凱莉回家，但在公司裡卻更加的保持距離，雖然茶水間裡對於曉航的愛情故事有更新的傳言，不過根據凱莉的觀察，曉航消失的次數少了，也沒有什麼美女繼續來找他，感覺上他確實安定許多，不知不覺對這份感情有了更深刻認眞的思考。

中午用餐時間，同事都已經離開辦公室了，只有凱莉還在忙著一份提案。他花了一個早上構思廣告中的雷克斯男人應該是怎樣，外表高大、看起來陽剛有形，挺直的短髮、深邃細長卻炯炯有神的眼睛、薄薄的嘴唇、嘴角不時露出玩世不恭的微笑，他試著用鉛筆話出來那樣的感覺，不知不覺完成時，坐在旁邊的資深廣告文案小楊經過時卻說：「你在幫曉航畫素描啊？畫得眞像！」

凱莉聽了感覺到臉頰到耳邊一陣躁熱，本來想否認，解釋這是雷克斯男人應該有的樣貌，想想卻趕快把話呑回去，免得愈描愈黑，心裡慶幸還好今天擦了點粉與腮紅，小楊應該看不出自己心虛的臉紅。他假裝鎮定說：「這支廣告我想先試著畫出大概情境，再跟國外客戶溝通，所以趕快複習一下以前學的素描！」小楊接腔說：「沒有看著人就畫得那麼傳神，線條又那麼簡單，改天有時間你幫我女兒跟老婆畫一張，我把它裱起來好嗎？」凱莉聽了趕緊答應。

等小楊一走他就立刻把素描放抽屜裡，心裡想著如果給曉航或其他同事看到，他寧可從十樓辦公室跳下去，也不承認他畫的跟曉航長相神似。只是放進去沒多久，又忍不住打開抽屜，往抽屜裡偷偷看了幾眼，拿出來看看，又放回去，拿出來看看，又放回去。心裡想怎麼可能，他只是跟隨自己的直覺畫出來，並沒有作任何的聯想，怎麼會像曉航？雖然他大學畫社的老師曾經稱讚過他的觀察力與直覺很精準，但是也不可能這麼神奇，他又忍不住打開抽屜，半遮半掩的把素描拿出來一半，猛然發現那畫裡男人的神情竟然是夢中曉航要他去提案的樣子，想到兩個月前奇妙的夢，夢中他是文強的新娘，曉航老是用提案從中作梗，對照今日的人事全非，那夢境不知到底是預言還是他心裡的潛意識。

凱莉正試著分析自己的夢境時，突然感覺一隻手搭上他的左肩，他嚇了一跳，直覺要趕快把抽屜關上，嘴裡才發出微弱的驚訝聲，沒想到一個渾厚的慘叫聲在他耳邊響起。只見一隻男人的手卡在抽屜裡，本來想趕緊打開抽屜，但是回頭發現是曉航，又把抽屜往裡面推，曉航又慘叫一聲，搭載他肩上的左手用力捏了凱莉的肩膀一下，力道之強讓凱莉也跟著尖叫，曉航的手才趁隙把整個抽屜拉出來，裡面的東西掉的滿地都是，然後一大滴、一大滴的鮮血滴在掉到地上的素描上，噴出一朵又一朵鮮紅血花。凱莉趕緊拿出右邊移動櫃抽屜裡的面紙，用力一拉卻把曉航整個人撞倒！事情

發生的太突然一時之間他也愣住了！

隔了幾秒，他回頭看曉航臉色鐵青的坐起來，然後身體又撲向他椅子的方向，凱莉才想到他要拿地上的素描，他死也不想讓他看到，也低下頭來，結果砰一聲撞到桌子，眼冒金星整個人跌下椅子，撞在曉航結實的身體上，等到他視線清楚時發現曉航已經鑽到辦公桌下面，盯著那幅素描，拿著素描的右手指節還在淌血。凱莉心想，完了，現在不是打開氣窗往樓下跳下去，就是趕緊轉身就跑，然後永遠在台北市蒸發消失，但是看到曉航手上大大的傷口血愈流愈多，只好硬著頭皮說：「你快出來，你的手在流血！」曉航聲音出奇冷靜，輕緩而溫柔的說：「你這樣壓著我，我怎麼起來！」凱莉看曉航講話時頭還是往素描的方向看，用著有點惱怒的強硬語氣說：「素描先給我，我再起來！」他邊說邊手往桌下伸想搶下素描，但是曉航的手硬是比他的手長好一大截，快速拉著素描閃到桌下另一個角落，移動時傷口隱隱作痛，忍不住的冷哼一聲，但是語氣卻更嘲笑的說：「好吧！你不起來我們就維持這樣的姿勢，到大家都回來，反正我的名聲已經那麼花了，根本不用擔心別人會怎麼想！」

這句話嚇得凱莉抬頭往四周看，還好沒人，就趕緊跳起來。看到曉航有點狼狽的爬起來，粉藍色襯衫已經露出名牌西裝之外，卻又突顯他剪裁合身的西裝褲下的窄臀更挺翹，看到這種情境，凱莉臉又紅了起來。曉航站定後，看了一眼就把素描還給凱莉，然後拿著面紙擦拭著手上的傷口與止住血液，面無表情的說：「畫的不錯，可是我眼睛應該沒有那麼小吧！」凱莉聽了慌亂又惱怒的回

應：「你太自戀了，這是雷克斯男人的草圖，給廣告客戶看的！」曉航聽了板起臉來卻語帶諷刺的說：「這樣更糟，客戶會以爲是你的老闆，也就是我，逼你畫成我的樣子！」

凱莉語氣更兇的說：「我說不像你，就不像你，大不了再找人重畫！」曉航聽了語氣趨緩的說：「好，那這張就給我當紀念好了。」凱莉聽了把畫藏在背後，身體往大門的方向移動，嘴裡說著：「你休想！」然後準備要逃出這個辦公室，沒想到曉航動作比他更快，直接身體往前把凱莉抱個滿懷，在他的耳邊輕聲說：「你把我的手弄了這麼大個傷口，就想逃跑！」這時他的手已經握住凱莉抓著素描的手，握得緊緊的，接著兩人四目交視好一會，曉航充滿慾望的深邃眼神讓凱莉意亂情迷，彷彿有一種媚惑的磁力把凱莉的臉逐漸吸向曉航，曉航的臉似乎也往前挪移著，直到他高聳的鼻碰到凱莉小巧卻挺翹的鼻尖，嘴唇便侵略性的貼上了凱莉的朱唇，有那幾秒凱莉是陶醉其中的，突然辦公室外走道傳出了人聲，凱莉如觸電般身體往後跳，掙脫了曉航的激情擁吻。

還好走道上的人聲往隔壁辦公區移動。凱莉急忙的回到文件散落滿地的座位，趕快收拾一下，但是看到文件上斑斑血跡讓他腦袋更加慌亂。而愣在一邊的曉航回神後發現凱莉絲亮灰窄裙後臀與絲襪上有好幾塊血跡，而自己的襯衫上也有血印，他低聲說了一句：「該死！」凱莉回頭看到曉航襯衫上的血跡，驚訝的說不出話來，曉航卻冷靜的說：「你的裙子與絲襪都毀了，我們五點還要去跟薇薇安黃辦公室，跟東京與紐約辦公室開視訊會議。」凱莉聽了說：「完了，我得趕快回去換衣服，可是我這樣怎麼走出辦公大樓！」

曉航聽了說：「把提案與手提電腦帶著，我送你回去換衣服！你走在我前面，我幫你擋住直接到地下室停車場，沒人會發現的！」凱莉聽了也只好趕快把地上東西隨便往抽屜塞，包括那張素描。然後就以一種有點過於親近的距離讓曉航跟在他後面，兩人步履遮掩又滑稽的穿過偌大的辦公區走向電梯，雖然是大家午餐結束回來的時間，還好沒有人注意到。

到了地下室停車場，他們兩上了車後，凱莉驚魂甫定的問曉航，他的襯衫該怎麼辦，還好曉航車上總會多放一兩套衣服，凱莉忍不住的跟他開玩笑的說，如此一來他在外面跟別的女人過夜眞是方便多了。車子到了凱莉的小套房，凱莉要曉航在他車上等一下，他馬上下來，曉航聽了說：「你要我在樓下等？你該不會打算就讓我滿手鮮血地去跟客戶開會吧？」凱莉才又想起曉航的傷口，尷尬的低下頭來看曉航手上的傷口，雖然還持續滲出血絲，但是已經沒有那麼嚴重了，倒是駕駛盤上黑色皮革暗紅血跡清晰可見。他拿出面紙想要擦拭，曉航冷冷的說算了，擦也擦不掉，凱莉慌忙說他會賠他一個新的，曉航立刻拒絕了，只是抬起手說：「你可以把焦點放在我的傷口上嗎？」凱莉這時候眞是想找地方鑽，抓著曉航的手，拿著面紙包在傷口處，要曉航握好，便開口說：「對不起！我樓上有急救箱，我可以幫你包紮一下。」

到了頂樓，凱莉一進門就趕緊把冷氣打開，還好屋子整理的比之前乾淨多了。他拿了一瓶啤酒給曉航，曉航看了他一眼笑著說：「謝謝！我正需要，只是你冰箱好像至少有一打啤酒？是自己喝還是給別的男人？」凱莉回了一句：「不關你的事！」就走到衣櫥拿出一條米黃色裙子，往浴室裡走。他一進浴室所仔細觀察，才發現自己手上與腿部上都有血跡，只好轉頭往外說他必須梳洗一下。

他快速的清洗掉血跡，穿好衣服，把浴室稍微清理一下後便走出浴室。看到曉航已經脫下了襯衫，只穿著合身的內衣與西裝褲，白淨的內衣上胸與腹部都沾到了血跡，然而卻無礙厚實的胸部與平坦中腹，散發出的男性強壯而陽剛的魅力。儘管凱莉心裡這樣覺得，但是卻也不敢太直視曉航，只得故作輕鬆的說：「你需要我幫你包紮一下傷口嗎?我去拿醫藥箱！」

沒想到曉航卻表現出少有的天眞笑容說：「我身上沾到很多血，你也看到了，我可以先借用你的浴室洗澡嗎？」讓自己的老闆在自己的屋子裡洗澡，特別是他又是一個花名在外的大眾情人，凱莉直覺到那種危險性，但是看到曉航無辜的笑容，又實在難以拒絕只好連連說：「沒問題、沒問題。立刻拿了一條乾淨的大毛巾給他。

曉航走進浴室後，凱莉就拿出一雙全新絲襪，慢慢的套上去。那時不過兩點多，下午太陽正旺，冷氣也才剛發揮作用，因此凱莉便給自己到了一杯冰水，然後開始複習一下提案書，沒多久曉航洗好出來，凱莉看到差點沒有把手上的水打翻，因爲曉航只有在下身圍了一條毛巾，肩膀掛著一條凱莉擦過的毛巾蓋住強壯的胸膛，但是裸露中腹長出的黑色毛髮一直往下蔓延到毛巾的盡頭。曉航看到凱莉吃驚的眼神，就把手上的衣褲晃了一下說，所有衣服都沾到血了，但是他們都忘了要把他車子裡的衣服拿上來。

凱莉急忙的站起來表示，他可以下去幫他拿衣服，曉航便說他的傷口沾到水，有點隱隱作痛，可不可以先包紮。凱莉雖然尷尬，但是也不免擔心曉航手會感染，便趕緊打開已經準備好的醫藥箱。他拿出消毒水時，曉航已經坐在他的身旁，沐浴乳混合著他身上的男性氣味與古龍水，配著空氣中的熱氣與水氣清新而舒服，凱莉感覺到一股如狂潮般龐大的力量往他身上撲來。他有點發抖的，一手握住曉航的右手，一手拿著沾著消毒水的棉花棒，往橫跨整個手背的傷口擦，曉航沒有發出任何聲響，手也沒有任何顫動，凱莉只是感覺到他手臂肌肉緊繃一下。凱莉語帶歉意的說：「我沒想到傷口會這麼大，眞是對不起，或許我們該到醫院去，不然會留下疤痕。」曉航反而看著他的臉輕鬆的說：「還好吧！我又不是女孩子，我的身體還有更大的疤。」說完他竟然掀起肩上的毛巾，露出赤裸的胸膛，還有左肩上一個比毛蟲還大的疤痕說著：「這是我學生時代飆車受傷留下來的痕跡，那時候在醫院住了三天，疤痕還是那麼的大。」

凱莉忍不住將頭往他肩上的疤痕細看，雖然曉航的皮膚是健康的古銅褐色，但是卻依然遮蓋不了傷疤的深褐色痕跡，凱莉想到當時曉航的慘狀，頭皮就一陣發麻，手不由自主的摸著疤，感受到疤痕與肩部光滑有彈性的皮膚相對之下的極度粗糙，看著曉航疼惜的說：「你當時一定很痛吧！」曉航深褐色眼珠突然變得迷濛，聲音沙啞的說：「眞正痛的是小腿肌肉被車子割出一條大傷口，直到現在，當天氣不好時還會痛！」

曉航說完把下身的毛巾往上撩到大腿，露出膝蓋上方一直往小腿蔓延十幾公分，寬半公分的深

色疤痕。他邊看著凱莉，邊拉著凱莉摸著他肩膀疤痕的手，往他小腿上的傷口下端一直往上，凱莉只感覺心跳加速，呼吸急促，一隻手被帶領著慢慢往上延伸，當他往下細看著那道永遠不會褪去的嚇人疤痕時，他的手也貼近了傷疤在膝蓋上方的盡頭，一、兩公分遠的毛巾邊緣，遮蓋不住的是曉航驚人的男性生理變化，那裡面看來比傷疤更讓他不敢直視。

凱莉慌張的抬起頭來，曉航已經用激情的吻封住了他任何驚訝的聲息，雙手繞過他的腰緊緊用力的抱著他。那一刻，凱莉心頭或許有幾絲抵抗的念頭，但是他的身體與雙手卻軟弱無力，只能任憑曉航火熱的唇不斷折磨他矛盾而不安的靈魂，從雙唇到耳際、肩膀一直到他襯衫領口，扣子不知不覺一顆一顆的被打開了。隨著曉航雙唇不斷的往下蔓延，凱莉感覺到心裡愈來愈沒有抵抗的念頭，呼吸隨著雙手忍不住緊抱著曉航強韌背肌而激烈起伏著，整個人承載不了曉航火熱的軀體與自己內心強烈的悸動，不知不覺的整個人癱軟在沙發上，心醉神迷地感受到曉航身體蓬勃的生命力，還有下腹那股巨大的慾望。

突然曉航慢慢的抬起頭看著他，凱莉才發覺自己身上的扣子都已經開了，而曉航腰際的毛巾也完全鬆開地垂落在地板上，他稍微抬起頭看到曉航毫無遮掩的臀部，如同他以前看到複製的米開朗基羅大衛雕像的男性陽剛肌肉線條，但他從不曾想像在現實生活中看到如此慾望景象，然而更讓他震懾的是曉航下身在他雙腿毫無收斂的激烈情慾。

他沒有太久的掙扎，只感受到心中有一股強烈又不顧一切的愛，一股這輩子沒有給過任何人的強烈情感，或許他被自己這股力量征服了，因此勇敢的看著曉航，回應他滿是激情挑逗的眼神。這個眼神得到了曉航更狂野的回應，他站起來，毫不遮掩自己全裸又幾近完美的胴體，然後彎下腰抱起了凱莉，走向了他的床。這一切的眞實情景，在凱莉的靈魂深處卻感覺比美夢還夢幻。

也不知道過了多久，也不知道兩人流了多少汗水，發出多少相互呼應、靈慾交纏的喘息，甚至最後一刻如天堂般的激烈愉悅似乎也無止無盡。曉航身體翻轉擋在凱莉身邊，用手愛撫抹去他額頭上的汗水好一會，凱莉才回過神來，回應曉航依然是充滿慾望的眼神，曉航又吻了他，直到他發現兩人臉龐之間的床單有斑斑的血跡，才瘖啞的說：「對不起弄髒了你的床單！」

凱莉聽了這句話，從兩人的纏綿中回過神來，溫柔的說：「對不起，弄髒了你的衣服！」然後第一次主動輕啄了曉航的嘴唇一下，沉默了一下說：「謝謝你！」雖然他心裡眞正想講的是：「我愛你！」，但是卻害怕這三個字會嚇到曉航，破壞此刻夢幻般完美的氣氛。他們倆有一時半刻很有默契的不發一語，互相依偎的躺在床上，然而當曉航的手摸著他在激烈雲雨後依然微微起伏不定的渾圓胸部，小腹、一直到白淨的雙腿時，凱莉努力的穩住呼吸，心裡卻有著千頭萬緒。

對於總習慣在兩情相悅，對方也給了承諾時才能以身相許的凱莉來說，這場午後不預期的激情纏綿，並沒有爲他帶來困擾。他心裡想著，這種情況或許遲早會發生的，不論曉航是否眞的愛他，他都已經陷入了曉航深深纏織的情網中。他明白之前拒絕了曉航三次，卻無法延緩他逐漸愛上他的宿命，即使今天的機會在以前可能被他認爲是曉航一貫的伎倆與陷阱，但是他就像一隻輕盈美麗的

蝴蝶，一次又一次飛向熱帶雨林中鮮豔卻危險的補蟲草。陷阱越是致命，他心裡感受到的極致情感越是強烈，強烈到視線盲目地不顧隨之而來的痛楚，但是心中力量卻越來越強。唯有強烈的意志力，才能讓他同時承受與曉航帶來如冰火交融的幸福與痛楚。他決定，愛情的失落與背叛已經帶給他太多淚水，雖然這次似乎也難以避免的會落入如此的宿命，但是他絕不要再掉眼淚，在一起的時候快快樂樂，即使只是露水姻緣他還是愛著他，大不了撐不下去時就離開，情況不可能更糟了。

想通了這點，凱莉他開始相信自己有力量去面對這段未知的關係，他的心情突然輕鬆起來了，臉上浮起了一陣笑容。「你在笑什麼？」曉航突然輕柔的笑著，凱莉回過頭來才發現自己在發呆，曉航已經用手微微撐起了頭，似乎端詳著他的表情好一陣子。凱莉深呼吸，清理一下思緒，甚至武裝了自己的心情地說著：「我覺得自己很幸運，你跟那麼多女人的風流艷史，反而讓你有能力給了我一次美好的經驗，我眞的該謝謝那些美女們！」

曉航似乎沒預料到凱莉說這種話，語氣停了一頓，聲音溫柔的說：「不要把你自己跟那些女人比，在美國時我發現你不再是以前剛進來時那個愛哭的小秘書，而是一個聰明又有魅力的女人。」曉航還沒說完，凱莉卻用手掌輕碰曉航的嘴，說著：「別說了！我們得趕快準備一下等會的提案。」那時快四點了。凱莉彎下腰拿起地上的衣服，卻露出背面到渾圓修長雙腿的裸露曲線，他正準備把衣服穿上時，曉航全裸的走下床，似乎像是有點炫耀他長年運動鍛鍊出如大衛雕像般肌肉條理分明的裸體，然後拿起桌上的提案書。當凱莉才剛把胸罩帶上時，曉航卻又從他身後抱著他，輕聲卻帶點命令語氣的說著：「不要穿，我喜歡你的身體，我想抱著你一起討論提案！」

凱莉想了想，決定放寬心胸讓曉航抱著他，好好享受與夢中情人相濡以沫的親密，因此當曉航又解下他的胸罩時，他也沒有抵抗。曉航雙臂跨過他的腋下抱著他，右手一頁又一頁翻閱凱莉腿上的提案書，兩人只有碰到提案重點時，才四目對望的討論著，凱莉談到工作心情就愈來愈沉穩，雖然偶爾曉航聽到凱莉講得很精采時，他會輕吻著他，然後彷彿帶著電力的左掌會不時愛撫他的胸部、大腿與肩部，讓凱莉稍微分神，但是他的心開放了，更重要他想爲自己與曉航完成這個提案，因此身體接觸的觸電感受反而更助長討論過程的樂趣。經歷過總是對他投入工作頗有微詞的文強，這種能夠同時分享彼此親密感與專業興趣的過程，顯得益加珍貴，凱莉相信即使就只有這一次，他也會永生難忘。

四點多，凱莉起身把衣服穿好，然後拿了曉航的車子鑰匙下樓幫他拿衣服上來。他打開後車廂，發現一個旅行用大提袋裡面至少有四套西裝與搭配的襯衫，還有半打短袖內衣與三件Calvin Klein的內褲。他挑了一套他印象中覺得曉航穿起來瀟灑有形的小領雙扣亮炭灰色Boss西裝，與內衣褲便上樓。曉航看到他拿那件外套，眼睛一亮的說：「我們很有默契，你拿的正是我想穿的！」凱莉聽了很愉快的說：「因爲我一直都喜歡看你穿這一套西裝時展現的魅力！」凱莉講完後，突然後悔自己似乎太露骨表達心中愛意，便沉默下來，而曉航也似乎心有所感的跟著沉默了。

到了薇薇安黃的辦公室，薇薇安立刻給了曉航一個熱情的擁抱，發現曉航手上包著紗布的傷口時，還戲劇性的尖叫一聲問怎麼了，連忙說開完會後要帶曉航去看他的家庭醫生。凱莉看到這個情況心裡不免酸了一下，原本穩固的心理建設頓時塌了一半，但是幸好還有一半是存在著，因此當薇薇安對凱莉擺出冷漠高貴的微笑時，凱莉用力擠出一個看來很開心的招呼笑容。

在曉航主導下，越洋視訊會議進行的很順利，薇薇安甚至在曉航提出一些自己的想法時，不時對紐約與日本總公司的人說，他非常欣賞曉航的創意，也相信曉航說得出來就作的到。凱莉看在眼裡，突然發現薇薇安似乎諂媚的可笑，想要在討好總公司時，也討好曉航。等到凱莉報告規劃中雷克斯男人應有的特質與形象，並且建議能找出三位分別來自日本、泰國與大中華地區的知名運動明星或演員來擔任東北亞、東南亞與大中華區的雷克斯男人時，這次換整個會議的最高主管、紐約總部的Celine稱讚凱莉：「凱莉，看來你做了許多功課，我也想過在這三個大區域各找一個代言人，而你描繪的雷克斯男人實在太吸引人了，符合我們設定男人看了會羨慕，女人會瘋狂的特質。」

曉航很開心的說：「我非常同意Celine 你的觀點！凱莉在跟我討論後，已經自己著手開始畫腳本了！我已經看到完成的一小部分，我相信你絕對不會失望的！」曉航說完，對著凱莉微舉自己受傷的手，捉狹的笑了一笑。Celine聽了頗爲驚訝的說：「凱莉我在紐約沒有看錯你，但是沒想到你自己還可以畫分鏡表，現在創意人員有這種能力的愈來愈少了，曉航我眞是羨慕你有這麼能幹的屬下。」凱莉注意到薇薇安的臉上有一股很奇怪的表情。

Celine說完就跟薇薇安說：「我想看一下昨天我請你準備的台灣最新禮盒包裝圖片，我想那是很機密的，你能不能現在立刻傳圖檔到我的信箱裡，我在線上等你。」薇薇安黃聽了只好起身回到他的辦公室準備。他一離開，Celine就對曉航說：「有鑒於競爭者互相竊取創意非常頻繁，我希望你跟凱莉能在一個禮拜後把草圖直接越洋快遞給我與東京總部。」接著他又對東京亞洲總部的行銷副總山本說：「山本與曉航，請聽著，接下來的事情要列爲最高機密。我希望山本現在開始接手與創意勢力合作的廣告及行銷活動，不需要透過薇薇安，因爲我們懷疑他的先生，負責上海雷克斯產品的彼得，有可能被我們競爭者找的獵人頭公司盯上。」凱莉聽到心裡一陣震驚，他轉過頭來卻發現曉航臉上異常平靜。

山本聽了說：「Celine，其實我在兩個月亞洲提案前就報告總公司這個狀況了，彼得與我們競爭者在上海的總經理是在東京大學商學院的同學，我不是不相信曉航，但是在競爭這麼複雜與激烈情況下，或許這時候應該由創意勢力台灣與日本分公司共同合作與監督！」曉航此時臉上表情變得非常強硬而冷漠，正準備表達強烈反對意見。

Celine卻先開口了：「這是創意勢力總公司內部的事情，而且中途由他們日本分公司加入只會耽擱我們預計的時間表。而且彼得是否眞的跟競爭者廠商有接觸，還沒有被確認。」他講完後，話鋒一轉的說：「曉航我很清楚你跟薇薇安交情非比尋常，但是我也相信你這樣頂尖專業的管理者，知道公與私的分際！若是事情搞砸了，影響的不只是創意勢力與我們的關係，更關係創意勢力在全球的名聲！」

曉航聽了語調冷靜的說：「這是我辛苦爭取的案子，我不會容許任何人搞砸的，更不會把案子拱手讓人！」Celine聽了微笑說：「我相信你，還有凱莉是不會讓我失望的！」此時薇薇安黃正好回到座位上，聽到曉航與Celine的最後一段對話。接著Celine又開始說：「薇薇安，我收到你的檔案了，顯然你們的工作效率與表現比起上海好許多，請繼續努力，說不定我們有一天可以一起在紐約共事！」

薇薇安聽了露出他嬌豔如花的笑容說：「謝謝你，我也希望那天早日到來！或許我們應該把曉航也挖角過去！」凱莉聽了心臟劇烈跳動一下，思考這種可能性，畢竟連Celine都知道他們倆關係非比尋常，此時Celine卻說了：「那也要創意勢力願意放人。提到曉航，薇薇安，我剛剛跟山本討論過，有鑑於市場上競爭速度與商業機密，我希望這次大規模廣告與行銷，由東京的亞洲總部直接與曉航團隊接觸，你就不用管這個案子，目前我希望你花一點時間參與上海分公司的禮品案子，提供一點台灣經驗！」薇薇安聽了臉上一瞬間出現不敢相信的表情，但很快的就換上美麗的微笑並承諾他會遵照指示。

會議結束後，薇薇安黃幾乎是漠視凱莉的存在，只撒嬌的恭喜曉航，要他不要在這個案子沒有與台灣分公司合作後，就忘了他曾經在提案上幫了很大忙。曉航伸手搭在他的肩膀說：「我們已經認識那麼久了，要忘也很難忘！」然後薇薇安就注視著曉航手上的傷口，堅持要先帶他去他的家庭醫生那裡，然後請他吃飯，最後瞄了凱莉一眼說：「何小姐應該可以自己搭車回去吧！」凱莉沒看任何人就說：「我自己叫車沒關係，我必須回公司一趟！」然後才回頭說：「兩位我就先走了！」他最後一眼看到曉航時，發現他完全面無表情，只是說：「你小心一點，晚一點我再跟你討論今天的會議結論！」凱莉毫不考慮的說：「我明天會把會議的結論整理給你的！」

凱莉並沒有回辦公室，他有種慌亂到想哭的衝動，因此坐上計程車到敦南誠品，想藉由買一些書與雜誌來轉移注意力。他翻起了一本宗教書《與神對話》，看到裡面講到愛情的不長久，在於相愛的人彼此或某一方，有一天發現對方對自己的生活與人生不再具有意義了，那時候要勇敢的離開，人才能獲得新生。這個章節讓凱莉看了心情好激動，他在同一天經歷曉航的激情，傍晚開會時又目睹這個男人與另一個女人的眉來眼去。於是他開始努力思考自己下午所想的，心情很快就平靜了。他的確愛他，也清楚愛他的代價，甚至最後結果如何。關於現代愛情無法天長地久的本質，他愈來愈清楚了。

比起在毫無預期下與文強的漸行漸遠，乃至於到最後被背叛的經驗，至少這次他對曉航付出的同時，已經先做好感情再次挫敗的打算，既然如此，當然更要在與他相處時得到更大的快樂，而且愈久愈好，該離開的時候，至少他會慶幸這種對曉航的愛慕，給了他勇氣與自信，自己已經不是少女時期那個單純的醜小鴨了，他決心要讓自己像現在一樣愈來愈美麗，沒有了文強，他愛上了曉航，失去了曉航，他還會有新的人生會展開，只要他願意。

卷九 笑靨如花

你不會一輩子都待在同一間公司，就像你一輩子不會只愛一個人一樣。

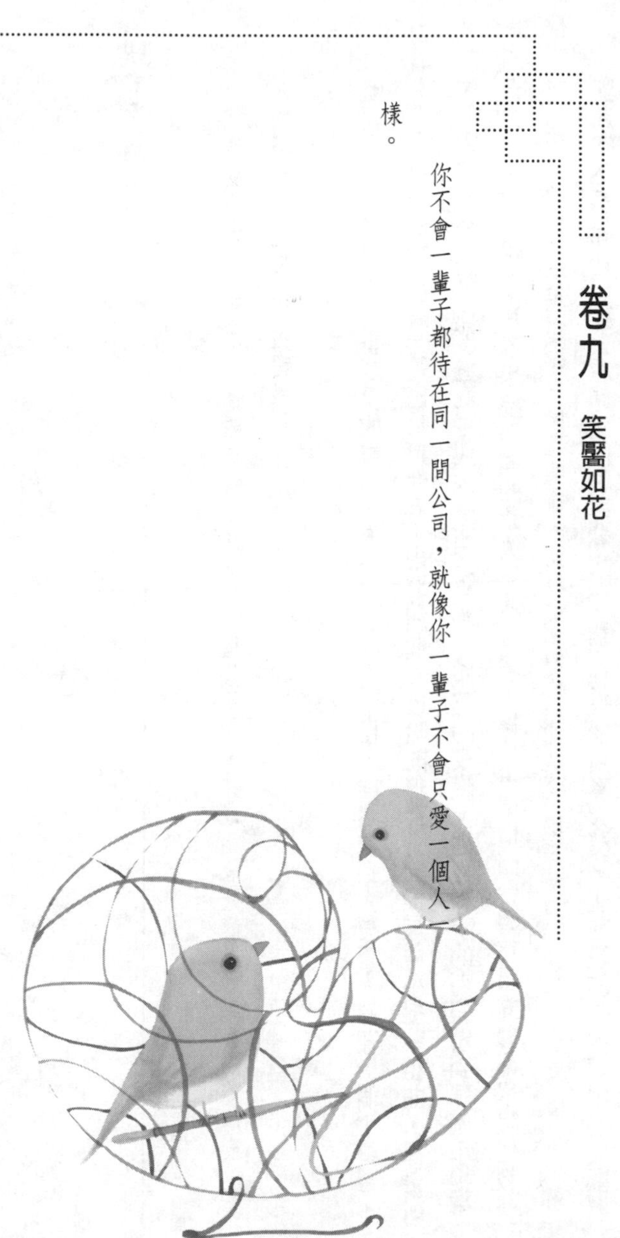

你變漂亮了，要不是你開口講話我還不敢相信是你，你這哪像失戀，如果失戀能讓女人變漂亮，我寧可多失戀幾次！

凱莉買書後經過了一番認真的整理，充滿信心的走下樓，突然看到大廳有人站在一個小舞台，對著上百人用小提琴拉著一段巴哈無伴奏小提琴組曲。巴哈的無伴奏大提琴與小提琴組曲，都是凱莉最愛的古典音樂，陪他度過高中與大學生活中許多寂寞的夜晚。他從牆上的海報看到那個小提琴家的介紹，一個美國茱莉雅學院畢業的華人天才音樂家穆狄，準備回台灣在國立藝術學院任教一年，並且在下個月三天內舉辦三場音樂會，演奏全本巴哈無伴奏小提琴。

凱莉突然想起在報紙上看過這個小提琴家在義大利得過演奏大獎，也在紐約卡內基中心與歐洲其他音樂殿堂舉辦過獨奏，只是沒想到他本人看來那麼年輕，帥氣的臉上掛著一個無框眼鏡，笑起來看起來像個無邪的大男生，但是氣質卻又是個溫文儒雅的紳士，但是微捲茂密的長髮蓋住了耳朵，讓凱莉皺了一下眉頭，他最討厭長髮男生。

他在大廳遠遠角落聽了一下穆狄示範曲演奏完後，便作了一段簡單的解說，描述巴哈這個組曲的由來與曲子的意境。這些他早就知道了，眞正吸引凱莉的是他模糊臉龐上的笑容，遠處看來依然是專注而明亮的眼神，突然他想到他在認識喬凡尼時也有這種純粹專注的感覺。他解說完後，便在一個保全陪同下離開，換下一個大提琴家解說。凱莉回到二樓，雖然沒有穆狄的巴哈無伴奏版本，

卻很輕易就找到了兩張他與紐約樂團合作的西貝流斯小提琴協奏曲，還有一張安可曲小品，便買了下來。他準備今晚用這兩張CD伴著《與神對話》，度過新人生的第一個夜晚。

回到家才晚上八點多，他拿出路上買的雜糧麵包與牛奶，捧著書，聽著穆狄的西貝流斯協奏曲，雖然還是想著曉航，但也感覺到第一次獨處時心靈平靜的幸福，而不是無奈的孤獨，或許是穆狄毫不炫技，平實卻純淨到無瑕疵的小提琴音色，引起了他心裡的共鳴。到了十點多，他打了電話回老家，跟母親聊了一下近況，卻也一直不敢提與文強分手的事情，他確信母親聽到這件事絕對會比他難過十倍，至少可堪告慰的是，母親最近跟一個新的檳榔中盤商談戀愛，對方老婆過世一年，對母親也非常體貼，今天還建議母親不要在馬路邊辛苦擺攤子了，可以跟他一起生活，一起做生意。母親講到這件事的時候語氣像熱戀小女生一般。

掛上電話後，凱莉關掉手機準備梳洗上床休息，他開始放穆狄的安可曲，一開始音色溫潤的珠玉小品，就讓他覺得屋子突然滿室生輝好溫暖，讓一直爲曉航忐忑的心緩和許多。他打開浴室讓音樂散播到裡面，舒服地泡個熱水澡，心裡想著明天他要用最美麗的樣子面對曉航。

他洗完澡後，換上睡袍走到客廳卻聽到有人敲門聲，他趕緊把音樂關小，心裡想音樂大概太大聲，樓下剛有寶寶的鄰居上來罵人了。他臉帶歉意的開著門，頭探出門外，劈頭就說：「對不起，我忘了現在很晚了，我以後會把音樂關小聲一點！」結果眼前的不是五樓鄰居，是曉航。曉航看著他，有點疲倦的說：「那麼晚我不敢按電鈴，我敲門敲了十分鐘，你手機又關了，音樂眞的是太大聲了！」

凱莉看到曉航心裡充滿了驚喜，但是故作冷淡的說：「你怎麼會那麼晚來找我？」曉航回答著：「在薇薇安那裡我就說過晚一點會跟你聯絡，而且我的衣服也還沒拿走！」凱莉想到他跟薇薇安耗了一個晚上，現在又只是來拿衣服，心裡一沉便冷冷的說：「你可以早點打給我，而且不用你說，我就會先把你的衣服拿去送洗，再還給你！」曉航聽了便說：「我們要一直站在門口講話嗎？如果你不讓我進去我就回去了！」

凱莉不願意看到曉航那麼快就回去，就露出一個裝傻的微笑，打開說門：「進來吧！」然後轉身往室內走。曉航進門後就反手關上了門，然後拉住凱莉的手，凱莉停下腳步回頭看了他一下，曉航大步向前就將他摟入懷中，然後又如同下午般激情吻著他，只是凱莉感覺到他的動作更多了一些大男人的強勢，少了一些溫柔，不自主地稍微推了曉航一下，曉航似乎毫不介意，甚至更侵略性的吸吮凱莉的雙唇，舌頭不斷探試性的想化解他唇間的緊繃。然而當凱莉聞到他頸部還有幾絲他浴室法國沐浴香精的氣味，而且只有那股氣味，沒有摻雜其它香水或古龍水的氣味，代表了下午的這段時間除了自己曉航沒有與任何人親密接觸，他心裡鬆了一口氣，便雙手向上愛撫著曉航的髮稍，更強烈回應著曉航的吻，然後雙手逐漸往下一直到他挺翹飽滿的窄臀，凱莉的熱情無疑激發曉航更強烈的慾火，他毫不考慮，甚至有點粗暴的扯開了凱莉的寬鬆睡袍的扣子，雙手輕易鑽到他腋下解開背後的胸罩扣，然後溫柔卻堅定地愛撫著凱莉的胸部，如蛇般靈巧又有侵略性的舌，一路而下，凱莉心裡豁出去激動的想著：「我無可救藥的愛上他了，我要讓他跟現在的我一樣快樂。」

於是他的手從曉航臀部往正面挪移，按摩著他西裝褲下的結實大腿，一路往上直到他最亢奮的慾望，曉航發出野獸般低沉的喘息，眼神有些驚訝的看著凱莉的表現，這次不是他抱起凱莉，而是凱莉拉著他一起倒在還隱隱約約留著他們午後雲雨痕跡的床上。這次凱莉不再像下午那般在狂喜中半清醒半暈眩，而是整顆心體會兩個人結合時的興奮，還有那種親密的幸福感覺。

當他們兩人終於再次平靜的躺在床上時，凱莉忍不住問曉航，爲什麼那麼晚還會過來，曉航看了他一眼說：「我渴望著你，我也確定你也一樣的渴望！」凱莉聽了心裡泛起一陣甜甜感覺，但是忍不住好奇說：「爲什麼是我，跟你那些交往的女人比起來，或是薇薇安黃比起來，我長得不夠漂亮，胸部不夠大，腿也沒有那麼修長。」

曉航聽了撐起頭來有些不耐煩的說：「我渴望你的身體，還需要理由嗎？我說過幾次你才相信，我就是覺得你漂亮，跟那些模特兒的漂亮是不一樣的，至於你的胸部，我不在乎大不大，我喜歡是雙手握起玲瓏飽滿的扎實感，我也喜歡你的腿，勻稱而渾圓，長腿唯一的用處就是更容易把男人踢下床，女人的身體是無法比較的，我就是喜歡你的身體，這樣的答案你滿意嗎？」他說到最後自己都忍不住笑了。凱莉聽了直覺忍不住的問：「那會喜歡多久？」

曉航的笑臉立刻消失的說：「這是承諾的問題嗎？雖然我從一個多月前就對你有慾望了，但是我只懂彼此的慾望，不懂承諾！我這樣說，你會叫我起床滾蛋嗎！」凱莉又是用手掌蓋住曉航的唇說：「不要說這種殺風景的話，你想留下來就留下來！」曉航聽了一語不發，只是躺下來，把手穿過凱莉的頸部，讓他的頭枕在他的肩上，沒多久就睡著了，輕輕的打著呼。凱莉起身沖洗一下身體，又枕回曉航懷裡，凝視著他熟睡的臉出現白天難見的溫和輕鬆表情，甚至開始數起他的鬍渣，直到沉沉睡去。

第二天清晨凱莉醒來，曉航依舊睡得很沉。他將咖啡壺搬到浴室煮了一壺咖啡，又用烤箱烤熱昨晚買的雜糧麵包，麵包香味喚醒了曉航。他起身四面張望，看到凱莉正安靜的坐在沙發上看著資料，便毫不客氣的拿起桌上已裝好的咖啡喝了一大口，然後對凱莉微笑著說：「早啊！都已經兩年多了，你竟然還記得我喝咖啡的口味！」凱莉聽了回看他一眼，心裡開心卻假裝不在乎的說：「臭美，那是我的咖啡，請你刷牙後再喝！浴室有新牙刷！」

他們倆用了早餐後，曉航載著凱莉到公司附近的十字路口放他下車，然後自己開著車往大樓停車場。凱莉進部門辦公室還沒有人來上班，他才打開電腦，曉航就進來了，然後開口說：「你要拿沾著我的血跡的素描怎麼辦？不會是拿來當成詛咒我的工具吧！」凱莉打開抽屜，心情很輕鬆的說：「拿去，我習慣紮小稻草人做法，我已經拿到你的頭髮了！」曉航擺出一付很嫌惡的表情便把素描塞進他的Bally公事包，走向他的大辦公桌。

凱莉花了一個多小時看完國外與國內郵件，然後接到今天早上第一通電話，賽門打來的，讓他愉快的心情馬上掉了一半。賽門一開始又是恭喜他昨天的表現，凱莉就問他怎麼知道的，原來是薇

薇安黃告訴他的。他進一步問凱莉昨天會議中是否有達成什麼秘密協議，凱莉立刻知道是曉航與日本雷克斯的事情，便直說詳細情形他不清楚，要賽門最好自己去問負責主導的曉航。最後賽門語帶暗示的說，這個案子未來可能會有大變動，甚至會轉到別的分公司那裡，要凱莉重新考慮到汽車事業部的事情，甚至暗示凱莉如果去了，將來還是有可能參與這個跨國大案子，不去，可能短期很難升到資深創意指導的位置，凱莉還是不爲所動的委婉拒絕了。

曉航在凱莉講電話的時候一直隔著玻璃窗看著他，等他講完電話後，曉航立刻撥凱莉的分機說：「新男朋友打電話來啊？」凱莉立刻輕聲俏皮的說：「你現在打來就算是！剛剛那個是大頭豬！」大頭豬是過去一個多月，凱莉與曉航面對提案時賽門百般在旁漏氣與扯後腿，因此兩人秘稱他大頭豬。他說完看看週遭同事也都在講電話，就比較放心的說：「他暗示有分公司會來搶這個案子，但是我相信如果這個陰謀存在，他跟薇薇安黃一定有關係，因爲薇薇安已經把昨天的事情告訴他了！」

曉航聽了生氣的說：「這個人渣愈來越過分了，他還跟你說了什麼，是否是又要你調到汽車部門？」凱莉輕聲說：「你冷靜一點，周圍都有人，我只能說他還暗示如果我去汽車部門，將來可能還是有機會參與雷克斯的案子！這種說法非常詭異！因爲我知道薇薇安不喜歡我！」曉航聽了語帶諷刺的說：「你難道還不清楚嗎，誰喜歡你不重要，我喜歡你也不重要，重要的是Celine喜歡你，他們大概要用你來合理化他們換團隊作的事情，畢竟那個女同志副總裁握有主導權！」凱莉聽了恍然大悟，卻正經的回答：「你只說對了一半，誰喜歡我都不重要，但是你喜歡我才眞正重要！」凱莉說完就掛掉電話。

沒多久，曉航接到一通電話後就離開辦公桌，經過凱莉座位前輕聲說了一句：「大頭豬找我！」然後整個早上，凱莉都在重新描繪雷克斯男人的樣子，並且參考日本、泰國明星的臉，想畫出三種不同種族面孔的雷克斯男人，接著又找了一些關於這三大地區男性消費者在時尚、生活、運動與個人喜好上的特質與差異，希望能創造面孔不同，但是魅力相似的雷克斯男人影像。這夠他忙到忘了自己與曉航撲朔迷離的關係。

到了中午快一點，曉航的會議似乎還沒結束，凱莉正打算自己先去吃飯時，小玲打了他的手機，他從日本回來了，而喬凡尼也到了台灣，他們正在附近的三越百貨公司美食街吃台灣小吃。他掛上電話，拿著皮包下樓搭上計程車，他需要他們的許多意見。

凱莉在咖啡座裡看到小玲與喬凡尼時，喬凡尼正親暱的嘴唇貼在他的耳朵旁邊，不知在說些什麼，惹得小玲很開心的微笑，滿臉性感而燦爛。他繼續往前走一直到離他們十公尺的地方，兩個人都沒有注意到凱莉。只見喬凡尼右手摟著小玲的腰，左手拿著叉子送上一顆蛋糕上的草莓到小玲的嘴裡，小玲閉上嘴後紅唇與嘴角上卻有一塊奶油痕跡，他伸出舌頭靈活的抹去了嘴唇上的，但是嘴角卻還是有奶油，喬凡尼就毫不羞怯的當眾用嘴唇貼上奶油痕跡，然後又吻了小玲一下，小玲笑著把喬凡尼推開時才發現凱莉已經到了面前。

「你們太誇張了！尤其當著一個剛被男朋友甩的女人面前做這種事，我眞不應該介紹你們兩個認識！」凱莉用流利的英文跟他們兩人開玩笑。小玲聽了笑得更開心：「你變漂亮了，要不是你開口講話我還不敢相信是你，你這哪像失戀，如果失戀能讓女人變漂亮，我寧可多失戀幾次！」喬凡尼在旁聽了對小玲說：「如果眞的如此，那你休想變得更漂亮，我保證會愛你很久的。」他說完又偷親了小玲一下，凱莉注意到周圍的客人都在偷看著兩個人的親密舉止而竊竊私語，趕緊說到附近有一個比較安靜的沙發吧，人比較少座位也比較隱密，不像這裡光天化日的，隨他們怎麼親密都可以。

走到那間沙發吧的路程不到十分鐘，他們一路說說笑笑的時候，凱莉突然發現小玲好像比喬凡尼高，不知道是否是因爲他穿上細跟高跟鞋。他用國語問小玲這件事，小玲聽了說他們兩其實身高正好一樣，連生日都只差一天，喬凡尼是巨蟹尾，小玲是獅子頭。然後小玲就用英文把凱莉的問題又說了一遍，喬凡尼聽了對凱莉說：「甜心，我們坐著與躺在床上的時間遠超過站著，我才不會在乎他是否比我高，只要他不要用他的長腿把我踢下床就好！」

這是凱莉第二次聽到這種類似說法，忍不住問喬凡尼這種事是否發生過，喬凡尼正要說的時候，小玲立刻大笑地用手捂住他的嘴：「停，不准說！」凱莉就看著小玲說：「你幹嘛那麼緊張，你一定有把他踢下床！」小玲尷尬的一直笑，喬凡尼摟住小玲，然後快速說著：「我愛上這個怪胎女人，前天我下飛機去他公寓，然後正準備進入狀況時，我忍不住告訴他，我愛他，結果我還沒意識到的時候，人已經在床下了！」

凱莉聽了也忍住大笑，小玲急忙解釋說：「我們才認識不到幾個禮拜，哪有人在那種時刻說那種話，聽起來好像是上床前的習慣，所以我想他會草率跟我講，也會到處跟別的女人講！」喬凡尼趕緊說：「我是很認眞的，我就沒跟凱莉講過！」凱莉急忙撇清的說：「不關我的事，我只跟你聊過一次天，可沒有那種不清不楚的關係！」小玲輕輕的微笑並用手指彈了一下喬凡尼的耳朵說：「他想，可是你不想，他大概看到東方美女都會想追！」凱莉聽了說：「那可沒有的事，不然我幹嘛把他介紹給你！」小玲也快人快語的說：「就是因爲你不喜歡他，才會介紹給我！他一開始是喜歡你的！」

凱莉聽得出小玲語氣裡奇妙的含意，握住小玲的手說：「你不感謝我這個紅娘就算了，至少也不要懷疑。而且你如果要這樣想，就不該讓他來台灣，街上哪個女人不比我漂亮，喬凡尼你覺得呢？」喬凡尼一臉無辜的說：「小姐們，你們不要好像把我當成傻瓜一樣討論，或是當垃圾一樣推來推去！若是你們發現漂亮的台灣美女對義大利帥哥有興趣，就介紹給我認識吧！他可能對我會比較珍惜！」這下換小玲擺出一副老夫老妻的姿態，一手輕扭住喬凡尼的耳朵說：「去下地獄！」喬凡尼一把抱住小玲說：「要去，也得你陪我去！」這下換凱莉受不了，趕緊罵兩個人神經病就推開面前沙發吧的玻璃大門，自己先進去了。

等他們三人都點完飲料後，小玲就把喬凡尼手上的提袋拿過來，從裡面拿出一個很漂亮的大紙

袋，然後遞給凱莉說：「這是一點心意，當作是謝媒禮。」凱莉剛剛拿到手上，小玲就要凱莉快看看喜歡不喜歡，竟然是一個牛角包，凱莉雖然不知道確實價錢是多少，但是一看就知道很貴，趕快推託不肯接受這麼昂貴的禮物，小玲就說那是喬凡尼跟紐約百貨公司客戶用很低的價格拿的，凱莉聽了更不敢接受的說：「我不習慣用這種太時尚的東西，而且還是喬凡尼買的，我才不想讓你有機會找我麻煩！」小玲才說：「剛剛是跟你開玩笑的啦！喬凡尼也有送我一個，不過是愛瑪仕的『凱莉』包，那要訂作，所以我還沒拿到！」

「他要送你用我名字作的包包，這不會讓你產生什麼怪聯想吧！」凱莉笑著說，小玲立刻說：「虧你是作廣告這種行業的，連凱莉包都不知道是什麼，那只是同音不同字，一個將近一萬美金呢！只有喬凡尼這種有錢的傻瓜才會送這個給我！」喬凡尼聽了假裝抱怨說：「寶貝，凱莉包是純手工訂製，可以用很久，而且永遠不褪流行，等我們老了你拿起來一定還是很好看！」凱莉聽了價錢吐吐舌頭，對小玲說：「你們進展實在太快了吧！才幾個多禮拜唉！可是我眞替你高興！」

小玲說：「有什麼好高興的，我認識過一個企業小開才跟我認識一個禮拜，就說要跟我結婚，我說他神經病，結果沒多久我就發現他早就有未婚妻了，是另一個企業家的女兒！」凱莉就說：「這個我倒可以作證，我第一次認識喬凡尼的時候，就覺得他是一個很眞誠、專情的男人，至少他爸爸這樣說！你該看看他當時講到他老婆過世的時候的事！」凱莉說完就有點後悔，喬凡尼臉上表情也是一陣沉默。小玲聽了就追問什麼事，他沒有聽說過，凱莉就用中文講了一次，怕惹起喬凡尼的傷心回憶。

小玲聽了轉過頭，親親喬凡尼的臉頰說：「可憐的寶貝，你怎麼不跟我說這件事！」喬凡尼就說：「這種事沒什麼好掛在嘴上，特別是跟正在交往的女朋友！那時候跟凱莉講，是因爲我們當時是陌生人，心情都很寂寞吧！」小玲聽了又用手捏了捏喬凡尼耳朵說：「天啊！我不只在跟幾億個東方女人競爭，還跟你的回憶競爭你？」喬凡尼聽了笑顏逐開的說：「別擔心，寶貝你現在是我的唯一！」他講完又趕緊補上一句：「以後也是！」

小玲心滿意足的說：「最好是！」然後話鋒一轉就問凱莉的近況如何？跟曉航有什麼好玩的事發生？凱莉趕緊說沒什麼特別的，小玲一口咬定一定有，不然凱莉失戀後不會變得更漂亮，凱莉反將一軍說即使有新戀情，憑什麼小玲一口咬定是曉航。小玲毫不考慮的用中文說了一些話：「我太了解曉航了，他喜歡的東西一定會追到手，而且你們又有那麼長的時間在一起工作，想要避免發生一些事情恐怕也很難，而且你上次電話裡不是告訴我說你的心情有些複雜嗎？」，小玲換了一個姿勢：「雖然我不清楚實際的狀況，不過我必須要先警告你，曉航很樂意跟美女約會，但是要他定下來是不可能的！」凱莉聽了軟弱的說：「我當然知道，我沒那麼傻，更不會跟他要求感情！」小玲聽了拍拍凱莉的手說：「凱莉，我一直沒有什麼女性緣，但是在紐約看到你時就感覺一見如故，你不像我周圍的女人，他們大部分都把我看成蕩婦，可是我知道自己在作什麼，要些什麼，如果你跟曉航有什麼問題，我是說萬一，我很願意跟你談！」凱莉看著他，硬擠出一絲笑意的說：「謝謝你！或許有一天我會需要，但是我們現在別再聊他好嗎？而且我們的工作出了大問題，我沒時間擔心這個！」

凱莉跟他們約了第二天吃晚飯之後，就回辦公室了，曉航已經坐在位置上，臉色凝重的跟創意指導艾瑞克討論另一個最近要推出的大廣告。凱莉知道這時候自己能幫曉航最大的忙，就是把雷克斯的案子做到最好，想到這裡就努力的集中精神繼續工作。他稍微看了一下是否有新的郵件，第一封就是紐約的Celine告訴他，現在案子的狀況有點複雜，創意勢力亞太區內部似乎有政治角力的問題，但是他相信凱莉能在任何艱難狀況下，做好自己的工作，並且希望凱莉能用最快速度把廣告初步規劃完成後寄給他。

他在結尾時還加上一句：「我一眼就知道你是個專注又單純的女孩，但是希望你記住，你不會一輩子都待在創意勢力，就像你不會一輩子只愛一個男人，雖然你現在可能如此想，但是只要你今天努力做完一件讓自己驕傲的事，那就是你眞正得到的，誰也搶不走。紐約雷克斯會對你敞開大門！」他迅速回覆這封信，感謝Celine的賞識，並且保證一個禮拜後會完成。他邊回信，邊看著曉航與創意指導艾瑞克交談。

等艾瑞克一離開，凱莉立刻撥了曉航分機，曉航看著凱莉語氣有點不耐煩的說：「什麼事，我還要跟小楊談另一個廣告案！」凱莉立刻輕聲說收到Celine的機密信件，他需要曉航公司以外的電子郵件。曉航立刻很警覺的說半分鐘後檢查你的郵件。這時候小楊已經走到曉航座位旁，凱莉立刻掛

掉電話，一分鐘後他把Celine的信傳到曉航私人信箱，然後把信件內容存在磁片中，就把Celine郵件整個完整的刪除，然後抬頭看著曉航。

曉航看到凱莉的眼色，立刻要小楊去把正在談論的廣告案市場調查結果印出來，小楊一走，曉航看完了信，立刻撥了一通電話給凱莉，輕聲的說：「不要出聲，這是我第一次求你，請你停止在辦公室畫腳本大綱，晚上回家再畫！我今晚會先飛到紐約，然後在飛到日本，六天後回來。我等一下會傳一份郵件給你，你看完就回家照著作。這不只是爲我，也是爲你好，請相信我！」凱莉聽了心裡忐忑不安，只能冷靜的說：「我完全信任你！可是你一定要小心！」然後就直接掛掉電話。

他把所有早上畫的東西立刻放進提包裡，甚至連參考資料都放進去，幸好有小玲送的牛角包，他可以再多放一點其他文件。驚人的是，薇薇安黃這時候打電話給他詢問進展如何，他趕緊回答還沒有什麼進展，薇薇安一副不信任的口氣問怎麼可能，曉航昨天說過有初步的東西。凱莉很機警的說，昨天晚上他傳給Celine一些檔案，Celine覺得還要再加強很多部分，因此要他先停掉手上的東西，過兩天會建議曉航如何修改，而曉航顧及商業機密已經把原圖毀了。薇薇安就語帶刻薄的說，沒有那個本事就不要強出頭，凱莉虛假的連聲道歉。

接著賽門也打來了，也是說想看原圖，凱莉也是用同樣的說法回應，賽門聽了半信半疑的問，現在該怎麼辦？凱莉就推說接下來由曉航決定。幸好小楊這時候又回座位拿東西，凱莉趕緊打內線給曉航：「薇薇安與賽門要看腳本，我說Celine不喜歡腳本要我調整，我說接下來要等你與Celine的指示！」他掛上電話後，努力思考到底發生了什麼事。突然聽到曉航的聲音說，凱莉你過來一下！

他走到曉航座位，看到負責一個女性牛仔褲品牌的創意指導艾莉絲與小楊已經坐在那裡。曉航看著凱莉語氣強勢，但是眼神卻異常溫柔的說：「這個牛仔褲廣告兩個月後推出，創意也相當好，但是我擔心有些女性消費者會覺得被冒犯，不過艾莉絲手上還有一個新案子，你現在的工作還要等紐約雷克斯總部指示，這個禮拜就先幫艾莉絲執行一些市場調查的工作吧！我今晚出國，你問艾莉絲該如何做，可以嗎！」凱莉很快速的回應：「好！我有一個禮拜空檔，艾莉絲明天就麻煩你告訴我有那些市場調查該做！」

當天晚上曉航就直接從公司到機場，上飛機前打了一個電話給凱莉，對於廣告案沒有多說些什麼，只是要凱莉注意公司的動靜並且照顧好自己，他處理完事情就會盡快回來，凱莉聽的出來曉航語氣裡的沉重感，也沒有多說什麼的掛上電話，夜裡面翻來覆去的睡不著，索性將所有的資料取出來，專心一意的將他心目中完美的雷克斯男人一筆一筆的重新勾勒。

卷十 西貝流斯協奏曲

能好好照顧自己，為自己做一些事的感覺，真的是很好！

他相信有一天，只要自己好好的生活著，也會如女主角般找到一個心靈相契的男人，就算不是曉航，他也會有能力愛他，只要他不要因為曉航而失去愛人的能力。

曉航出國後，凱莉頭幾天果然感覺賽門變得鬼鬼祟祟，不時的來他座位上看他在做什麼，除了問他雷克斯的案子進展怎麼樣，還會問他有沒有跟紐約的Celine聯絡，凱莉的回答都是曉航不在台灣，所以案子沒特別的進展，客戶也沒有新指示。

幸好曉航出國前已經爲他鋪好了後路，他總是有事沒事就去找艾莉絲討論牛仔褲女性市場研究，或是拿曉航寄給他電子郵件中的市場數據與調查，來當做自己的發現，即便偶爾出去也會跟艾莉絲講是去百貨公司或西門町觀察女性消費者。這招最高明的便是艾莉絲本來就跟賽門很熟，如果賽門想藉由艾莉絲來觀察凱莉，那麼他鐵定以爲凱莉在辦公室的時間幾乎都在忙艾莉絲的案子。

因爲創意部門的大頭頭出國，凱莉也理所當然的一改以往沒有八點不離開辦公室的習慣，總是六、七點就表現出很悠閒的樣子和所有人一樣離開辦公室，吃點東西就回家開始研究雷克斯的案子，用鉛筆與鋼珠筆一筆一筆劃出廣告腳本，由於凱莉樂在其中，因此進展速度又快又順利，心情上的專注甚至把跟小玲約好吃晚飯的事都取消了，改到週末。

那幾天的晚上他回到家就換上輕鬆的睡衣，給自己沖一壺玫瑰或其他花果茶，隨時都有著小提琴或大提琴時而悠揚、時而低沉的旋律在滿室暈黃的燈光下盤旋著，有時候他在下筆時會跟著小提

琴大師謝霖，或密爾斯坦演奏的巴哈無伴奏小提琴的《夏康舞曲》旋律抑揚頓挫，哼出旋律，腳還會跟著打拍子，畫出很特別的筆觸。

他想起穆狄在解說的時候說過，巴哈在創作六首無伴奏小提琴組曲與奏鳴曲時，心情陷入低潮，因此藉由小提琴訴說著千迴百轉的低迷心事。凱莉腦筋不時閃過這幾句話。曉航離去前一天的熱情，帶給他至高無上的快樂，第二天卻讓他感覺到有些冷漠，直到上飛機前的那通有點溫暖又些距離的簡短電話更讓他對這段感情的捉摸不定，猜不透自己與曉航的未來會是如何，但是現在爲曉航素描雷克斯男人時，好像是用手一筆又一筆畫出自己心目中曉航的模樣，耳邊輕飄的旋律無伴奏小提琴中迴盪不止的情緒，宛如自己心情的忐忑起伏。一遍又一遍重複整個樂章的過程彷彿聽到知音般的同理，心情起伏反而成了一種循環卻自然的過程，像情緒緊繃時的深呼吸般自然，忐忑不安的情緒也慢慢平復了。

有時他覺得手上的筆因心情的拖延過於沉重時，便換上傅尼葉或史塔克演奏的無伴奏大提琴，讓自己的心情沐浴在他們極爲陽剛而溫潤的琴音中，感受春風徐徐，和風煦煦。至於聽到穆狄的莫札特小提琴奏鳴曲時，雖然不如大師那般技巧高超，但是音色卻有現代都會男人的感覺，時而熱情充沛，時而溫柔呢喃，好像是在對著心愛的人訴說某種情感，他不禁想起穆狄演奏時專注的神情，還有孩子氣的笑容。

那時他決定一定要去聽穆狄現場演奏全本的無伴奏小提琴。而在不知不覺中凱莉筆下的雷克斯男人笑容與眼神少了一點嘲諷，也不再那麼故意炫耀成年男人的世故魅力，反而有著一些男孩純真的特質。然而到了每天晚上十二點多該入睡時，他總會關掉音樂讓屋子恢復寧靜，躺在床上打開床頭燈，然後總有幾分鐘看著清洗過但仍殘留一些暗紅色曉航留在床上的血跡，想起那天的種種纏綿，心情上的快樂與失落、幸福與迷惘時不時的交互啃蝕。曉航睡過的枕頭還留有一丁點他的氣味，以及幾根他的短髮。睡前則會看著《與神對話》，希望藉由這本書的許多的想法，讓自己心情平靜，逐漸培養一股自我內心安定的力量，面對這段感情的不確定性。凱莉非常清楚，他需要很大的力量。

根據曉航郵件中列出的行程，週五下午曉航必須與Celine開會，接著再由Celine決定是否要跟創意勢力總部的國際事務進行下一步討論。因此凱莉爲了爭取時間，星期五早上就打了電話給艾莉絲說自己感冒頭痛，要他幫忙請假。他到了下午就差不多把提案文字與廣告腳本草圖完成，那時候也剛好是紐約的清晨，他打了一通越洋電話到紐約曉航住的飯店，曉航接到他的來電似乎很興奮，當他說已經把資料準備好，等會把草圖送去掃成電子檔就可以傳給他，曉航忍不住讚嘆說：「太神奇了，凱莉，你是我這輩子唯一可以信賴的女人！」

凱莉聽了說：「你的稱讚，我到底該高興還是難過。難道你身邊的女人都不值得信賴，包括我都必須經過這樣的檢驗，才能得到這樣的肯定？」曉航聽了說：「別講這種掃興的話！我知道你跟我接觸過的女孩子完全不一樣，所以也不知道如何面對你，特別是那天下午與晚上的事！希望那沒有搞砸我們的合作關係！」

凱莉聽了本來滿心的喜悅立刻化成冰冷，冷冷的說：「如果你想撇清我們的關係，如果你害怕我像一般女人跟你上了床後就跟你要承諾，你就想太多了，因爲你還不配我向你要承諾！」曉航帶著一些抗辯的語氣說：「請不要如此情緒化，我的意思不是這樣，我只是想說我不曾跟同事有過超乎尋常的關係！」凱莉聽了更加生氣：「害怕了嗎？害怕的話，當初就不該堅持要到我家！我等一下會把東西全傳給你，明天早上請Check你的郵件！」說完，凱莉就掛掉電話了。

傍晚凱莉在憤怒與痛苦的情緒中依然將所有資料都傳給曉航，幸好小玲打了電話來。聽到凱莉懶懶的語氣很不開心的樣子，小玲就提議到夜店去走走，一方面散散心一方面陪陪喬凡尼，因爲喬凡尼一直抱怨凱莉最近都沒有抽時間好好的陪他們，原本不想出門的凱莉在小玲與喬凡尼接連的鼓動下，賭氣似的發誓今天一定要玩個痛快。

三人相約在華納威秀旁知名的夜店門口碰面，小玲看著凱莉的臉馬上猜出他有心事，凱莉原本想要隱瞞，但敵不過小玲熱切關心的口吻，只好一點一點的透露，最後在喬凡尼與小玲的溫柔勸慰下，終於潰堤似的將這些日子以來曉航和他之間的點點滴滴與自己心情上的起伏全部說了個清楚，積壓在心裡的疑惑與恐慌得到宣洩的出口，沉重的情緒也稍稍紓解，小玲與喬凡尼輕輕拍著凱莉的肩膀一句話也沒說，擦掉了眼角的淚光喝光了手上的調酒，小玲摟著凱莉放肆的說：「管他什麼曉航、小豬、小狗，今天你最大，讓這個死義大利男人請客，讓他爲全天下的男人謝罪。」喬凡尼不

知道小玲在說什麼，只是吐著舌頭趕快到櫃檯去買酒，兩個女人嘻嘻哈哈的握著手，約好今天晚上一定要玩個盡興！

夜店裡舒緩的沙發音樂朦朦朧朧的燈光，穿著入時的男人女人眼光不停的瀏覽搜尋，服務生突然送上了一瓶香檳，說是有人請客，喬凡尼拿起了酒瓶看了看對著凱莉與小玲說：「這裡的人都這麼大方啊！這支法國香檳年份很好，價錢應該也不便宜……」凱莉舉目張望發現右手邊一個男人舉著酒杯向他們這個方向靠近，低頭剛想要詢問小玲時，這個男人已經開口：「凱莉，好久不見，我剛剛不確定是你，看了好久才發現眞的是你，哇！你現在越來越漂亮了。」藉著燈光凱莉猛然想起這個男人不就是半年前一個化妝品專案的廣告客戶，雖然在提案的過程中有過幾次的接觸，但一時間卻想不起這個人的名字，還好這個男人很快地對著喬凡尼與小玲打招呼：「我是亞倫，以前我們公司與凱莉合作過，剛剛看到凱莉所以想過來聊一聊。」小玲向凱莉使了一個有趣的眼神，凱莉無所謂的聳聳肩，接著亞倫對著凱莉說：「最近忙嗎？上次的案子獲得很好的反應，前幾天我還跟我們公司建議要進行下一波的設計，沒想到就在這裡碰到你，你眞的變了好多，我都快認不出你了！」凱莉淺淺的笑了一下說謝謝，亞倫放下酒杯轉頭問小玲：「我可以過來坐坐嗎？不會打擾你們吧！」小玲也沒有詢問凱莉的意見就說：「好啊！凱莉的朋友就是我們的朋友，歡迎歡迎！」亞倫回過身去跟凱莉說：「我去跟我的朋友說一聲，等一下好好聊聊。」趁著亞倫離開的空檔，小玲悄悄的在凱莉的耳邊詢問這個男人的來歷，凱莉快速的交代彼此的關係，小玲拍拍他的手小聲的說：「既然來了，就好好玩，不要想太多。」喬凡尼側著頭看著凱莉：「漂亮的女孩讓男人追逐是理所當然的。」小玲笑著敲了他腦袋一下說：「老爹，我這個漂亮女孩也應該被追逐一下吧！」

「誰敢，我把他丟到門口去。」

亞倫是個謎一樣的男人，凱莉回想，整個提案的過程中他參與的不多，但擁有相當大的主導權，他與曉航一直在猜測這個男人的眞實身分，最後結案時才輾轉聽說亞倫實際上是這個企業家族的第二代，只不過作風很低調，不太與外界往來，今天會過來主動打招呼實在令人訝異。過了不久，亞倫回到他們這一邊，或許有一絲報復的心情，凱莉的態度非常熱情和亞倫有說有笑的好像老朋友，喬凡尼與小玲也玩得很開心，桌上的酒像跑馬燈一樣快速的轉換，沒過多久四個人都喝的有幾分醉意，原本凱莉想要早點回家休息，但經不起亞倫熱情的續攤邀約，在亞倫的安排下四個人搖搖晃晃的轉到KTV玩。

喬凡尼曾經在紐約唱過卡拉OK，但到這樣金碧輝煌的KTV旗艦店卻是第一次，對著有限的英文歌曲點了又點、唱了又唱，每一次都用不同的表演方式，惹得大家都狂笑不已，剛過午夜十二點，正當喬凡尼唱得正盡興的時候，凱莉的手機響了，是曉航打來的，包廂裡的迴音很大，凱莉斷斷續續的聽到曉航說與Celine及創意勢力總部的會議很順利，對於雷克斯這個案子有了很好的共識，講著講著亞倫湊過來開玩笑嚷著要凱莉唱歌，電話那頭的曉航聽到陌生男人的喧鬧聲突然變得不耐煩，語氣十分僵硬的說凱莉忙了一個禮拜當然有資格好好狂歡，他得趕下一班飛機到東京了，更意

有所指的要凱莉好好的玩，凱莉聽了更火大，也沒有多做解釋，帶著幾分醉意對著曉航說別把每個女人都想像成你或是你交往的那些女人一樣，火力十分兇猛，曉航有點惱羞成怒的掛上電話。

或許是眞的醉了亞倫的手開始放肆起來，摸摸凱莉的頭髮牽著他的手，不斷的說怎麼會錯過這樣的女孩，怎麼會錯過這樣的女孩，還認眞的要小玲與喬凡尼作證只要凱莉答應做他的女朋友，讓他做什麼都可以，說著說著順勢的將手放在凱莉的大腿上來回的撫弄，雖然已經喝得昏昏沉沉的凱莉還是很清楚亞倫的意圖，巧妙的站起身來說要上廁所輕輕推開了亞倫的手。小玲與喬凡尼看到這個情形也很有默契的說累了醉了該回家了，謝謝亞倫的招待並客氣的相約下次見面。走出KTV亞倫原本想送凱莉回家，小玲牽著凱莉軟軟甜甜的說還有許多的心事要和他講，替凱莉擋掉了亞倫的糾纏，上到計程車凱莉與小玲對看了一眼異口同聲的說：「臭男人。」

濃厚的酒意加上心情的疲倦，凱莉半爬的滾到床上，將留有曉航氣味的枕頭踢下床，決定明天開始要重新活過一個自己，不再爲任何男人傷神煩惱，闔上眼睛朦朦朧朧之際他又含含糊糊的說了一聲「臭男人」。

星期六凱莉整個白天都與酒後宿醉奮鬥，宿醉的頭痛與對曉航的氣憤，讓他有一種想死掉的感覺。但是他慶幸至少自己沒有做出讓自己後悔的事。小玲也打了電話，慰問他心情是否好一些。凱莉要小玲今天不要提到任何關於曉航的事情，他想好好的沉澱這幾天的情緒。

他獨自在屋中，聽完了穆狄演奏的安可曲，西貝流斯協奏曲，忍不住上網找他的資料，還有演奏會的行程。突然發現演奏會的第二場當天是他的生日，他當下決定要出門買三場音樂會的票，當成送給自己二十六歲生日的禮物。他到了有售票的連鎖書店，發現雖然離演奏會還有三個禮拜，但是票已經賣出七成了。好座位的票只剩下十六排F座左右的座位，有趣的是這些位置三場都空著，他就三場都買了十六排F座這個座位。買完了票，他心中有一股出乎意料的平靜感覺，或許這是因爲他二十五年來第一次送給自己眞正期待的生日禮物。「能好好照顧自己，爲自己做一些事的感覺，眞的是很好！」他心裡想著。那晚他拒絕了小玲與喬凡尼的邀約，待在家裡泡了一個小時舒服的澡，然後租了一部「緣來就是你」電影。

電影裡面講一對互不認識的男女，都渴望生命中有一些改變，都等待著眞愛，但是即使許多事情不算順利，他們還是認眞面對生命，甚至是用力的生活，中間他們各自不斷有短暫可笑甚至尷尬的戀情，生活中兩人也不斷如陌生人般錯肩而過，直到最後結尾終於認識，找到了彼此。他噙著淚充滿感動地看完，然後看了一眼原文片名*Next Stop Wonderland*，而**Wonderland**（天堂）是個捷運車站名，片中的兩人也是在那裡相遇。睡前他覺得心情沉靜許多，他相信有一天，只要自己好好的生活著，也會如女主角般找到一個心靈相契的男人，就算不是曉航，他也會有能力愛他，只要他不要因爲曉航而失去愛人的能力。

星期天中午，曉航又打電話來了，問他心情好一些了嗎？這種溫暖的問候又讓他昨天努力建立

的心理建設頓時瓦解。曉航說一切都非常順利，他星期一下午見完日本雷克斯與創意勢力的人就會回台灣了。但是他需要凱莉能在晚上之前畫出一個日本男人氣質的雷克斯男人，不要太俊美的像偶像劇明星，運動明星是比較好的選擇。凱莉就說他先前已經畫了一些草圖，整理一下應該很快就會傳給他，曉航說不急，他星期一早上收到就好。掛完電話，凱莉覺得這通溫暖的對話爲他與曉航的感情打了一個強心針。

他急忙翻出之前畫的許多草圖，其中有好幾個是以日本人臉孔爲參考的，大多沒有完成，唯一完成的正好是以當今日本足球天王中田英壽爲藍本，只是身材更高大一些。他興奮的趕快出門把圖掃描成電子檔，然後回家就上網傳給曉航。

他抱著期待曉航看到時吃驚的興奮心情，撥了曉航留給他的飯店電話，即使曉航不在也可以留言。沒想到總機說曉航還在飯店可以直接接過去，凱莉心裡更興奮了，想著一定要逼曉航立刻上網收資料。沒想到電話一接通，就是一個聽起來像日本女人的聲音！「哈囉！」凱莉聽了心沉了一半，聲音自然沙啞微弱的說：「哈囉！」沒想到對方又回了一句：「哈囉！」凱莉決定要搞清楚情況，就用更低沉的聲音回應問候說：「你是艾莉絲嗎？我是莉莉，我找曉航？」對方用聲硬的英文說：「我不是艾莉絲，曉航先生在洗澡！你要留話嗎？」

凱莉摸著跳動不已的心臟，故作驚訝的說：「艾莉絲昨晚有在曉航先生的房間啊，今早還打電話給我啊！」電話中的女人人立刻用肯定的語氣，英文破破的說：「不可能，曉航從昨晚就跟我在一起啊！哪有什麼艾莉絲？」凱莉立刻說：「可是媽媽桑說曉航先生昨天對艾莉絲很滿意，今天特別要我加入他們啊！」

那女人立刻說：「原來你是妓女，曉航先生不會跟你們這種女人有來往，特別是外國女人，他只喜歡東方女人！你一定搞錯了！」凱莉立刻問：「你罵我妓女，你也好不到哪裡，你的媽媽桑是誰？」結果那女的語氣非常急促的說：「誰有媽媽桑，我是受過高教育，領高薪的白領女性！」凱莉心裡苦澀，但是戰鬥力絲毫不減的說：「你們這種女人在辦公室釣男人，跟我們妓女有什麼兩樣？」

那女人氣得失去理智說：「誰說一樣，至少是他主動追求我，我也不會像你們一樣上床後收錢！」這時候突然一陣小騷動聲，電話那頭換了個男人的聲音，用很流暢的英文說：「你的媽媽桑搞錯了，我們沒有要求任何性服務，我也不需要！」凱莉聽了突然用中文說著：「我當然知道你不需要，因為你心裡清楚任何你想要的女人都會跟你上床！」電話那頭的曉航沉默了好一會，冷漠的說：「你花了那麼多功夫打電話胡說八道，得到了你想要的了嗎？」凱莉聽了完全壓抑住怒火，或是說心完全碎了的說：「你不會知道我要什麼，但是我要告訴你，你已經得到你想要的檔案，就在你的信箱中！」

凱莉說完就掛掉電話。他強抑心中的怒火，完全不知道如何發洩心中的怒火，到處翻冰箱與櫃子，發現一瓶大瓶的Single Malt Whiskey，他打開蓋子用力灌了一口，火辣的酒精與強烈的碘味讓他感覺胸口著火般疼痛，但是那一刻心臟感受的龐大壓力卻逐漸麻醉了，接著電話鈴一直響，他拔掉線頭，關掉手機，又開始大口灌酒，打開音響讓輕盈的古典音樂來撫慰他此時喘不過氣來的狂怒與鬱悶，他咬住牙不讓自己哭，因爲一切都是他選擇的，他早知道曉航不是一個會對女人忠實的男人，但是他還是選擇了愛他，但這個愛來得太猛也太傷人。不到十幾分鐘他就喝完了整瓶烈酒，感覺到噁心，但是腦袋卻還是纏繞不去曉航與其他女人在一起的影像，他打開冰箱，乾脆就坐在冰箱旁，拿起裡面的啤酒一直喝，沒有多久他捂著嘴衝到廁所，翻騰的胃酸和厚重的酒精燃燒他的口腔，那種痛苦讓他腦袋發漲到容不下任何現實思考，他就是要這種感覺，這種踐踏自己放逐自己的感覺，吐完之後酒也醒了一些，那些煩人的思緒又重新躍入腦海中，凱莉搖搖頭索性把冰箱剩餘的啤酒帶到浴室，一罐一罐、大口大口的喝，一次又一次更強烈的嘔吐，讓他終於失去意識的倒在浴室裡。

他感覺比較清醒時，已經是星期一中午了，全身都是嘔吐的氣味，站起來時沒有扶好摔倒撞到浴缸，額頭上流了好多血。他意識不清楚的吞了兩顆止痛藥，拿面紙擦乾淨後噴上消炎粉，貼上膠步。他心裡想管他今天是星期幾，回到床上倒頭又想睡，心裡想著他一輩子都活得太辛苦、太認眞，到這種狀況也沒有幾個好朋友可以傾訴，這時候他想起蔓蔓，他們曾經無話不說。他睡著前決定，第二天一定要打電話給蔓蔓。迷迷糊糊中，他感覺好像有人在敲門，但是他實在不想起床，只想一直昏睡。

凱莉再次醒來時是第二天早上九點，酒完全醒了，腦袋也不痛了，卻感覺頭頂有傷口陣痛著，才發現他頭上的傷口雖然結疤了，卻在枕頭與床單上留下許多殷紅血跡，甚至蓋掉曉航先前淡淡的血跡。他恨恨得把床單與棉被套都換下，起來將它都丟到環保垃圾袋裡，心裡想著夠了夠了，這些事情就讓它徹底結束，苦也苦了，痛也痛了，這個男人眞的不值得留念。然後到浴室仔細的清洗掉全身難聞的氣味，把結痂的傷口貼上新的繃帶，接著花了半小時把頭髮整理好，臉上粧畫得更是美麗，他決定，儘管頭上有個醜陋的傷疤，他今天要用最漂亮的樣子、最有精神的走進辦公室。

凱莉進辦公室已經十一點了，曉航已經在座位上講電話，周圍的人都在問候他怎麼了，前一天也沒來上班，他就笑著說沒事，讓大家操心了，也不肯講自己怎麼受傷的，打開電腦繼續工作。

他打開電腦，看著電子郵件赫然發現Celine寄給他的信，一開始就稱讚他的腳本，然後解釋上一個禮拜發生事情的始末。原來薇薇安黃的老公彼得的確被獵人頭公司挖角了，而他不是到雷克斯的競爭對手那裡，卻跳槽到另一家跨國廣告公司，也就是創意勢力的競爭者，同期間敵對廣告公司的紐約總部也試圖要中途搶下雷克斯整個全球廣告案，包括亞洲的部分，這家公司的台灣分公司也打算挖曉航或賽門去當總經理，而這件事情傳到創意勢力日本亞洲總部社長山本那裡，因此曉航與賽門的忠誠度，都受到日本的創意勢力與Celine的懷疑，這就是爲什麼曉航要出差的原因。而凱莉的作品及時完成，並且由曉航呈現在他們面前，證明了曉航的忠誠度。

凱莉看完覺得整個事情太不可思議了，接著他打開其它的電子信件，看到了日本創意勢力的社

長，以及雷克斯日本都寄信稱讚他的創意，甚至日本創意勢力社長山本還說：「即使沒有曉航，我也相信你也可以獨立完成這個廣告創意！」這些稱讚並沒有讓凱莉高興，相反的他相信這件事情賽門一定會非常的生氣，因爲如果雷克斯這個案子中途被攔截，賽門就有絕佳的理由除去曉航，但他絕對想不到現在竟然被凱莉檔了下來。果然一個小時後賽門撥了分機過來說：「凱莉恭喜你這次大出風頭，不僅救了你的老闆，也讓客戶與總公司對你印象深刻，但是別以爲如此，你就可以不把我放在眼裡！」

凱莉淡淡的說：「總經理我不知道你在說些什麼！」賽門聽了便說：「我很清楚你的草圖交給了曉航，你卻一直欺上瞞下！你以爲曉航可以一直護著你嗎？你知道他的忠誠度早就被懷疑了嗎？」凱莉很冷靜的說：「總經理，很抱歉讓你那麼生氣，但是這件事情是Celine與日本山本社長交代的，除了他們兩個外不可以透露給其他人！」賽門聽了無話可說，悻悻然掛掉了電話。

星期二早上碰到這麼多事情，再加上頭上傷痕隱隱作痛，凱莉突然覺得不想待在公司，拿起了包包如同上禮拜的伎倆一樣，跟曉航辦公桌前的艾莉絲說：「我下午要再到百貨公司去看市場，就不回辦公室了，明天早上會給你完整的研究資料！」說完他頭也不回的走出辦公室。

他一出公司大門就想起來要打電話給蔓蔓，撥電話的同時他嘆了一口氣心想兩人是該和解了。結果蔓蔓沒有接電話，他快快的留了言，告訴蔓蔓他已經不介意他跟文強的事情，他們還是好朋友等等。接著他打給小玲，小玲一開口就說：「終於肯接電話了！」凱莉沒有跟他多說，問了小玲的公寓地址後，就直接叫計程車過去了。到了小玲的小公寓，開門的是喬凡尼，臉色似乎很不好，而小玲正在講電話。

原來喬凡尼昨晚喝醉了，而且是被曉航灌醉的。小玲聽到凱莉的聲音就掛掉電話，一看到凱莉額頭的傷口就驚呼了一聲，直接問他：「曉航有找到你嗎？你頭上的傷口是曉航打的嗎？」凱莉聽了一頭霧水，小玲才用中文解釋說曉航昨晚下飛機就從機場打電話來問凱莉有沒有跟他連絡，然後又去了凱莉家裡找他，可是沒人在家。凱莉心裡才想起來昨晚聽到的敲門聲不是作夢。

曉航找不到凱莉，就又打電話給小玲說要去找他，小玲說喬凡尼在他家不方便，曉航就在電話跟喬凡尼扯起來了，最後三個人就跑去酒吧喝酒，喝到凌晨三點，喬凡尼大醉曉航才放他們離開。小玲講完事情經過後就說：「你們之間到底怎麼了？我還是頭一次看他那麼失魂落魄！」凱莉聽了很生氣的把他打電話到東京的事情講了一遍。

小玲聽了搖搖頭說：「曉航這種男人不是一般女人能應付得來的，尤其是像你那麼認眞的女人，可是現在講這個好像太晚了，如果我早點認識你，我一定會要你離他遠遠的！」由於他們講的是中文，喬凡尼雖然在旁邊聽了一頭霧水，但是慢慢也聽出所以然！

他沉思的說著：「我的周圍有許廣告界的花花公子，他們都是少年得志又吸引女人，不知道自己眞正要什麼，什麼都想要，也什麼都不珍惜！許多跟他們交往的女人都以爲自己可以改變對方，或是期望自己比其他被拋棄的女人幸運，然後要花很長的時間才看清這是不可能！即使別人怎麼

說，他們也聽不進去，特別是聰明有才幹的女人，更容易以爲自己可以改變這些男人，我很擔心你會如此！」

「我該怎麼辦？」凱莉嘆息著。「離開他，或是選擇做他的朋友，特別是這個人又是你的老闆，除非你有更好的工作機會！」喬凡尼毫不考慮的說：「其實以你的能力如果眞的想離開，不怕找不到好的工作的！」，凱莉聽了立刻想到Celine對他的提議。他立刻告訴喬凡尼這件事，喬凡尼聽了也大爲贊同，然後說：「這樣你就可以飛到紐約，成爲我跟小玲的鄰居了！我們還沒告訴你，我向他求婚了！」凱莉聽了很訝異的看著小玲，小玲很開心的笑著，嘴裡卻說：「他自己在夢想，我根本還沒答應！我根本對他不了解，也不知道他可不可靠，而且嫁到美國，我必須放棄現在的工作，沒有自己的收入完全得靠他養！天天要看他的臉色過日子，其實也蠻恐怖的。」

喬凡尼說不可能的他一定會全心全意愛著小玲，絕對不會給他臉色看並拉著凱莉幫他說服小玲，小玲微笑的搖搖頭說他需要時間好好的考慮。喬凡尼聽到小玲的回答頓時像一個洩了氣的皮球，很失望的小聲說他實在太震驚了，站起身來表示要立刻回美國。小玲馬上接口說好啊！他可以幫他打包，喬凡尼又突然的撲到小玲的身邊說那他需要一個更大的行李箱，這樣才能直接把小玲裝進去，兩個人就這樣推推擠擠然後熱吻起來。看在凱莉心裡又羨慕、又忌妒。這時電話響了，原來是紐約打來的電話要找喬凡尼。

趁著這個空檔，凱莉問小玲爲什麼不肯嫁喬凡尼，小玲想了一下才說他曾經逃婚過一次，而準新郎正是曉航的同學，當時是因爲他覺得自己愛上了曉航，也與曉航差點發生超友誼的關係，才毅然決然的堅持解除婚約，但是等他結束婚約後曉航卻消失不見。他想了很久才發現自己的一廂情願，也花了很久的時間才忘掉曉航並且從那次的打擊中恢復過來。小玲感觸的說：「後來時間久了，我反而感激曉航的出現，因爲我從來就沒眞正愛過前未婚夫，只是因爲他人很誠懇善良，不像周圍總是色咪咪看著我的男人，他跟我求婚我就答應了，我很怕這次我跟喬凡尼也會如此！我知道我心裡很喜歡歡他，但是我需要時間觀察！」

「我不懂，你爲什麼不恨曉航？」凱莉忍不住問。小玲毫不考慮的說：「因爲他從來就沒有表示要有長期感情關係，也沒有刻意誘惑我！我解除婚約的時候，他曾經說過，我的前未婚夫是比他好一百倍的男人！但是就是不適合我！」凱莉聽了心裡想，這就是曉航的作風，讓人想恨他卻有找不到適合的理由，因爲他早已把可能的理由都說得很清楚，不值得同情的反而是那些愛上他的女人，因爲他們心甘情願！

「我才不要讓事情發展到這樣，我才不要讓自己不能原諒自己！」看著小玲，凱莉發誓他一定要證明自己有能力狠心斬斷自己對這個可惡男人的愛。

凱莉與小玲聊到一點多才出去吃午餐，兩點多時蔓蔓終於打電話來了。他們約在以前常喝咖啡的地方碰面。兩個多月沒見，雙方一開始都覺得很尷尬，蔓蔓問凱莉的頭怎麼了，凱莉隨便找個理由矇混過去，蔓蔓也沒有多問。兩人很小心的聊了彼此工作上的瑣事，有一搭沒一搭的，突然蔓蔓

紅了眼眶說：「凱莉，我眞的不知道該如何跟你道歉，我每天都活在愧疚裡，特別是想到你到文強家拿東西那天離開時的情景，我就覺得好後悔！」說完蔓蔓已經哭得不成人形了。凱莉拿著面紙給他，等他情緒平靜了，溫柔的問了蔓蔓：「你跟文強幸福嗎？」

蔓蔓聽了說：「如果我可以重新選擇，我絕對不會背叛你的，我也應該早點離開金崙，只是現在我跟文強似乎遭到報應了！」凱莉好意的問：「情況有那麼糟嗎！」蔓蔓探了一口氣說：「金崙跟文強絕交了，我跟文強更是常常吵架！星期天我們在車上大吵一頓，我氣得開車門下車，文強往後追過來，一輛車就把他的車門全撞爛了！從那時候我們就沒有講過話！」

蔓蔓繼續娓娓道來，凱莉才知道蔓蔓因爲這段新戀情而飽受精神上的折磨。一開始是雙方對凱莉的愧疚，但是一個多禮拜後兩人住在一起，常爲生活細節大吵，加上蔓蔓的母親發現這件事情後，不只跑到家裡，還到文強公司大鬧，說他毀了蔓蔓的幸福。在蔓蔓的母親心中，他一直期望蔓蔓能嫁進金崙家當大少奶奶，而以前跟他走得近的朋友，全都因爲他情感上的不忠實，加上橫刀奪朋友所愛而疏遠他，心情上的煩悶導致工作業績不順利，種種壓力讓文強常常處於脾氣暴躁的狀況，所以兩個人的日子過得非常的不好，這在凱莉聽來覺得完全不像他知道的文強。

蔓蔓看著凱莉重複說著：「如果時間可以重來，我眞的不會背叛你，因爲我們現在情況那麼糟，得不到任何的諒解與祝福，感覺很孤單無力，現在我晚上都睡不好，半夜都會突然驚醒，我開始害怕，大家都警告我會背叛上一個女朋友的男人，也會背叛下一個女朋友的，我擔心這種事情遲早會發生，也寧可早點發生。」凱莉很坦然而理智的說：「你們常爲我的事情吵架吧？甚至你擔心他會回頭再來找我？」蔓蔓淚光閃閃，緩緩的點點頭。凱莉微微笑了一下握著蔓蔓的手：「我想女人談感情總是難免會在乎對方的過去，特別是過去的女人是自己的姊妹，心裡總害怕會有被比較的感覺，甚至擔心對方會藕斷絲連！」

蔓蔓說：「我想到這裡，心裡總是好痛苦，特別每次我們有生活上爭執，聽到他說你面對生活的事情時、堅強、獨立，又很理性！我都會懷疑他的心是不是還在你那裡！」凱莉聽了笑一笑說：「我一直以爲他愛的女人不需要這樣的特質，不然我們的感情也不會漸行漸遠。我想你太介意我跟他的過去了，其實每對男女在一起都要共同面對很多問題，最重要的是要避免讓前段感情的陰影對現在的感情造成影響。」凱莉自己都很意外，他可以如此理性看待這件事情。

蔓蔓起身去洗手間，凱莉撥了一個好久沒撥的號碼，話筒響起那個他曾經每天都會聽到的男人的聲音。「文強，我是凱莉，你還好嗎？」文強愣了一下說：「還好！」凱莉繼續說著：「你跟蔓蔓還好嗎？」文強沉默沒有回答。「我想告訴你，我並不恨你，我很清楚我們的感情出問題我也有責任，但是你跟蔓蔓既然選擇了彼此，我眞的希望你們兩個能夠幸福，好好珍惜彼此，才不會枉費彼此都做了那麼大的犧牲！」文強沉默了好一會才說：「凱莉，謝謝！」凱莉輕快的說：「不用謝我，分手時我一直都忘了告訴你，謝謝你這兩年來給我的愛與支持！那是我人生不可磨滅的部分！」文強溫柔的說：「你最近好嗎？是不是還拼命忙著工作？有新的對象了嗎？」凱莉聽了說：「你要

給我做媒喔！那幫我介紹一個能夠容忍熱愛工作女人的浪漫男人！像你那種大男人主義的人就不必了！」文強語氣中終於有了點輕鬆的說：「如果你不介意姐弟戀，我弟弟文恩那種沒志氣的男人倒是很適合你！」凱莉聽了說：「他個性太溫柔又沒擔當，學校都還沒畢業，我可不想當他的保母，蔓蔓比較適合吧！」文強聽了也忍不住笑了。

凱莉接著說：「文強，你心裡眞的愛蔓蔓嗎？」文強想了一下說：「應該算是愛吧！只是我們有生活適應上的問題！」凱莉聽了就說：「你以前也是認爲我跟你有生活適應上的問題，生活當然有問題啊！既然你選擇了蔓蔓，就該多給蔓蔓更多的愛與支持！他不像我那麼堅強獨立，他很需要感情，他是一個小女人，你以前不是最恨我不願意當個小女人，現在還有什麼好嫌蔓蔓的。」

文強笑了一下說：「也對！」凱莉看到蔓蔓回到座位上，就把電話拿給蔓蔓說：「蔓蔓，文強找你！」蔓蔓愣了一下拿住電話，才沒幾講句話就跟文強撒起嬌來，話筒裡文強開朗的笑聲連凱莉都聽得到。蔓蔓與文強約了當晚一起吃晚飯，他也答應了。結束了與蔓蔓的碰面，凱莉沿著街道慢慢的走回家，一路上想著自己、文強、蔓蔓、金崙、曉航、小玲與喬凡尼之間錯綜複雜的關係，眞的好像一齣峰迴路轉的八點檔連續劇，想著想著心情也跟著輕鬆許多。

第二天凱莉進公司時，曉航尚未進來。他打開電子信箱，發現沒有重要信件，曉航倒是寄了一份這次出差與日本總公司及客戶會談的備忘錄，交代廣告案的市調、正式腳本規劃、拍攝，以及廣告測試的時間進度表，並且註明各項目的負責人，凱莉擔任整個案子的創意指導，備註欄裏並要求各個部門的全力配合。他看完算一算，距離廣告完成的時間只剩下三個月，這絕對是他廣告生涯中最大的案子，跟曉航關係再怎麼糟都要撐完，接下來就離開吧！

卷十一

16排F座

快樂是我自己創造的，我想要的快樂，誰也搶不走。

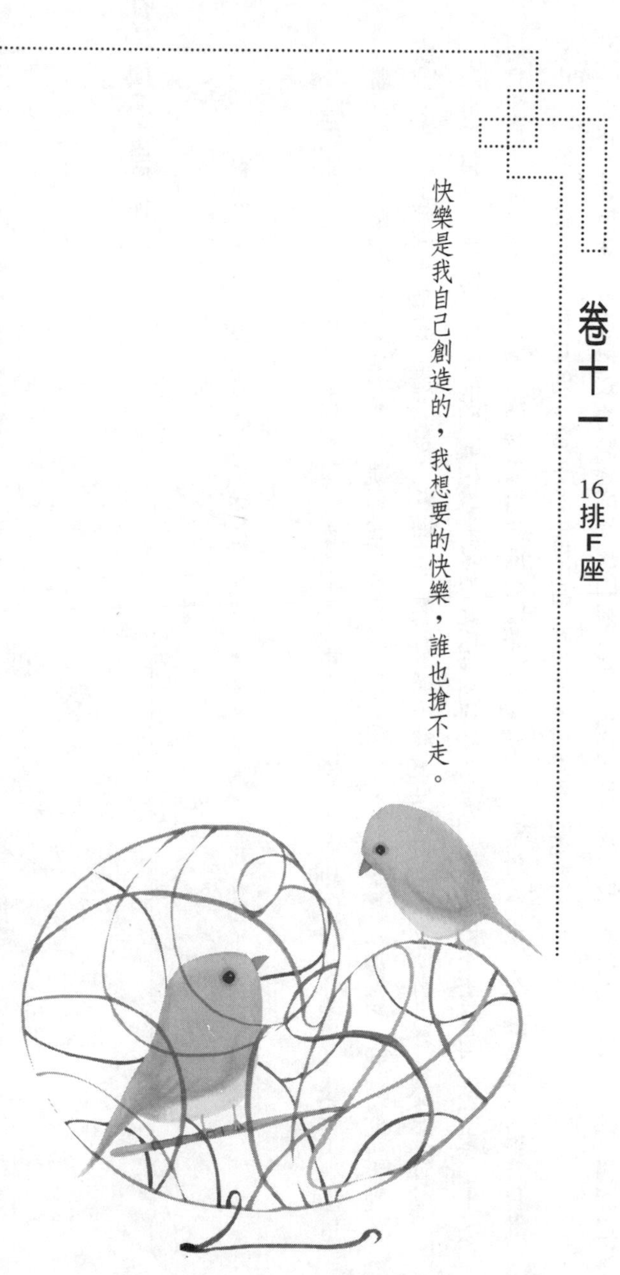

曉航進辦公室後，拿了兩袋東西，說其中一袋是Celien送的。凱莉冷淡的指著另一袋說：「那這是誰送的！」曉航回答是他送的，凱莉看都沒看說：「謝謝，心領了！」就把袋子遞到曉航手裡。辦公室裡的全部同事都看到這一幕，好面子的曉航袋子一收就回座位上了，所有人都在交頭接耳。

接下來一、兩個禮拜，他們的相處都是如此相敬如冰，兩人的交談都集中在雷克斯的案子上，而且凱莉也都是曉航說什麼，他就面無表情的聽著，然後照做。全辦公室的人都在傳，這對昔日默契十足的師徒檔必定有嚴重的不合，甚至傳出凱莉可能會跳到別的部門。

而在喬凡尼休完三個禮拜的假要回美國的前一天，小玲與喬凡尼原本說要大家聚一聚，碰面之前小玲打了個電話給凱莉小聲的告訴他說，曉航來找他們的那一天喬凡尼就已經答應曉航一起送行，當時沒有想到現在他們兩個關係會弄到這麼僵，讓喬凡尼好為難，喬凡尼與小玲非常希望凱莉能夠出席哪怕幾分鐘都好，透過電話凱莉堅決的說曉航去他就不去。由於喬凡尼事先已經跟曉航說好，凱莉果真沒有去，他寧可一個人待在家裡。喬凡尼與小玲非常了解凱莉的痛苦，也沒再說些什麼。

回到家裡面對一屋子的冷清，凱莉心裏感覺到非常的孤單，一方面對喬凡尼感覺到深深的歉意，另一方面對於曉航又多了一分的不諒解，難道他不了解自己現在的處境嗎？為什麼他不能善意的退出，成全這一次單純的聚會呢？「眞是個自私的男人，我討厭你！」他憤怒的對著空氣大聲的說，坐在椅子上緩了緩心情，凱莉原本要站起來聽聽音樂，卻看到夾在椅子旁邊的一張紙，他抽起來一看是雷克斯男人的素描草稿，不知爲什麼會掉落在這裡，素描裡簡潔有力的男人臉孔深深的撞擊著凱莉的心，英挺的鼻樑、深邃的眼神，似笑非笑的唇形，每一分都那麼像曉航，他用手輕輕的撫摸著這些線條，眼睛裡不由自主的掉下淚來，這個男人的好，他了解；這個男人的壞，他也明白。讓他想不透的是，爲什麼自己就是跳不開這個像魔咒般的感情，爲什麼這個男人就不能給他一點點純潔的幻想，讓他能愛得更心安理得些，而不是一件又一件清晰的事件，逼著他不得不面對這些情感上現實的殘忍，眼淚一滴一滴的掉落在紙上，凱莉用手輕輕的撥開，鉛筆的線條慢慢的暈開，這個雷克斯男人在他眼睛裡越來越模糊。

第二天，也就是週五的下午，喬凡尼上飛機回紐約前打電話跟凱莉話別，也建議凱莉好好考慮到美國發展的機會，凱莉答應會好好的考慮，喬凡尼笑著對凱莉說，他這次回去一定會找到一個又溫柔又專情的義大利男人介紹給他，凱莉笑著說只要找到，他一定第一時間飛去紐約和他做鄰居，喬凡尼要凱莉好好保重自己，對於感情不要想太多，生命一定要開心，要不然就太對不起自己了，凱莉笑著答應。與喬凡尼話別後，他想到晚上就是穆狄演奏巴哈無伴奏小提琴組曲與奏鳴曲的第一場，便趕緊將這兩週與日本雷克斯共同決定的一些活動事項彙整，打成一份報告書給曉航，那時已經快六點了。凱莉跟他解釋一下廣告案目前的進度，他在說話時候，曉航一直用很奇怪的的眼神看著他，看得凱莉渾身不自在，他愈是想假裝不在意，舌頭愈是不靈活。總算把進度報告完了，凱莉回過頭去說：「如果沒問題，我就先離開！」曉航張嘴卻又欲言又止，最後只說：「好，沒事了！」

凱莉回到座位上，花了十分鐘整理電腦資料與桌面上東西，拿起包包準備要走時，突然他的分機響了，曉航的聲音低沉的說著：「晚上一起吃飯好嗎？我有話想跟你說！」凱莉心動了一下，但是他的理智告訴他不要與曉航做無謂的牽扯，於是語氣平淡的說：「什麼事，現在可以說，我等會有事！」曉航一副無所謂的說：「那就改天吧！」凱莉立刻掛了電話，站起來抬起頭，昂首跨步的走出辦公室，絲毫不想讓自己滿臉的氣憤被看到。

他搭上計程車到了音樂廳，找到座位時離演出還有十五分鐘。突然他的手機響了，是公司的電話，他接起來是曉航。曉航問他在哪裡之後，劈頭就說：「我們的關係一定要搞那麼糟嗎？」凱莉聽了悶聲不語。曉航接著說：「現在全公司的人都在說我們兩個不合，連雷克斯日本社長山本都聽到這風聲，打電話來關心！」凱莉原本有點心軟，聽到曉航如此說，一古腦脾氣的說：「我沒見過像你那麼自私的男人，你放心，不管別人怎麼傳，我都會好好的把這個案子做完，你也可以轉告山本社長這一點！」

曉航聽了語氣一弱說著：「我在你心目中真的是這樣的自私嗎？」凱莉冷淡的說：「你不用在乎我怎麼看你，不管發生什麼事，我現在很清楚，到頭來我們的關係就是上司與屬下罷了！只是這一次我必須先跟你講清楚，我無法再像以前那樣只把心思花在工作上，我要的只是找回屬於我自己的生活，就像我現在坐在這裡準備好好的欣賞音樂會！」曉航聽了說：「我懂了！」就掛掉電話。

凱莉掛上電話並將手機的電源關掉拒絕接聽任何的電話，曉航的聲音還在腦海裡環繞不去，他用力的深呼吸，心裡數十遍地默唸著：「我想要的快樂，快樂是我自己創造的，誰也搶不走。」突然周圍一片掌聲響起，他才停止了爲自己的默禱，抬頭看著偌大的管風琴旁邊的門走出了穿著黑色燕尾服，頸部繫著純白領結的穆狄，手拿著有著烈焰般虎背紋的暗橙色小提琴，瀟灑大步的走向舞台中心。他只試了高、低、中三個音，便毫不猶豫的閉上眼睛，手臂往右一伸，一號G小調奏鳴曲慢板的第一個音符，從沉沉的低音滑上高音，直接攪動了凱莉的心。沉穩卻不失圓潤的音色，軟化了原本充滿浪漫悲劇的戲劇效果，隨著起伏的音色凱莉冷冷的心海揚起了一絲熱情，到了奏鳴曲的快板時琴音更是悠揚，凱莉時而幻想著自己是一隻急於從蛹中掙脫的初生蝴蝶，時而是一個穿著芭雷舞衣的小女孩踏出自己舞台上的第一步，心神就像美麗的翅膀或是穿著鮮紅的小鞋隨著音樂擺動著，到了急板時有些肅殺銳利旋律，聽起來反而像是解脫了所有限制後的自由，蒼涼又奔放，一顆眼淚就從凱莉的眼眶中斷了線似的脫落。

中場休息時，凱莉起身去咖啡廳買了一瓶礦泉水與燻雞肉三明治。由於今天幾乎座無虛席，賓客眾多，他排了好一會兒的隊，突然有人在他肩膀上拍了一拍，凱莉驚訝的回過頭發現原來是穿著麻外套、牛仔褲的賽門，而他身邊則是一位個子跟凱莉差不多的女人，他有著極爲細緻的小巧五官，穿著時尚又貴氣的銀色晚禮服，還披著一件豔藍薄紗披肩。凱莉聽說幾年前，曉航還沒從美國的廣告公司回台灣之前，賽門是廣告界最出名的花花公子，從他的打扮與女伴看來果然有那一回事，雖然他的前額已開始微禿了。

賽門介紹身旁的美女麥姬劉，是國際知名時尚品牌服飾的台灣品牌經理，然後又向麥姬劉說：「這是我們公司最棒的創意天才，何凱莉！雷克斯男性產品的亞洲廣告就是靠他的創意搶下來的！」麥姬看著賽門說：「不是曉航嗎？」儘管凱莉聽到今天最不願意聽見的名字，依然奈住性子微笑說：「這個案子的確是他的功勞，我只是他的部屬！」麥姬聽了笑著說：「何小姐能跟他一起工作一定能力很強，而且又長的漂亮，眞是不簡單！」這話聽來好像是褒也有貶，凱莉不知道怎麼接下去，幸好麥姬要去洗手間，然而賽門卻說他留在咖啡廳等他。

凱莉買了水與三明治後，站在立桌旁吃著東西，身旁的賽門讓他有點尷尬與緊張。賽門問他常來聽音樂會嗎？凱莉點頭，接著問他喜歡今晚的音樂嗎？凱莉又點點頭，賽門就說現在很少年輕女孩子，會來聽無伴奏小提琴這種比較重的曲目，凱莉還是點點頭。總算凱莉把冰冷無味的三明治吃完，他就問說：「剛剛那是你女朋友啊？」賽門愣了一下說：「我自己也不知道，他是我的前妻，最近他跟男朋友分手，就又搬回來跟我住一起，你不要誤會，我們現在只是共同分攤照顧兩個雙胞胎小孩的責任！」

「雙胞胎，一人照顧一個，這樣挺好的！那你對他還有感覺嗎？」賽門有點訝異凱莉問得那麼直接，但是也沒有想太多的說：「我們結婚太早，那個時候我們都在爲事業忙碌，他又是家世很好的

大小姐，不可能整天悶在家裡帶小孩，結婚不到三年，我們就離婚了，離婚後他就出國唸書，直到前年才回來，沒有夫妻關係後兩個人反而更懂得怎麼相處，現在想來有點諷刺！」

凱莉還是回了一句：「那很好啊！」賽門接著就問：「我最近聽說你跟曉航處得不好，在辦公室打冷戰，你眞的打算一直待在他那裡嗎？或許你做完雷克斯可以到新的事業部門，薪水與職銜好談！」

凱莉就說：「做完雷克斯我想休息一陣子，到時候再談還來得及吧！」這時候麥姬回來了，看到麥姬臉上似乎有點不悅，凱莉直覺那是女人吃醋的表情，就趕緊說他先回座位了。他旁邊十六排F座從上一場就是沒人坐，他就把牛角包放在隔壁座位上。

中場休息後，穆狄一上場，觀眾掌聲比上一場還熱烈，他還是試了一下音，然後手與小提琴自然垂下，對著麥克風說，他現在要拉的第一首曲子要獻給一個他生命中最重要的女人，然後仰頭把目光慢慢瞄向凱莉旁的空位好一會兒，然後突然目光盯著凱莉看，才低下頭來，拉出艾爾加《愛的禮讚》。凱莉常聽到的這首安可曲，通常都是柔美而浪漫，但是穆狄的詮釋卻多了一股很強烈的熱情，甚至是激情。

凱莉看著身旁的空位，心裡想穆狄獻曲的女人應該就在這附近，能被一個藝術氣息濃厚又深情男人深愛的女人，應該是幸福的。他遠遠看著穆狄感情投入的拉著琴弓，手指時而輕巧、時而用盡力氣緊握琴把，還有握弓的手指頭，輕撥琴弦時，感覺像是用雙手極有熱情的愛撫著曲線玲瓏有緻的提琴，想到這裡他不禁臉紅了，而舞台上的穆狄時而抬起頭深深凝視著這個方向，在絲絲扣人的琴聲下，凱莉迷惑的沉醉在其中。下半場都是一些小提琴的小曲，中和一下上半場有點深沉的情感，最後結束是整組二號A小調奏鳴曲，琴聲完全靜止後全場都起立大喊Bravo！凱莉更不顧形象地把拇指與食指放在雙唇間，使勁吃奶的力氣吹了一聲滿室嗡嗡響的哨音，鞠躬的穆狄抬起頭來就往凱莉方向看，雖然許多人都在找聲音是哪裡來的，但是安可聲與掌聲更宏亮，彷佛要把挑高十公尺的大廳天花板震開。穆狄退場後掌聲更是震徹雲霄，於是他很大方回到表演舞台的正中央又拉了柴可夫斯基與布拉姆斯的小曲當作安可曲，人潮才慢慢散去。

散場時，凱莉才發現賽門與麥姬坐在舞台右手邊的包廂位置，他不想跟他們今晚再碰到面，因此在座位上等了十五分鐘，確定周圍人全走光了，才起身走過音樂廳大門工作人員很快的關上了音樂廳大門，走到大廳時，穆狄正為最後兩位樂迷簽名，凱莉看著他，他似乎有默契的抬起頭來看著他，凱莉摸摸牛角包，期望裡面有張穆狄的CD，可惜沒有。他大步走過大廳，快到門口時，突然身後有個溫文儒雅的聲音說：「小姐，能不能請你等一下！」是穆狄在叫他。

他回頭看見穆狄走過來，大廳遠端的兩個女樂迷遠遠的交頭接耳，凱莉微笑著掩飾這突如其來的訝異感。他們兩個人慢慢走進對方，穆狄邊走邊從自己的肩背包拿出一張CD說著：「我今天晚上演奏時，無法不注意到你很專注的投入我的音樂裡面，這是我下個月要在美國發行的無伴奏小提琴組曲，如果你喜歡，可以送給你！」凱莉聽了大感意外，特別是他一直都是遠遠看著穆狄的演出，如今跟他站得如此的靠近，他如喬凡尼般熱情而眞摯的眼神，還有如他琴聲般溫暖熱情的笑容，讓凱莉感覺心臟緊張的快蹦出來了，凱莉有點緊張的說：「你給我那麼美麗的夜晚，我怎麼會好意思再拿你的禮物，我跟你買好了！」

穆狄聽了笑得更燦爛了，露出三十幾歲男人臉上罕見的純眞笑容說：「你是買票進場的，讓你有個美麗的夜晚，是我的責任，這個CD就當作你吹口哨的獎勵好了！」凱莉聽了臉羞紅到耳際，不知說些什麼好。穆狄繼續笑著說：「我到過幾十個國家表演過，從來沒碰過女人用吹口哨向我的表演致敬，對照你聽到我演出時幾乎都閉著眼睛沉醉其中的溫柔寧靜模樣，更是讓我感覺你的哨音是那麼的特別！我想我一輩子都聽不到那麼美麗又熱情的哨聲了！」

凱莉聽了捂住紅透的臉說：「我只是眞的喜歡你的演奏！」穆狄回答著：「那你願意接受我的CD嗎？」凱莉很小心的從穆狄手中拿下了CD後，穆狄接著說：「不過你聽到這兩張CD時可別失望，因爲我錄音時是在空蕩的錄音室裡，沒有像你這樣投入音樂，讓我感情更充沛的美女在旁邊。」凱莉覺得愈聽愈有趣，特別是他這輩子沒有在這麼短的時間裡聽到這樣一個具有魅力的男人，對他那麼多的稱讚。他不知所措的拿著CD，說了聲謝謝就要走了。沒想到穆狄更靠近他的身邊：「你不需要我簽名嗎，喔！對不起！我太自戀了！」凱莉這才想到，趕緊從牛角包裡找到一隻筆，穆狄拿到筆後，深深的看著他說：「請問小姐大名？」凱莉報出名字後，穆狄用英文寫下：「給凱莉，我最美麗的聽眾！穆狄」寫完後遞給凱莉並說：「我不想讓你覺得我太自戀，所以稱呼你是我的聽眾，但是希望有一天你會是我的樂迷！」

面對這個音樂家熱切的回應，凱莉一時間不知道該如何面對，只想快快的離開，伸手接過簽好名的CD轉身謝謝穆狄，然後說時間晚了，自己該走了。穆狄突然有點失望的表情說：「我剛剛有講什麼話，讓你不高興了嗎？我只是想說，我也不清楚爲什麼你陶醉的神情，會讓我那麼感動，想把更多情緒表現出來，這是音樂家演奏時最渴望得到的，特別是你臉上散發出一種充滿生命力又溫柔的光彩，讓我覺得當一個演奏家眞的是很幸運！希望你別誤會！」

凱莉看到穆狄不解又無辜的眼神，趕緊解釋說他只是累了，想回家。穆狄聽了微笑著說：「高興跟你認識，凱莉，下週五你還會來聽最後一場的演出嗎？」凱莉聽到這樣的說法，心情也充滿期待，興奮的說：「下個禮拜五是我的生日，我想不到有什麼比聽你的演奏會，更適合當成送給自己的生日禮物！」

「那你一定要來我會準備一些特別的曲子送給你！」兩個人站在大廳裡熱切的聊著天，散場的清潔人員遠遠的很有趣的看著他們，看看手上的時間眞的很晚了，凱莉甩甩頭髮然後說：「我眞的得走了！」穆狄突然抓起他的手說：「答應我，下個禮拜五，你會來！」凱莉笑著說：「我會好好的考慮！」穆狄說：「只要你來，我就現場拉一首生日快樂歌變奏曲獻給你！」凱莉聽了轉身就走的說：「那會讓我覺得很不好意思，我就不敢來了！」穆狄說：「你不來，你就不知道庸俗的生日快樂也可以變成很美的奏鳴曲，而且是我自己編曲的！」凱莉聽了頭也不回的往大門走了，因爲此刻的他已經感動得熱淚盈眶，身後的穆狄依然大聲說：「你一定要來，不然你永遠不知道自己錯過什麼！」

帶著些許陶醉凱莉走出大廳，停在音樂廳前的大馬路準備招計程車，突然他看到路邊停了一輛很熟悉的Land Rover休旅車，裡面卻沒有人，但是他幾乎可以確定那是曉航的車子。他看到遠遠一輛計程車開過來，招手趕緊想離開這裡，就當計程車正準備停到路邊時，突然一個男人從他背後用強壯的臂膀抱住他，然後往旁邊休旅車移動。他光是感覺那男人的身體與氣味，就知道是曉航。他掙扎著想脫身，曉航聲音憤怒的說：「我們的事情沒說清楚前，你哪裡都別想去！」

凱莉半推半就的上了曉航的車，一開口就說：「你到底想怎麼樣？」曉航用一種冒火般的眼神盯著他好久都不說話，突出其然的抱住他，然後用很深沉很用力的方式吻著他，凱莉掙扎了半分鐘，拼命的搥打著他的頭與背，但是最後還是融化在曉航的懷抱中，不由自主的回應著曉航的熱情，直到曉航主動停止。他用他最無法抵抗的溫柔眼神，還有瘖啞溫柔語調說：「我再也受不了你對我的冷漠了，如果你恨我就大聲的說出來，不要用這樣的方式對待我，這對我們兩個人都很不公平！」

凱莉聽了忍不住哭著說：「你既然在乎我的感覺，爲什麼還要傷害我？你一開始就不該給我希望，然後又背叛我！」曉航聽了沮喪的說：「我不知道，我也不想傷害你，我從來不想做出讓你傷心的事！我一直都是對感情很自私的人，不相信長久的感情，我沒有想過給你希望，我只是情不自禁的想靠近你，想跟你在一起！給我時間，我們會找出適合我們的方式！」

凱莉聽了止住眼淚說：「你是指……只適合你的方式吧！找不到呢？然後我就跟那天在餐廳那個模特兒的命運一樣嗎？很難看的被甩了嗎？讓我下車！讓我一個人找到自己的幸福，你永遠沒辦法給我我要的幸福，我只想趕快離開該死的工作，找回我自己的快樂與幸福！」曉航聽了聲音沙啞的說：「但是太晚了，我發現我喜歡你，我從來不知道我可以像喜歡你那樣喜歡任何一個女人，不要現在就放棄！」這句話深深敲痛了凱莉的心扉，他想到自己受的委屈，忍不住撇過頭一邊流著淚。曉航只是用他強壯的臂膀抱著痛苦的凱莉，直到他情緒平靜後，溫柔的說：「我知道你要的是愛，但是我從小就不知道什麼是愛，我沒有愛過任何女人，天曉得愛一個人的感覺是怎樣？但是我只知道我希望每天都看到你開心的在我面前出現，我喜歡看你工作的樣子，我喜歡你不像一般女孩子那樣，你敢坦白、直接的講出你心裡的話！」

凱莉聽了冷酷地說：「但是這些對你還是不夠，不然你不會在我拼命爲你連夜趕工草圖時，還在日本飯店裡跟別的女人過夜！」

「那時候所有的人都懷疑我的忠誠度，我也不想直接把你牽扯在內，我每天都要面對無數的質疑與挑戰，那時候感覺到無力與挫折，好希望有你在身邊，可是我不知道如何開口，後來我在日本總公司認識那個女人，我需要的是他的陪伴與性的發洩！」曉航很小聲的辯解。

凱莉聽了不能置信的說：「你要我相信你需要我，但是你還是需要跟其他的女人胡搞？特別是

那麼重要的場合！你跟一千個、一萬個美女胡搞都沒關係，但是你說你喜歡我，等於是污辱我！讓我下車吧！我聽不懂你講的話，你也不會知道我要什麼。」不等曉航有任何的回答，凱莉轉過身去就要下車，曉航抓住他，臉部漲紅、肌肉抽搐的說：「如果你愛我，不要在乎你聽不聽的懂我的話，告訴我你要什麼，希望我怎樣愛你？現在說再見太早了！」這句話，讓凱莉完全無法再壓抑自己內心對曉航波濤洶湧的愛，他擦乾眼淚回頭面對著曉航「如果你可以信守你剛說的話，我會考慮重新愛你一次！」曉航沉默不語的摸著凱莉的頭髮，「我好累好累，到我家吧！」，那一夜在曉航的公寓裡，他們深情的纏綣探索彼此的身體，直到凱莉得到極致的親密喜悅而沉沉的睡去。

恍然間一股咖啡的香味飄散，凱莉緩緩的從睡夢中醒來，剛伸手想要抱住曉航，但身旁的位置卻空空盪盪，他猛然的坐起身來，就看到曉航斜斜的靠在床邊面對著他：「我要仔細看清楚你的樣子，每一分每一吋！」他慌亂的撥了撥頭髮，像一個羞澀的小孩將手放在胸口，曉航站起身來坐在凱莉的身邊：「我剛剛煮的咖啡，很香，喝一口吧！」

「今天你想要怎麼過，一切以你爲主。」曉航用頭頂著凱莉親柔的對著他的鼻尖呵氣！

「我需要一把牙刷。」凱莉低低的回應。

接下來的週末，曉航將手機關掉全心陪著凱莉，開著車到貓空喝茶，到富基漁港吃海鮮，到漁人碼頭看夜景，數著滿天的星星相擁，他們話說的不多但手卻沒有分開過，相視而笑的甜蜜讓時間過得好快好快，車行的時間凱莉從包包裡將穆狄送他的CD拿出來播放，輕甜流暢的琴聲流轉，對著窗外移動的景色顯得更迷離優雅，曉航看著沉醉的凱莉，偶爾會詢問凱莉一些曲目的意涵，但多半的時間只是靜靜的陪著他欣賞，CD上穆狄半側面黑白俊秀的臉龐橫躺在他們兩人之間，沉默無語。

週日晚上，曉航開著車子帶凱莉回到他家拿一些換洗衣物。凱莉在摺疊一些剛洗好的衣服時，順手打開了音響，穆狄與洛杉磯愛樂合作的西貝流斯小提琴協奏曲為幾天沒人在家的小套房，引燃了許多溫馨浪漫的氣氛。曉航順手拿起音響上的CD盒，背面又是穆狄的照片。這時他才想起凱莉那天聽的音樂會好像是這個人的，就大聲說：「你似乎是這個叫穆狄的傢伙的樂迷，這兩天都聽得到他的音樂！」凱莉很自然的回答著：「不算樂迷，只算聽眾啦！他的小提琴拉得很棒，人也很好！」曉航聽了問：「人很好？你是怎麼知道的？」凱莉想起那天散場時的情景，不敢多說什麼：「從外表猜的！」曉航聽了納悶的說：「猜的？音樂家不都是感情很豐富、處處留情的人！」

「那也不一定！你不是音樂家，還不是很花心！」凱莉微笑的對著曉航帶點挑釁意味的回應，曉航聽了聳聳肩給了凱莉一個奇妙的表情！

凱莉整理完後，正準備要走時，曉航無意發現另一張穆狄CD下的音樂廳的票，看看時間九月十二日，正好是這個星期五，曉航想了一下恍然大悟說：「我記得九一一攻擊事件第二天後就是你的生日，你生日打算一個人聽這種無聊音樂會。」

凱莉滿臉愉悅的說：「一點都不會無聊，我很喜歡，至少那天聽完到看到你之前我心情都很好！」曉航一臉假裝很疑惑的說：「所以你遇到我後就很悲慘囉！現在還是嗎？」凱莉聽了才知道自己說錯話，走向前摸摸曉航的頭，溫柔的說：「那時候很悲慘，這時候覺得從來沒有那麼幸福過！」曉航聽了就說那很好，所以生日那天就不需要再一個人去聽音樂會了，凱莉試圖說服曉航跟他一起去，曉航想了一下說：「我不想跟我喜歡的女人，去聽他喜歡的男人的音樂會！」正當凱莉要辯解他沒有喜歡只是欣賞時，曉航接著說他有更好的計畫，週五他們應該去帛琉、去衝浪、玩水上活動，然後在金黃夕陽的沙灘下喝冰涼椰子汁，夜晚再在海灘上相擁而眠！凱莉聽了喜出望外！一切就這樣決定了。

週一上班時，兩人雖然刻意的分開進辦公室，但是言談間的互動已經恢復以往，甚至還有點親密的痕跡，全辦公室又開始悄悄臆測著其中微妙的變化，特別是凱莉交給曉航雷克斯男人最後的完整稿時，曉航正站在辦公桌前，他看了草圖後大爲激賞，突然伸出手來用力的摟住凱莉，說：「幹的好！」親密的舉動讓在場的其他同事都愣住了，凱莉嚇了一大跳，然後假裝沒事的趕快走開，但是心裡面卻有許多喜悅。

週二旅行社早上打電話跟凱莉說帛琉的機位及飯店已經訂好了，下午就會將機票送過來，那時候曉航已經出去跟一個新客戶談案子。中午曉航還沒回來，但是全公司卻議論紛紛討論一個爆炸性的新聞，美國總公司已經買下了另一個英國廣告公司智創，而智創在台灣與全球最大客戶是全世界三大化妝保養品集團之一碧翠絲，規模比雷克斯的控股集團大許多。

台灣智創這幾年崛起得很快，擅長的策略是以低於同業的價錢，提供極佳的廣告與行銷創意，

雖然許多人都說他們也很擅長剽竊其他家的創意，他們的總經理正是賽門以前的上司亨利梁，這個香港人以超於常人的精明及冷酷聞名於業界。這個消息無疑讓凱莉辦公室的人不禁擔心起公司的未來，畢竟這幾年國際併購案到了台灣，已經出現好幾次被併購公司的人馬反而取代併購公司人馬的事件，科技或廣告界都不乏這樣的例子。

下午曉航回到辦公室時，面色凝重，資深創意指導們紛紛問起曉航這個問題，曉航不耐煩的說：「以後會怎樣，是看大家的表現，現在不需要浪費時間討論這些！」凱莉看曉航的神情，心裡猜想他應該已經知道一些內幕，而且一定有一些不利於他的事情發生。

週二晚上，凱利與曉航八點多才離開辦公室，他們開車到復興北路一家摩登法國料理餐廳，雖然不如一般法式料理來得那麼隆重，份量也沒那麼重，但是能吃到美味可口的食物，兩人心情都輕鬆許多。凱莉一直不敢問曉航併購的問題，因爲他知道曉航會說自然會說，逼他只會讓他不開心。忙了一天，凱莉不想把好不容易輕鬆的氣氛搞砸了。只是牛肉清湯撤走，前菜奶油蘑菇焗蝸牛才剛剛端上來，曉航接到一通電話，立刻起身，凱莉看他走向門外，掏出煙來抽著煙，講著電話。

凱莉等了十分鐘看蝸牛冷的都要變成石頭才趕緊吃掉，直到他第二道前菜用完，主菜吃到一半時，曉航才回來，臉色看起來有些故作輕鬆，他坐下來淡淡的說是一個新客戶打來的，凱莉問是哪一個客戶，曉航猶豫一下說：「反正你可能也要參與比稿，是碧翠絲，我們與智創要比稿，誰拿下案子關係到未來誰合併誰，即使兩家還是分開運作的狀況時，也有可能碧翠絲案子完成後，主管會大調動。」

凱莉聽了有點憂心的說：「那麼我們去帛琉的計畫要泡湯了嗎？」曉航笑一笑說：「當然不會，因為賽門也爭著要主導這個案子，他主導的大汽車客戶團隊已經人手齊全，但是目前已經接下第一個不錯的案子，賽門說服日本山本社長他的新團隊還有足夠能力接力下這個大案子！」凱莉心想，他早就料到賽門與曉航之間爭取公司主導權遲早會發生，沒想到卻會發生在併購案這個關鍵時刻，曉航現在的處境看來真的很艱難。

他摸一摸曉航的手說：「只要你需要我，我可以像上次那樣盡我全力來幫你！」曉航回答說：「這個案子還沒有那麼早要比創意，下個禮拜我大概得先跟賽門與山本社長個別開會討論，至於決定由誰提稿是兩、三個禮拜的事了！在這之前我先得做一些功課！」凱莉本來說他可以幫忙，曉航很直接，甚至有點粗魯的拒絕，然後看到凱莉臉上不高興神情，立刻說：「你只要好好的準備我們的度假吧！我們兩個第一次出國度假，總得有人負責這件事吧！」凱莉才對曉航的態度釋懷。

當晚他們回到曉航的公寓裡，很有默契的對於工作絕口不提，曉航看著ESPN的足球賽，凱莉對球賽沒興趣去，於是頭上還戴著耳機聽著隨身聽，像貓一般輕鬆依偎在曉航肩膀，對著一本英國小說《蓋布瑞爾的禮物》看得津津有味，兩人分享一瓶瓶比利時啤酒，凱莉心裡有一種好平靜的感覺，特別是耳朵裡聽著穆狄無伴奏小提琴的第二張CD，回想起上個星期獨自一個人去聽演奏會時的感覺，對比現在的心情上有好大的差別，不自覺的更靠近曉航。足球賽結束時，曉航說要去洗澡

了，凱莉說等一下。

曉航霸道的拿起那本書，看了一眼說：「一個奇怪的小男孩，跟兩個怪胎父母，你也能看得那麼高興！」凱莉的耳機音樂太大聲沒聽清楚，因此沒有聽得很清楚曉航說什麼，因此拿下耳機，曉航又一把拿走耳機放在耳邊，聽沒多久，就皺著眉頭表現出嫌惡的表情說：「又在聽那個娘娘腔音樂家的音樂！」凱莉笑著說：「你前天說他花心，今天又說他娘娘腔，你這是在忌妒嗎？」

曉航聽了表現無所謂的神情，問凱莉到底要不要洗澡，凱莉還是說你先洗，結果曉航一邊笑一邊毫不費力抱起凱莉，到他寬敞的浴室，任憑凱莉手腳掙扎，曉航就是有辦法解掉他寬大睡袍，凱莉從來沒有經歷過這樣特別的激情，被曉航強壯的身體完全控制，慢慢的滑進滿是熱水的舒適按摩浴缸裡，他的身體內產生強大異樣的感覺。

曉航充滿激情卻溫柔的眼神盯著凱莉，在他面前瀟灑的解去襯衫、長褲，一點一點露出他結實的胸部與腹部肌肉，足球員般強壯的大腿，凱莉的眼神還無法停止膜拜曉航美麗的裸體，曉航已經彎下腰來，親吻著他，雙手撫摸著他渾圓的胸部，一直往下到他白皙渾圓勻稱的腿，再到他玲瓏有緻小腳，最後再往上蔓延，凱莉的心跳與呼吸因爲充滿期待而劇烈起伏，當他的手到達終點時，凱莉全身如觸電般完全失去行動能力，就在此時，曉航的身體也滑下水面，充滿侵略性地擁抱住凱莉全身，他們彼此雙手與雙腳都交纏著。

浴缸四周的按摩水柱不斷按摩著凱莉的身體，讓他在兩人結合時身體的敏感度達到最高，凱莉身體忍不住的配合曉航扭擺，濺起無數激情的水花。那晚他靠著曉航肩膀，睡得好甜美。

卷十二 欺騙與背叛

那一刻他才發現跟曉航在一起的幸福感太強烈，強烈到他潛意識不計後果的一步步走向感情的陷阱。

凱莉回到套房，洗了澡，想到了曉航的所作所為，覺得自己難過得快死掉，特別是曉航竟然會送他一隻高級手錶，好像是要收買他對感情忠誠的靈魂，而他所謂的忠誠竟然是可以如此廉價。

星期三賽門一大早就找曉航到他的辦公室，談到中午才出來，臉色面無表情。他經過凱莉身邊時，凱莉輕聲問了一句：「還好吧！」曉航笑一笑，用食指放在嘴唇中間，表現出一副「子曰不可說」的表情。然後沒多久，他就出門說要去拜訪客戶了。

一直到傍晚快下班時，曉航還沒回來，凱莉手上的事忙得差不多，便撥了曉航的手機，關機中。到七點多他再打一次，還是關機中。他想曉航大概跟客戶吃飯了，等了一下便離開辦公室，然後撥了曉航手機說他先回自己公寓，爲後天的行李打包，順便帶一些換洗衣物。一直到晚上快十點，曉航才打電話給他，說人已經在他家樓下。曉航上來的時候，凱莉也沒多問曉航去哪，反正他一個人在家整理旅行的東西，聽著哈絲妲兒彈的莫札特鋼琴協奏曲，也度過頗爲愉快的夜晚。

他們在他的套房待了一下，就下樓開車往曉航的公寓，兩人都有點累了，凱莉在家裡洗過澡了，就躺在床上看著書，浴室門開了後，曉航輕輕走了出來，手上還拿著大毛巾擦著頭髮，凱莉看在眼裡覺得曉航是他這輩子見過最性感的男人，他赤裸著擦著身上與頭上水滴的樣子，絕對是最性感的場景。

曉航看到凱莉臉上充滿迷戀的微笑，也故作瀟灑的走向凱莉，突然他腳踢到床邊一個東西，那東西從左邊滑到右邊床沿，凱莉翻身拿起來，竟然是一個藍芽耳機，而且顏色花俏粉嫩，是許多高級粉領喜歡用的機種。曉航問凱莉那是什麼，凱莉直接交到曉航手中，滿臉狐疑的看著他，等著他的解釋。凱莉很清楚那東西是今天才出現的，因為他前天掃過房間。曉航看著他的臉色表情閃爍的說：「這是手機藍芽耳機！」凱莉聽了冷靜的說：「我知道，你沒有用藍芽耳機，而且這是女用的！」

「你在懷疑我有帶女人回家嗎？」曉航走近床邊坐了下來面對凱莉。

「是的，因為我前天掃過房間的地，那時候沒有出現這個東西！」曉航聽了臉色難看的說：「你想太多了，這是我今天跟碧翠絲行銷副總溫小虹開會與吃晚飯時，他的耳機出問題，這個耳機正好是我們廣告客戶的產品，因此我就說幫他送去換一個新的，大概是我放在西裝口袋，剛剛脫下來沒注意到就掉出來了！」凱莉一副不可置信的神情說：「而且還正好掉到床邊！」

「你是懷疑我們在這張床上……你為什麼不檢查枕頭或床單上是否有這樣的頭髮？」

凱莉很直接的說：「如果眞有這種狀況，你敢要我檢查，就表示你已經檢查過了！」曉航聽了面紅耳赤的說：「你是挑明我跟客戶上床了，我那麼辛苦的去跟與他建立關係，爭取他的支持，所以最後我還要陪他上床，你是這樣覺得嗎？在你眼中，我一直都是什麼女人我都可以胡搞的嗎？」

曉航愈講愈激動，就直接抱著枕頭走出房間，凱莉看到也起身說：「這是你家，你不用睡沙發，我

回家睡！」曉航聽了臉色更難看的說：「如果你可以輕易的否定我跟你的關係，如果你不能把自己當成是這個屋子的女人，你就離開吧！」這番話讓凱莉聽了立刻心軟了，但是又不知該說什麼，他心裡眞的希望曉航能給他一個更具有說服力的解釋，他等著，站在原地等著，終於曉航慢慢靠近他，然後溫柔抱著他說：「凱莉，你要相信我，我現在不會再像以前那樣，以後也不會！」看著曉航溫柔的眼神凱莉也不想太追究了，畢竟在感情的兩端總是有一方強、一方弱，在不同意見的爭執下，趨於弱勢的他只好接受這樣的狀況，但是至少他心裡舒服又有安全感多了。

星期四的時候，公司的情況變得更惡劣、更詭異，賽門一早就直接衝到曉航的座位指責他，前一天怎麼可以先去約了翠絲的行銷副總溫小虹，搶案子搶到公司的前面手段眞是卑鄙，甚至落下一句話，溫小虹的先生是他的朋友，曉航不要爲了自己的前途而不擇手段，甚至暗指他有目的破壞人家家庭。曉航也不甘示弱的回應，既然賽門是這對夫婦的朋友，就不要造謠破壞這對夫妻感情。

雙方的指責讓全公司的人都議論紛紛，凱莉努力讓自己維持平靜的心，努力的工作，心裡想著過了今天就是他與曉航的假期了，現在一定要相信他。到了下午凱莉經過櫃檯看到大門走進一個高挑艷麗的女人，踩著時尚雜誌才會出現的那種超細跟高跟鞋，燙個大波浪的頭髮，高雅的白色鑲黑邊的香奈兒套裝更讓他的身材顯得穠纖合度，不過他的神色卻非常的冷峻。

凱莉看到他耳朵上有一個藍芽耳機，跟昨晚發現的一模一樣，他猜想這個女人應該是溫小虹了。接著他身後出現一個穿著高級西裝，長相與身材都很福泰的中年男人，對著櫃檯說他們是來拜訪賽門的。凱莉回到位置上，就跟曉航說溫小虹來了，還跟一個男人，曉航說大概是他先生吧！接著很冷靜的打了一通電話給業務部門，請一位業務把送去換修的耳機拿過來。沒幾分鐘後，耳機就送過來了，是個全新的第二代產品，又過幾分鐘曉航也被找進去，他帶著耳機與幾張看起來像是備忘錄的東西離開。

曉航進去大概二十分鐘就回來了，表情看起來沒也什麼特別，過了不久溫小虹與他的老公還過來打招呼，順便認識一下企劃部的人員，賽門倖倖然的在一旁陪伴，參觀了整個辦公室後三個人親切而有禮貌的話別，看來早上嚴厲的爭執與指控，都已經煙消雲散，不過凱莉對於耳機這件事情還是耿耿於懷，他暗想即便曉航對於這件事已經有所解釋與保證，但隱隱約約中還是有一些疑慮，除非曉航能夠坦然的告知，要不然自己是很難解開其中的眞相。

馬上就要出國度假，凱莉刻意忽略掉這些心情上的起伏，下了班後先去附近買一些旅行盥洗用品，半個小時後曉航去超市接他，曉航主動跟他說賽門這次鐵定跌了大筋斗，因爲他還沒有搞清楚狀況就先打了電話給溫小虹的老公，結果事實相互對照下反而讓他自打嘴巴，連提案的可能性都被拒絕，搞得蠻嚴重的。凱莉聽著聽著心裡突然同情起賽門，特別是他下午無意間聽到其他同事的耳語說溫小虹與曉航很早就認識，那時曉航剛回國接任廣告創意主管，溫小虹在另一家化妝品公司擔任行銷主管，傳聞兩人之間曾有過交往，所以關係非比尋常。然而那一夜他什麼都沒說，滿心期待兩人的帛琉度假。

第二天早上，爲避免被別人知道兩人一起出國，凱莉已經事先請了假待在曉航公寓裡，他將衣服與盥洗用品打包好。他的母親與在高雄唸研究所的弟弟都打電話來跟他說生日快樂，母親到現在都還不知道他跟文強分手，倒是他跟弟弟提了一點自己與曉航的事，今天出國的事情也只跟弟弟說，個性內向沉穩的弟弟沒有贊成或反對，只說著：「姊，我也不知道要說什麼，你從小就很知道自己要什麼，我只希望你心裡眞的開心就好了！」掛了電話後，他繼續收拾，猶豫要不要帶CD，特別是穆狄的CD時，曉航打了電話來。他一開口竟然說他下午不能出國了，因爲今天晚上他與碧翠絲台灣區總經理溫小虹，還有其他品牌經理，以及智創廣告亨利梁要到桃園鴻禧山莊度週末，邊打球邊討論，決定未來可能的合作模式。

凱莉聽了身體發冷原本喜悅的心情盪到谷底，聲音微弱的說難道這次不能不參加嗎？曉航語帶歉意的說，這本來是智創與碧翠絲很早就決定的，他今天早上知道後，好不容易才爭取到參加的機會，賽門已經被摒除在外，他絕對不能缺席。凱莉聽了也只能表現很支持他的決定，帛琉什麼時候都可以去。曉航就說他下午四、五點會回家拿換洗衣服，要凱莉在家等他。

凱莉心裡很難過，卻記得要打電話到航空公司取消機位。取消後，他的手機響起，竟然是蔓蔓。凱莉耐著性子問了一下蔓蔓與文強近況，蔓蔓說：「謝謝你上次的幫忙，我們現在快樂多了，也沒有陰影了！」凱莉就說：「那就好！」蔓蔓接著說：「我不是跟你報告這件事的，我跟你說我發現一個大八卦喔！我這幾天都陪新公司的總經理跟國外客戶到一家高級日本料理吃飯，結果前天跟今天我都看到一對男女在那裡店吃飯，兩個人坐在隱密角落邊看起來好親密，你猜男的是誰？」

凱莉聽了心臟砰砰跳著，聲音微弱的說：「你說是我老闆，曉航嗎？」對照凱莉的虛弱，蔓蔓的語調興奮好像是發現一個超級大秘密般：「沒錯喔！而且我老闆說那個女的是個已婚大公司的高級主管，兩個人在餐廳裡手互相摸來摸去，他還捏了你老闆好幾次臉！」凱莉聲音恢復冷靜的說：「真的有那麼誇張嗎？難道不怕旁邊人看到嗎？」蔓蔓說：「最後他還摟著他的腰，到大門才放開，前天他還沒發現我，今天結帳時我們在櫃檯碰到，我想他大概記不起來我是誰！」

凱莉聽了百感焦急，只好隨便聊了幾句便掛掉電話。他習慣性的咬著嘴唇，不讓眼淚留下來，就坐在行李邊整個人呆住。直到大門那傳出門鎖轉動的聲音，曉航回來了。曉航看到他的表情，就安慰他不要難過，過一個禮拜情勢穩了，就可以去了。說完拿出一個四方盒子，裡面竟然是一只價值至少十萬元以上的名牌女錶，嘴裡說：「這是我送你的生日禮物，希望你喜歡！」。凱莉看了一眼，把手錶放一邊才緩緩的說：「你中午吃飯時應該有碰到我的朋友蔓蔓吧！結帳時你有看到，不過可能記不得他是誰了！」曉航的眼神從輕鬆愉快立刻變成有點嚴厲的說：「他跟你說什麼？」

凱莉說：「他跟我說什麼不重要，重要的是你真正做了什麼？」曉航怒氣的說：「我跟溫小虹是去談生意，別人怎麼說我不介意！」凱莉說：「所以你們兩個握著手，或是他捏你的臉，你也不介意囉！」曉航聽了更火大的說：「你寧可相信曾經背叛你的朋友，也不相信我？」凱莉也火藥十足的說：「那你告訴我，你們的行爲要我相信什麼？你要告訴我那些卿卿我我的行爲，是做生意必須的？還是你根本否認有這種事！」

曉航聽了冷冷的說：「我如何談生意不用你管，我現在也沒有時間跟你解釋這些，我拿了東西就走了，他們已經在路上等我了！星期天等我回台北再談吧！」曉航說完就進屋子拿他的行李，然而凱莉卻直接拎著自己的行李箱，打開大門離開，電梯來的時候他走進去，門要關的時候曉航光著腳衝出來，大喊說：「你等我一下，你現在不能走！」凱莉毫不考慮地緊緊按住電梯關門鈕，然後電梯門就把曉航關在門外。

出了電梯門走出大樓大門，幾輛進口車就停在附近，凱莉一眼就看到溫小虹、亨利梁與其他幾個人在車旁抽著煙，他們看到凱莉都吃了一驚，正伸手跟他打招呼時，他假裝沒看見就大步往相反方向走了。想到曉航剛剛不是要挽留他，只是怕這些人看到，他又習慣性的咬著嘴唇，攔了一輛計程車，直接回他的公寓。

凱莉回到套房，洗了澡，想到了曉航的所作所爲，覺得自己難過得快死掉，特別是曉航竟然會送他一隻高級手錶，好像是要收買他對感情忠誠的靈魂，而他所謂的忠誠竟然是可以如此廉價。洗完澡後，他強自振作，努力往快樂的方向去思考自己的未來，至少他早就爲自己準備了一個生日禮物，穆狄的音樂會。

坐上計程車到音樂廳路上，儘管心亂如麻，凱莉還是努力靜下來。他知道他有能力熬過，而且一定要熬過來，他的人生本來就是不曾順利過，摔倒也只能靠自己爬起來，因爲他不想像媽媽一樣

跟著不幸的環境，一輩子都潦倒而不快樂。

從有記憶以來，凱莉就看著父母親不斷因為父親在外面有女人而爭吵，他總記得自己常被父親的暴力，母親的哭鬧嚇哭，還是不忘記邊哄著弟弟，邊把功課寫完，幸好他的級任老師常常鼓勵他，每學期都會買參考書與課外書籍給他。

凱莉還記得帶父親拿著大皮箱離家的那個晚上，那是凱莉最後一次看到他，也是他國小畢業前，最後一次段考前一天。那個晚上他弟弟睡在他旁邊，他抱著書本猛讀，第二天母親沒心情起來煮飯，凱莉用身上最後幾十塊錢給弟弟買了三個麵包，自己買一個白饅頭吃一整天。第二天中午他們全班在教室等著公佈成績，大家都很緊張討論答案，只有凱莉心裡麻木，不記得自己什麼地方錯或對了。

老師一進來時臉上非常開心的公佈說，這次有人拿了全校高年級今年唯一的一次滿分，等改好的考卷快發完時，凱莉才發現自己手上拿到的考卷都是一百分，最後一張收到的數學也是一百分。他心裡只想到，如果爸爸知道他考滿分，或許會回家來看他，老師要凱莉站起來接受全班鼓掌，凱莉有點不知所措，結果他才坐下，弟弟就跟班導吳老師在教室門口出現。

他還不知道發生什麼事情時，下一刻他跟弟弟與吳老師就坐在計程車到醫院，他母親吞農藥自殺，雖然還在昏迷，但是命救回來了。他到了病房看到失去意識的母親身上插了好多針管，他與弟弟都當場大哭起來。過了好一會，護士希望病人好好的休息，請吳老師先帶他們回家的時候，凱莉

才想到自己的考試成績，就拿出上面寫上總分六百分的成績單放在媽媽枕頭邊，吳老師拿起來一看，忍不住流下眼淚，又把成績單好好的放回去，摸著兩個人的頭，帶著他們姊弟回去他家。

那天在吳老師家，凱莉第一次聽到古典音樂，老師放著莫札特K545鋼琴奏鳴曲，寧靜而流暢的音樂讓他心裡感覺好溫暖，就像那個老師給他的感覺。從此他發現古典音樂眞的好神奇，因爲即使他心情再亂，只要找到對的音樂，他的心情都會慢慢平靜下來。而吳老師在他高中時嫁到美國去，把音響、錄音帶及唱片都留給他，到現在即使不能聽了，他還是捨不得丟掉。

凱莉到達音樂廳時，已經快開演了。他坐在座位上，深呼吸幾口氣，而穆狄也在全場鼓掌聲中出場了，他往凱莉座位方向看了一眼，然後一樣試了三個音，D小調二號組曲，低吟的琴聲緩緩地包圍住凱莉，音符一點一滴的流進凱莉的耳裡、腦海到最後整個佔據他的心，有好幾個片刻他沉醉在音符中，腦袋放空也忘記了曉航的事情。

中場時，穆狄如慣例地拉了一曲愛的禮讚給他生命中最重要的女人，接著第二首聽起來好熟悉，竟然是生日快樂歌的變奏，或許是壓抑了太久的情緒突然碰到這麼溫暖的慰藉，凱莉忍不住熱淚盈框，他視線模糊的看著穆狄專注的拉著曲子，情緒好一會兒才平復，腦袋與心全沉浸在旋律中，完全沒有察覺演奏的是什麼曲目，一直到整個音樂會結束，周圍的人都走了，凱莉才起身，他心裡好希望整個晚上都坐在這個位置上，腦袋只有音樂沒有愛情。

凱莉走出空曠的大廳，門外已經是初秋微涼的晚風。他快速穿越廣場走到大馬路邊時，突然感覺心臟加速，又期待又害怕曉航會像上週五一樣出現，短短一個禮拜時間，他從天堂跌落到地獄，經歷狂喜與狂悲，下一刻不知道自己還能承受怎樣的情緒。當他終於走到大馬路上，曉航並未出現，面對冷清的街景他反而有一種難以言喻的強烈的失落感，那一刻他才發現跟曉航在一起的幸福感覺太強烈，強烈到他潛意識不計後果的一步步走向感情的陷阱。

然而他很快的安慰自己，他不出現還好，自己也可以慢慢的、眞正的死了這條心。他沿著馬路旁廣場邊緣走，嘴裡突然哼起了莫札特K545鋼琴奏鳴曲的二號行板，一個紅色進口房車卻慢慢的跟著他，車窗玻璃慢慢降了下來，直到快到十字路口時，凱莉才發現。他停下來，車子也跟著停下來。凱莉才要彎下腰看車裡是誰，駕駛座車門卻謹愼的打開了，一個戴著紐約洋基隊棒球帽，穿著深藍棒球外套的男人繞著車子走向凱莉，那是穆狄。

凱莉有點驚喜的打了招呼，穆狄露出招牌大孩子般燦爛微笑說：「凱莉，今天聽的開心嗎？願不願意成爲我的樂迷！」凱莉聽了穆狄這種開場白，心情也稍微輕鬆起來：「很棒啊！我早就是你的樂迷了。還有，謝謝你的生日快樂變奏曲！」穆狄聽了說：「那就好啊！給你一個獎品，歡迎你加入我的樂迷俱樂部。」他打開乘客坐的門，拿出一大把紅色玫瑰，笑著說：「生日快樂！」凱莉喜出望外的說謝謝，拿著花看了一下就說：「不對啊！這花應該是別人在演奏會上送給你的吧！」穆狄聽了不好意思的調整一下頭上帽子說：「被你猜中了，眞是不好意思！」

凱莉拿起花聞了一聞，然後微笑說：「沒關係，這花還是新鮮的，只要是鮮花我都喜歡！」接下來凱莉就不知道該說些什麼，只好說他要走了，穆狄聽了猶豫一下，接著說：「聽著，我有點餓，也不想一個人，你能不能陪我去吃點東西，喝點小酒，聊聊天！」凱莉露出有點疲倦的笑容說：「對不起，我有點累了，想回去休息。」穆狄用一種充滿期望的眼神說：「我吃東西很快的，不會耽誤你太多時間。」凱莉現在心裡也不知道自己能不能應付一個人的寂寞與對曉航的想念，他想了一下說：「好，如果你答應我一個條件的話。」穆狄聽了很放心地說：「你放心，我是一個紳士！」凱莉聽了忍不住笑了：「我不是說這種事情啦！我想，如果有機會，你能不能用小提琴拉莫札特的**K545**鋼琴奏鳴曲給我聽，只要二號行板就好！」

穆狄聽了臉上露出思考的表情，用口哨吹出這個小曲的主旋律，專注的表情讓凱莉好驚訝。「是這段吧！當然沒問題，我好像有樂譜，能用鋼琴彈完整組曲子給你聽，所以你可以坐我的車嗎？」上了車子，穆狄調整了一下汽車音響，然後就出現了聲音老老的爵士樂：「聽爵士可以嗎？我開車聽古典音樂偶爾會閃神。」凱莉說：「很好啊！」穆狄繼續說著他在美國高速公路有次開車聽謝霖拉的克萊斯勒的曲子，心裡想他怎麼有辦法把那麼簡單的曲子拉得那麼有味道，結果碰一聲，車就撞到交流道分隔牆。

雖然他沒事，經紀人卻嚇得第二天，就把車裡所有跟弦樂有關的CD都拿走了。凱莉聽了說：「還好我們現在聽的是管樂器，是黑管吧！」穆狄給了他一個讚美的微笑，繼續開著車說：「我住的附近有一個小酒館，裡面有簡單的三明治，可以嗎？」凱莉沒有反對。於是穆狄就把車開到一個大

樓地下燈光白亮刺眼的停車場裡。穆狄下來幫凱莉開了車門，凱莉注意到他從後座拿出琴盒，打開盒子謹慎的拿出暗橙色的提琴。凱莉看了驚喜說：「不會吧！你現在就要拉給我聽喔！」

穆狄笑一笑說：「我是講信用的人，除非你要在比較浪漫的地方，我們上樓也可以。」凱莉趕緊說不用那麼麻煩。穆狄聽了俐落的拿起提琴與琴弓，然後用一種比鋼琴版本慢的速度拉起了凱莉再熟悉不過的旋律，有那一刻凱莉閉起眼睛，好像回到小時候在吳老師家裡第一次聽到這首曲子時，那種悲苦情緒被釋放的愉悅。

當旋律停止後，他睜開眼睛卻被刺眼光線刺激到有點時空交錯的感覺，穆狄溫暖厚實的聲音把他拉回現實：「應該是這樣吧，中間好像有幾小節不太順，你就將就聽吧！」凱莉聽了反而有點不好意思的說：「我沒有那麼懂這首曲子，特別是還是第一次聽到小提琴拉的，可是我很喜歡，這是我今天生日最開心的事了。」穆狄拿起絨布稍微擦拭一下琴身，開口問：「我很好奇，像你這樣的女孩子怎麼會在生日時自己一個人來聽音樂會，你難道沒有男朋友嗎？」

凱莉聽了語氣消沉的說：「我也不清楚自己是否有男朋友，應該說我喜歡他，他也可能喜歡我吧！只是他管不住自己，大概就這樣吧！所以我今天就落單了。」說完勉強的笑了一笑。穆狄眼神帶著一點溫柔的說：「所以，他算是你男朋友囉，可卻在你生日缺席了。」凱莉比了個不在乎的手勢說：「這是沒有辦法改變的事實。」穆狄突然拿起手邊的弦弓說：「如果你是我的女友，我不會讓你孤獨過生日，我會一大早就用莫札特的奏鳴曲溫柔的把你喚醒，爲你搾一杯柳橙汁，煎兩片金黃的法國吐司，餵著你，看著你美麗的臉更紅潤，然後我會用我對你全部的愛好好的擁抱著你，在這樣的秋天午後，我還會開車載你到北投溫泉旅館，讓你舒服的泡在溫泉裡，我會在旁邊拉著所有你數得出來的小曲子！」穆狄邊說邊用琴弓輕輕碰觸凱莉纖纖玉指，眼睛看著他說：「可惜你不是我的女朋友！可惜你心裡愛的是另一個男人！」穆狄突然話鋒一轉：「可是我還是很高興你願意陪我出來，所以我們現在可以去吃晚餐了嗎？」

凱莉聽到穆狄這樣直接的表達，心中情緒翻滾更加感覺到落寞，但是爲了緩和氣氛就開玩笑的說：「你實在太會捧女孩子了，還好你不是我的男朋友，不然我會比現在更擔心男朋友到處對女人放電！」穆狄聽了表情有點好笑的說：「你錯了，我對感情專一到有點霸道，甚至你可以說有佔有慾，我對我愛的人專一，也會要求他如此，不是全部就是零！不然……」他說著用琴弓對著凱莉，狠狠在空氣中揮出兩股刺耳的空氣聲，宛如一個大叉，然後臉上故意裝出誇張猙獰的表情，雙手擺出一副要掐人的模樣。凱莉看了故意摸著心臟說：「好可怕喔！還好你不是我的男友！」兩人都笑了。

他們到了小酒館，三明治味道普通，但是還算新鮮，凱莉點了一瓶口味厚重的比利時啤酒，穆狄表現出一副很驚訝的表情說凱莉看起來秀氣，可是既會吹哨音，又喝那麼濃的啤酒，真是不相稱！凱莉開玩笑說自己是混太妹長大的，其實哨音是他小時候父親就教他的，至於能喝烈酒也是父親的影響。

凱莉對音樂家的生活一直感到好奇，因此穆狄就說了一些他四處巡迴演奏的趣聞給凱莉聽。無意中，穆狄談到了他的前一段感情，長達十幾年，他是他在美美國深造時學校的鋼琴助理教師。凱莉好奇的問：「為什麼沒結婚？」穆狄要凱莉保證守密，他才小聲的說他早就結婚了，但是因為他們夫婦是天主教徒，所以不能離婚，三年多前，他得癌症過世了。而他在演奏會上獻曲的對象正是他。

穆狄平靜的說：「以前他都會跟著我到處演出與旅行，也固定坐十六排F座，或是F排十六號，這兩個都是他的幸運數字與字母，即使他不在了，我也習慣要求音廳空出這個位子！」凱莉忍不住問，後來他為什麼沒有再談感情，穆狄坦白說中間有一些露水姻緣，甚至是紓解寂寞的一夜男歡女愛，畢竟四處漂泊演出住旅館的生活很難碰到適合的女人，這也是他這兩年開始在母校教書，減少演出的原因，今年他在台灣的父親生病，他才申請留職停薪回台灣一年。他嘆息的說：「我已經三十四歲了，想大紅大紫也沒機會了，過去兩年也玩夠了，心裡只想定下來。」凱莉聽了頗能體會他的感覺，穆狄在美國古典樂壇已經算是有成就了，但是一個華人想要達到帕爾曼那種巨星級大師地位，特別是在新人輩出、競爭激烈的小提琴界，機會渺茫。他不禁跟穆狄說，自己今年雖然才二十七歲，但是他在小小的台灣廣告界拼了命，成就也不過如此罷了，心裡一直有種空虛感覺，也不知道真的再往上爬，人生又能如何。穆狄聽了笑笑說他還太年輕了，不適合思考這種嚴肅問題，特別是在生日的時候。

凱莉聽了突然領悟到穆狄有一種特質，總是能夠在談到讓人心情低沉的事情時，轉移掉話題，讓氣氛好一些。他告訴穆狄這種觀察，穆狄笑了一下說，大概是他習慣去觀察觀眾反應，氣氛不好就想辦法調整下一場自己的演出。凱莉直率問穆狄，他今天觀察到他有什麼反應。穆狄聽了很得意的說：「我讓你從心情不好，到感動的掉淚，完全沉浸到音樂的世界，對不對！」凱莉點頭說：「那我現在有什麼反應？」穆狄想了一下說：「如果我告訴你，你會因為我說的，又聯想到不好的事情！」

凱莉聽了立刻知道他在說什麼，因爲他突然詫異這兩個小時都拋開曉航的煩惱，但是現在他又想起了。穆狄看了說：「你那麼想他，他卻一通電話都沒打來。」凱莉聽了忍不住拿出皮包已轉爲震動的手機，果然沒有任何人打來，已經快十二點了。穆狄接著說：「如果我向你保證，我絕對不會碰你，你會不會願意到我家，聽我用鋼琴彈莫札特K545鋼琴奏鳴曲！」凱莉聽了點點頭，因爲他不但需要有人讓他忘了思念曉航的痛楚，更重要的是，這是他想要的那種，被自己欣賞的人愛慕的那種虛榮感，特別是一個有地位、條件那麼好的男人，即使他只是把他當成朋友。

卷十三　十字路口

事業與感情的十字路口。

姑且不論曉航是否專情，感情已經走到這種地步，除非他自己想通了，別人說什麼都沒用。

第二天凱莉在穆狄家的客房醒來時已經下午一點了，他稍微清洗了一下，走到客廳，昨晚他們喝了不少酒，穆狄還下廚做了蒜苗鹹豬肉與豆乾小魚配酒，但是凱莉記得關上客房之前，那桌子上還是杯盤狼藉，如今已經被清乾淨了，他走到穆狄的房間空無一人，棉被攤得整整齊齊，睡衣也疊得好好的放在床頭，床腳下的拖鞋也是擺得好好的。他又走到鋼琴前，試著彈幾段莫札特奏鳴曲的旋律，不過音符錯誤的讓自己都受不了。最後他提著包包想回家，注意到他的手機在茶几上，上面有一個未接來電，便撥了過去，原來是穆狄的手機，他一開口就問凱莉睡的可好？凱莉忍不住問他爲什麼會有他的電話，原來昨晚是凱莉主動跟他要電話，他就用手機撥到凱莉的手機裡留下紀錄，正是這通未接來電。

凱莉覺得自己好糗，擔心會不會讓穆狄誤會，穆狄卻很善體人意的說，他不會主動打給凱莉，但是凱莉如果想找他講話，他很願意聽，雖然並不是十分的熟悉，但這番誠懇的心意讓凱莉感覺到溫暖。回到家，凱莉看到攤放在地上的行李突然感覺到很疲倦，決定先洗個澡讓自己輕鬆一下，他泡在滴著甘菊與葡萄柚的香精油裡，客廳放著莫札特的K545，是葡萄牙女鋼琴師瑪莉亞・瓊・皮耶絲的作品，他回想昨晚穆狄對著鋼琴上的樂譜，很專心的彈出整組音樂，當然不如皮耶絲行雲流水

又充滿靈氣，但是吸引凱莉的是他作每件事都那麼全心全意的樣子，讓曲子聽起來更動人。這時候室內電話響了，他稍微擦了一下身上的水去接時已經斷了，他轉身要回到浴室時，換手機響了，是曉航。

曉航一開口就問凱莉在哪裡，凱莉就說他在家裡洗澡。曉航在樓下，要凱莉幫他開門，凱莉說他現在不方便，曉航就說那他就在樓下等，直到他方便為止，凱莉只好幫他開了門，走進房間曉航用力的從後面緊緊的摟住凱莉柔聲的說：「你還在生我的氣嗎！」凱莉完全沒有回應，曉航用力的將他轉了過來笑著對他說：「如果你一直不說話，我就要一直抱著你直到你說話為止。」凱莉輕輕推開曉航：「你怎麼那麼快就回來，我還以為你打高爾夫球正高興呢！」

「高興！亨利梁老得動不了，一場高爾夫球要打一百五十竿，一點都沒有挑戰性，我一邊打一邊覺得好浪費時間！」凱莉皺著眉頭問曉航：「你怕浪費時間，所以讓我來填補！」曉航靠近凱莉的耳邊說：「所以我趕著回來陪你，陪自己喜歡的女人，至少比跟一群無聊的人打高爾夫球有趣多了！」

凱莉說：「少來了，我想你大概把案子搞定了吧！」曉航志得意滿的說：「情況比我想像中好擺平多了，而且又要感謝你的功勞。」

原來凱莉昨天氣沖沖的離開曉航家，大家看在眼裡都猜測他們兩個人的關係，曉航也只好承認。說開來之後大家對凱莉竟然都非常的賞識，甚至包括那個碧翠絲的台灣區新老外總裁威廉斯，對凱莉更是印象深刻。原來他在碧翠絲剛來台灣成立公司的時候就派駐到這裡當了一年總經理，當時爲了推廣新產品形象時找過幾家廣告公司比較，雖然剛開始的廣告預算並不大，但凱莉去跟他的部門提案時，他的態度與創意讓他大爲激賞，不像其他大的廣告公司認定這是個小案子而很輕忽。

曉航繼續說：「他還記得碧翠絲前三個賣的很好的指甲油、睫毛膏、亮光唇膏就是你的創意。他說當時很希望你是他的女兒，或嫁給三個兒子其中之一都好，可惜他們都成婚了！」凱莉回想這個案子，當時在公司也是沒人關心，資深企劃互相推來推去，結果推到剛從秘書轉創意的凱莉做，一開始凱莉的創意也受到其他同事的質疑，後來經過曉航略略的調整與潤飾，竟然獲得很好的迴響，讓一些原本想看笑話的人大感錯愕。

曉航繼續解釋，威廉斯今年回亞洲主掌大中華區碧翠絲，本來就考慮要和創意勢力再合作，知道凱莉還在他更是高興。更巧的是，昨晚曉航跟威廉斯聊天時，才知道他們都是紐約大學商學院前後期校友，賽門唸的耶魯跟他們是死對頭，談起兩人自然更加同仇敵愾。

今早亨利才打七洞，就打了一百桿，溫小虹跟他部門的人也是差不多，就只有曉航與威廉斯旗鼓相當的以幾十桿遙遙領先，曉航還故意打錯幾桿，讓威廉斯小勝。經過這些小插曲，曉航暗想這次案子應該勝卷在握，心裡又擔心凱莉，所以藉個機會推說自己有點不舒服，想提早回家，沒想到威廉斯也正想回台北處理一點私事，所以撥了一通電話給溫小虹說不等後面的人，就跳上曉航的車回台北，車上兩個人還針對廣告的創意交換了許多意見。

曉航解釋完後，凱莉就說：「你一進來就說個不停，可不可以讓我穿好衣服再談！」曉航聽了又將凱莉拉近身邊：「我知道你還在誤會我跟溫小虹的關係，我跟他談事情的時候，他的確有對我表達愛慕之意，以我現在在公司的處境，我真的要小心應付每一個客戶，尤其是能夠有大量廣告製作預算的碧翠絲，」曉航頓了一下：「溫小虹對我表示好感我總不能說：『溫小姐請自重好嗎？』除非我不想跟賽門、亨利競爭！」

「你不覺得這樣跟陪酒牛郎差不多嗎？」凱莉轉身用手撐開兩人的距離，曉航聽了臉色很難看：「永遠不准再這樣說我，難道你不覺得我也有委屈嗎？很多人都認爲我很花心，女人對我表示好感似乎理所當然，即使我不願意卻也很難阻擋別人不這樣做。」「聽我說，現在公司內部的狀況很複雜，內部競爭加上外力的競爭，等我能總管創意勢力後，我跟你都不用再看那麼多人臉色，只要專心做好廣告創意就夠了。」

這些話已經讓凱莉心情好了許多，接著曉航說昨天我錯過了你的生日，今天我要好好的補償你，我們去北投的高級溫泉旅館，好好的放鬆一下情緒。他們開車順著新北投的後山繞了將近三十分鐘，停在一間頗具日式風格的小旅館，到了櫃檯服務生面前時，曉航使壞的問凱莉：「小姐你要個人套房，還是兩人套房。」凱莉察覺到櫃檯服務生看好戲的眼神，便說兩個單人套房，曉航拿出信用卡然後說：「不要聽他的，給我們一個有露天浴池的雙人套房。」他們拿了鑰匙往房間走，凱莉就用背包輕輕的打曉航，曉航根本不痛不癢。

進入舒適的和式房間，整個空間比凱莉的套房還要大，午後的陽光浸透窗簾灑滿了滿室溫柔的光線，榻榻米在室溫中漂浮著原始的稻草香，他拉開窗簾雖然被太陽光線閃了一下眼睛，但是映入眼簾的是遠端紗帽山蒼翠的樹林與淡淡的雲霧。他忍不住爲此刻的感覺輕輕嘆著，他回頭看曉航卻發現他臉上常有的嘲諷的微笑，好像是表明受不了他的多愁善感。凱莉拿起毛巾就往曉航臉上丟，曉航大手一揮就抓下了毛巾。凱莉扮個鬼臉就往木頭隔間走去，天頂是透明玻璃窗的半露天浴室，慢慢解下了衣服，然後就滑進了舒適的溫泉浴池，一會兒曉航也走了進來，在旁邊淋浴間沖了一下澡，大步就跨進浴池裡，濺起一大片水花，雙腳很靈活的搓揉著凱莉的小腿，而溫熱的泉水讓凱莉覺得肌膚滑滑的，他覺得自己來到天堂了。

沐浴完之後，凱莉穿上衣服，準備要套上絲襪時，曉航問他要幹嗎？凱莉說：「不是要走了嗎？」曉航眉毛揚了一下說他們不是只是來開房間的，他剛剛已經訂了兩天的房間，禮拜一中午離開就好，凱莉沒想到這個男人也有這樣浪漫的一面，眼睛水汪汪的凝視著他，曉航微笑著看著他：「親愛的，這是我能爲你做的最小的一件事情。」凱莉突然發現他一直覺得曉航缺乏浪漫，事實上他內心有這種特質，只是不肯輕易的表達出來。

那個晚上微涼的山風浪漫而溫暖，凱莉想吃山菜，曉航便開著車上陽明山，天氣微涼時，上山洗溫泉的人很多，他們順著路標，聊著廣告圈的事情，曉航將最近發生的事，做了一個整理，簡單的講述了目前公司的現況，許多事情凱莉原本都不太清楚，漸漸的也了解了其中的詭譎多變。上了山之後。曉航問凱莉要怎麼走，凱莉說他不會開車，都是坐別人的車，曉航揚了一下眉毛：「南瓜王子啊？他還眞浪漫！」

「情人上陽明山很平常啊！我們不是也來了嗎？」凱莉不以爲意的回答，曉航聽了沒講話。他順著車潮直線開，但是開著開著車少了，直到一個交叉路口，他看了凱莉一眼，凱莉表現出愛莫能助的樣子，曉航就選了右邊的車道，繼續走，結果路越走愈小，左邊有條比較寬的路，曉航又轉向朝左，中間經過好幾個岔道，直到一個私人農莊的上鎖鐵門，凱莉這才知道他們迷路了，天也全黑了，前後都沒有路燈。

凱莉心裡暗笑，但是不敢出聲，曉航好不容易在崎嶇不平狹窄的山路上倒了車，然後繼續找回去的路，但是景色愈來愈陌生，凱莉忍不住問曉航是否迷路了，曉航說顯然是的。凱莉露出一副不可置信的表情笑著說：「你竟然會迷路，你不是開玩笑吧！你是第一個我聽過會在陽明山開車迷路的男人。」曉航毫不在乎的說：「想笑就儘量笑吧！要不是你想吃山菜，我們也不會開到這裡。」

凱莉忍不住問：「你是不是根本沒上過陽明山。」曉航想了了一下說：「一次，國小一、二年級。」凱莉接著問：「之後就沒上來過？沒載女人來過？」凱莉突然感覺到曉航語氣裡刻意出現的冷漠：「兩種都沒有。」「爲什麼？」曉航回答：「沒想過，也並不想？我也沒跟哪個女孩子浪漫到要上陽明山看夜景，所以也沒出現過這種狀況。」凱莉說：「可是你們男孩子在台北跟女朋友，或朋友很少沒有上陽明山玩的！」，「不幸的是，我不是那種男孩子，應該說不是那種男人。」凱莉聽到曉航的語氣很怪異，想了一下便說：「陽明山對你而言應該是很不好的經驗吧。」

曉航語氣冷酷的說：「我不想談那件事，我只想趕快離開這裡。」凱莉發現曉航的異樣，便用手溫柔的碰觸著他，輕聲的說：「我們會找到路的，而且我喜歡跟你在車子裡，沒有其他人干擾的感覺，讓我覺得我擁有你。」曉航沉默不語繼續開，終於經過一陣上坡看到路標寫往馬槽，凱莉說那裡有幾間民宿與餐廳都不錯，曉航聽了說：「如果還有開門。」凱莉溫柔的摸摸他的臉說：「沒開，我們就回飯店，沒有關係，我不一定要吃野菜。」

曉航聽了露出一個很溫柔的微笑，跟剛才迷路時判若兩人：「你跟男人在一起一直都那麼獨立、樂觀嗎？」曉航很好奇的看著凱莉，「不然怎麼辦，我又不是天生的美女，當然要自立自強，被甩了我也不會呼天搶地，頂多眼淚擦乾，傷口好了，繼續生活。」曉航聽了說：「難道沒有心裡的傷口是好不了的嗎？」凱莉想一想：「沒有吧！連我爸小學時拋棄我媽，跟我們姊弟，我都不會難過很久，後來想想少了我爸，家裡的日子雖苦，可是感情更好……你爲什麼會這麼問呢？」

「不知道你有沒有聽過，我是私生子。」凱莉訝異的搖搖頭看著曉航，「我父親其實有老婆，他與他老婆都是好人家出身，我記憶中他每個禮拜只能來看我們幾天，後來我媽受不了寂寞，偷偷瞞著我爸跟他老闆在一起，讓整個生活變得很混亂。我記得有一年春假，老師要我們寫一篇遊記，我聽到陽明山正好是花季所以就吵著要去看，我爸爸只好勉爲其難的帶著我跟媽媽去陽明山，結果沒想到在入口處那個大花鐘前，碰到我爸的大老婆和同父異母的哥哥，還有一大群家族朋友。我記得我爸的大老婆倒是很理性，但是他的親哥哥卻跳出來吵鬧，當著很多陌生人面前罵我媽是壞女人、狐狸精，我媽氣得渾身發抖衝過去就賞了他一巴掌，這個男人嚷著要打我媽，反而被我爸的老婆攔了下來，而我爸只能懦弱在旁邊發抖。」

曉航臉上出現一陣冷笑繼續說：「媽媽氣得回頭就走，我跟著在後面跑，但是看花鐘的人實在太多，我沒跟上他，而他已經到停車場開著爸爸的車子走了！完全忘了他兒子！所有人都追過來，看到我媽開著車子揚長而去，最後焦點就集中在我身上，我看每一個人的眼神都充滿鄙視，只有我爸的老婆安慰我，還要我爸先帶我回家，再回去找他們，慌亂中我聽到有人說：『這個連他媽都不要的小野種把他丟在這裡就好了，幹嘛要送他？』」

曉航停了一下說：「當時我嚇壞了，哭得聲嘶力竭的看著我爸，我爸還是什麼都不敢說！於是我又羞恥又氣憤，發狂的往山下跑，跑到半路路上開始下雨，快到下山時被上山的車子撞了，我說我小腿上的傷口是飆車受傷，其實是騙你的。」凱莉聽了不敢發出任何聲息，只是溫柔的輕撫著曉航開車的手臂。

曉航眼睛正視著前方繼續說著：「我倒在路邊，一跛一跛的走下山沒有任何人理我，直到快下山時，我爸跟他老婆的車子發現了我，他一出車門來想把我強拉上車，我掙脫了，他也摔倒了，我爸出來打了我一巴掌，他老婆反而護著我說：『小孩子受到驚嚇又受傷，你不要再打他了！』他還把我帶到醫院掛急診，醫生說有嚴重肌肉裂傷及輕微骨折，要住院觀察，我爸的老婆要我爸打電話給我媽，我媽卻說他自己做的孽，他自己負責！第一天我媽沒來看我，我爸也不知道拿我怎麼辦，反而是他老婆細心的照顧我，第二天我媽帶著他的老闆出現，從此我再也沒見過我爸，而我媽跟比他大快二十歲的大富翁老闆結婚，他自己有三個小孩，年紀都比我大，他跟新老公也吵吵鬧鬧，整個家每天都是亂哄哄的，每個人的脾氣都很壞，簡單說，家裡只要有一個人看我不順眼，我就遭殃。」

凱莉聽到曉航的遭遇，也想到自己的成長故事，只是他沒想到有人比他的童年更悲慘。凱莉忍不住問：「後來呢？」曉航平靜的說：「後來高中我就混小太保，而且第一個就是去找我繼父的兒子出氣，然後又打算去打我親生父親的小孩，我們找到了我爸在桃園的家，但是發現他兒子好像根本沒住在那裡，我們埋伏了兩天都等不到他兒子，反而碰到他老婆。我的兄弟們就說先打他老婆，可是他看到我卻立刻認出我來，看到我的群狗黨也不害怕，只跟他們說：『你們能不能在外面等，我想跟你們的朋友聊聊天。』」

「他把我帶進屋子裡，他說他一直想找我談，然後他拿了一包信封，很正經的對我說，他對他丈夫，也就是我爸做的事很抱歉，他也派人打聽過我的生活，知道我過得不是很好，父母兄弟都輕蔑我，在學校又是問題學生，可是他說他第一眼見到我，就知道我是個好孩子，今天會變成這樣都是大人的錯誤造成的，而他覺得他自己有責任，然後說信封袋裡是二十萬，希望我能拿這筆錢存起來，好好讀書。」

「我當場就拒絕了，我說他只是愧疚，怕我打他的孩子，他說他早就把孩子送到美國唸書了，但是他只是想讓我清楚，我不應該因爲上一代犯的錯，毀了我自己的一生！臨走前，他說他可不可以抱一抱我，我不知哪跟筋不對，就讓他抱了，然後我記得他一邊掉眼淚一邊說，他好希望我是他兒子，這樣我就不會受那麼多苦了……我沒有拿他的錢，只是一股衝動的想要哭，還好我的朋友已經閃了沒有人在附近，我開始躲在巷子裡哭了好久，那是我這輩子最後一次掉眼淚。」

凱莉聽了，眼淚也潸潸流下，握著曉航的手更緊了，他接著說：「後來你就不混幫派了？」

「還好我的幫派朋友也不敢對我怎樣，因爲我是他們的老大，但是我搬離家裡，畢竟我打了我繼父的孩子，家裡也沒有我的生存空間，我的母親討厭看到我總是惹事生非，就讓我走了，我搬出去那一段時間，白天上課，晚上到舞廳打工，結果才一個禮拜就被有錢的富太太包養了，一天五千塊，晚上陪他逛街、做愛，白天唸書！然後富太太沒興趣就換舞小姐，就這樣念完大學！」曉航將手從凱莉的手中抽出來冷冷的說「你知道這件事，大概很瞧不起我吧！」

凱莉聽得近乎肝腸寸斷，已經哭成了淚人了，哽咽的說：「這只會讓我更愛你！」曉航聽了說：「你們女人眞是奇怪的動物，就像我親生父親不理我，但是他老婆卻一直找人注意我的行蹤，連我媽都不知道我在哪裡，因爲我心裡恨他，一輩子都不會原諒他。而我在廣告公司工作兩年後，申請到學費與生活費一年一百多萬的，兩年兩百五十萬的紐約大學企管研究所時，我正愁著還少一百萬，結果卻在一個禮拜後，收到兩百萬的不具名支票，我知道是我爸的大老婆，我也接受了。但

是到現在爲止，我都不知道我對他到底是什麼樣的感情，說的也奇怪，他是這輩子我唯一會信任的女人，應該說是，除了你，我唯一會信任的女人。」

在陽明山繞了半天，他們最終還是回到旅館用餐。經過曉航這一段深刻的告白，凱莉吃什麼都覺得不重要了。吃到一半他還是忍不住問曉航還有誰聽過這段遭遇，曉航又恢復往常有點冷淡有點距離的語氣說：「我不知道你說什麼？」凱莉聽了也不甘示弱說：「我希望你不會殺我滅口。」沒想到曉航卻一付無關痛養的說：「殺了你，我的生活還有什麼趣味。」凱莉聽了笑著說：「我知道你愛上我了，我總有一天會讓你親口說你愛我！」曉航聽了只爲笑著說：「小姐別得寸進尺！」

當天晚上，他們只是繾綣相依，曉航很快就睡著了，凱莉躺在曉航身旁，遲遲不能入睡，他終於了解到曉航對人爲什麼總是那麼充滿嘲諷的態度，也懷疑自己有沒有足夠力量撫平他成長時缺乏的愛與自尊。突然間曉航翻了身，然後全身顫抖的重複說：「我寧願死也不要再見到你們！」凱莉愛憐的摸著曉航的頭，然後緊緊抱著他。曉航好不容易平靜下來，沒多久曉航又開始憤怒的說：「凱莉，你要跟他走就走吧！沒有你我也一樣會過得好好的，我早就習慣一個人了。」凱莉完全聽不懂他在說什麼，只能解讀曉航深深的愛他，但是又嚴重的缺乏安全感。

第二天一大早起來，凱莉就說他不想待在這裡，曉航也很爽快答應了。他們回到曉航家，凱莉在整理曉航的髒衣服時，曉航突然一副很正經的說：「我已經買了你的禮物，你不想要就拿去送人吧？」說著就掏出那隻上面有著山茶花標識的名牌手錶，凱莉跳起來搶下捧在胸前說：「除非有一天你親口說你愛我，不然我不會戴這支錶！」曉航聽了看了他一眼：「隨便你！」

由於這是凱莉的生日週末，待在家裡有點無聊，凱莉就央求曉航開車載他去海邊走走，於是他們去了北海岸，一路上他們的話不多，到了野柳在適當的機會下，凱莉也平靜說了自己成長的艱辛，曉航聽了沒有表示任何的意見，只是淡淡的說：「或許你那麼苦命，實在不應該碰上我，不過我想暫時我還不能沒有你，你就委屈一下吧！」雖然這話不中聽，但是凱莉卻知道，他至少已經是在表達他需要他，光憑這一點，還有凱莉對他深深的愛，再多的傷心都值得他去試。

接下來一個禮拜，曉航都在忙著碧翠絲的提案，凱莉則是銜命開始執行雷克斯的案子，在辦公室中他們交談不多，但是兩人似乎若有似無的碰觸彼此的身體，許多同事開始傳說彼此的曖昧，但是曉航完全不在意，甚至有次下班時，凱莉說要先走，私底下按照慣例會在書店等他，曉航卻脫口而出說等他一下，然後五分鐘後他就搭著凱莉的肩一起走出去，直到凱莉把他的手拍開，說很多人在看，曉航竟然也不為意又把手放回去，弄得全辦公室的人都在交頭接耳。在那一個星期中，跟凱莉比較熟的幾個同事，都若有所指的勸凱莉不要那麼傻，跟個花花公子，還是自己的上司談感情，而一向跟賽門很好的艾莉絲對凱莉，則是非常冷漠。凱莉難以招架之餘，也只能沉默不語。

過了一個禮拜，辦公室似乎漸漸陷入一種詭異的氣氛中，特別是業務部、公關事業部以及汽車大客戶團隊的人，看到凱莉不是異常的熱切，就是極度的疏遠，這幾個部門都是跟賽門關係比較密切的；至於賽門，反而是唯一沒有改變對凱莉態度的人，畢竟他們兩人的關係一直都是禮貌性的老

闆與部屬關係。甚至有一天中午凱莉獨自吃飯回辦公室時，剛巧與賽門一起乘坐電梯，賽門問了一下凱莉關於雷克斯的進度，然後說凱莉沒有加入汽車客戶團隊眞是很可惜等等，凱莉不自在的說，他對賽門的提拔感到有些抱歉，賽門出電梯時說了一句讓凱莉困惑的話：「以後總是有合作機會的，廣告界本來就沒有永遠的敵人或朋友！」

那天下午，凱莉了解到了這句話的涵義，只是情況讓他完全不知道如何應付。首先離曉航座位不遠的艾莉絲，講了很久的電話，凱莉起身要把一份資料放在曉航桌上時，聽到他說：「雖然公司沒有創意勢力來得大，但是至少一切憑實力，不像現在有人陪老闆睡，來換得步步高升的機會。」當他發現凱莉在附近時，還特別強調後面一句話，看著凱莉的眼神更是不友善。

凱莉不發一言的回到位置上，雖然努力想保持憤怒的情緒，但是注意力很難再放到工作上，沒多久曉航回辦公室之後，臉色比他好看不到哪裡。他思緒紊亂的想艾莉絲可能要離職，但是爲什麼艾莉絲會如此說他。五點多時他撥了蔓蔓的電話，約好晚上碰面，因爲他再也不能承受獨自面對這種是非壓力，他需要一個朋友陪伴紓解一下。然而當他關上電腦，收拾好桌面準備要走的時候，曉航竟然站起來問凱莉現在就要下班了嗎？凱莉說他不舒服要先離開，曉航面有難色，然後說晚一點會跟凱莉聯絡。

凱莉離開辦公室時，也顧不得曉航想跟他說什麼，現在他似乎走到了事業與感情的十字路口，他喜歡創意勢力這家公司，不只是因爲曉航，更因爲這是一家受到客戶尊敬的大公司，不論艾莉絲如何看他，他都清楚自己在這樣的大公司裡，眞的可以憑自己的想法與創意，得到客戶與上司的肯定。但如果他跟曉航在一起，公司裡的人就會不斷的閒言閒語飽受議論。

凱莉與蔓蔓在他們以前常碰面的咖啡店見了面之後，兩人互相噓寒問暖，凱莉便坦白告訴蔓蔓自己與曉航的戀情。蔓蔓聽了張大眼睛，完全不敢相信，語氣激烈的說凱莉怎麼會這麼傻，一直勸凱莉要斬斷情絲，凱莉直說已經來不及了，就像蔓蔓當初與文強之間一樣，一切都不是刻意造成的。蔓蔓聽了很愧疚的問，難道凱莉是因爲文強對不起他，因此才從曉航那裡尋求慰藉，凱莉連忙要蔓蔓不要如此想，解釋曉航跟他在一起之後，雖然偶爾還是跟別的女人有曖昧關係，就像上次蔓蔓看到他與溫小虹的狀況一樣，但是曉航在這兩個月已經變了很多，再也沒有奇怪的女人或美麗的模特兒來找他。

甚至爲了說服蔓蔓，他還把曉航的悲慘同年跟蔓蔓講。蔓蔓聽完了說：「凱莉你不是在說服我，而是在說服你自己，你眞的相信一個花花公子會改變嗎？也許你是他少數愛過，甚至第一次眞正愛過的女人，但是誰知道熱戀期過後，他會不會故態萌發！」凱莉聽了說：「跟文強分手後，我就不相信有天常地久的感情，既然愛上了就只能努力讓愛情愈久愈好。」蔓蔓聽了說：「凱莉，我不覺得是因爲我跟文強背叛你，你才如此想，你是因爲愛上他才配合他這種愛情觀，難道你不希望跟一個男人白頭偕老，特別是我們女人青春是那麼短暫？」凱莉聽了也開始迷惑了，他知道自己是希望一輩子跟曉航在一起，但感情的事眞的沒有人可以保證，而他能接受這種可能沒有未來的愛情嗎？

他們沉默了好一會兒，蔓蔓才問凱莉現在既然跟曉航在一起了，辦公室的人怎麼看他們，凱莉心力交瘁的把同事的態度，特別是艾莉絲講的話跟蔓蔓說了一遍。蔓蔓聽了說，不論凱莉與曉航未來會如何，凱莉最好是把現階段工作做完後，跳到其他公司，如此或許更能讓彼此保持一些距離，而不是現在工作與生活都攪在一起，許多事情才能思考得更清楚，而凱莉也覺得似乎該如此。八點多的時候，曉航打電話來了，問他在哪裡，要來接他，凱莉心情上感覺有一點慌亂，因此說他有點累了，今晚想一個人在自己家裡好好睡一覺。曉航聽了也沒多問什麼就把電話掛了。

凱莉回到家已經快九點了，他放著穆狄的音樂，輕鬆的泡在浴缸裡，突然懷念那兩、三個禮拜前，跟穆狄在一起開心聊許多事情的感覺，突然想聽聽看穆狄的意見。他找到了穆狄的電話後撥過去，穆狄聽到他的聲音似乎非常的開心，卻很快聽出來凱莉心情不好，就問凱莉跟男朋友有問題了嗎？凱莉趕緊解釋他煩惱的事，穆狄就提議出來喝點小酒，聊一聊，凱莉覺得待在家裡空想也沒用，便答應了。

他們約好九點半在凱莉家巷口附近的便利商店碰面，時間到了凱莉匆匆忙忙的趕到巷口，開著紅色轎車的穆狄已經到了，凱莉上了車到穆狄很喜歡的一家小酒館，兩人點了酒之後，凱莉便把今天跟蔓蔓說的事情又重複一遍，穆狄聽完後便表示，姑且不論曉航是否專情，感情已經走到這種地步，除非他自己想通了，別人說什麼都沒用。就像當初他在美國時，他的朋友與師長也不贊成到他跟他的助理教師在一起，不只是因為他已婚，同時是他的老師，重要的是，這種關係被揭發會有損於他在樂壇的形象，但是他還是不在乎，即使沒有婚姻關係，兩人也維持了十幾年感情。

穆狄娓娓道來，他的情人比他大七歲，老是擔心以後穆狄會變心，結果他還沒有老，就因為癌症而撒手人寰，在他最後一段時間做化學治療，頭髮掉光了，整個人都變得憔悴，甚至不讓穆狄去見他。穆狄感性的說：「我那時花了近乎所有積蓄買一些靈芝孢子之類藥方，想讓他多活久一點，即使他模樣變了，但是要我再看十年我都願意！如果你眞的愛一個人，何必在乎有沒有明天，但是你周圍的人當然有可能為你心疼，甚至覺得不值得！」凱莉聽了心裡好感動，彷彿有一股強大的暖流與力量在心中升起。

然而穆狄也同意蔓蔓的說法，兩個人如果都已經在業界有一定的地位，最好不要在同一家公司，不然不只是同事會說閒話，有一天很可能會因為工作上的歧見，影響彼此的關係，這種事情在美國樂團常常發生，比如某個知名樂團指揮跟第一小提琴手因為工作而相愛，但是最後也因為演奏上詮釋的意見不合，鬧的樂團風風雨雨，最後分手分得很難看。凱莉聽了覺得心情好了許多，開心的問穆狄的近況，穆狄神秘的說他可能在感情上又要重蹈覆轍，似乎喜歡上不該喜歡的人。

凱莉聽了心情突然一緊，看著穆狄似笑非笑的嘴唇說的意涵好像指他，凱莉突然覺得自己很自私，只為求自己一時慰藉，卻無視穆狄對他的感受。於是他趕緊說時間不早了，該回去休息了，穆狄也沒有意見，就開車送他回家。到了巷口，穆狄下車幫凱莉開了們，凱莉跨出去時高跟鞋一腳沒踩穩，整個人跌到穆狄的懷抱裡，穆狄緊緊的報抱住他，直到他站穩了後，凱莉尷尬的抬頭看了穆狄一眼，穆狄笑一笑，拍拍他的背，就放開他了。凱莉說了聲謝謝，回頭看著穆狄的車開遠，才轉身開門上樓。

凱莉心裡懷著對剛才兩人意外擁抱的忐忑不安，打開了門，脫下了高跟鞋，突然聽到手機有嗶嗶響，趕緊找自己的皮包，結果沒有，原來他忘了帶出門，手機還躺在茶几上。他拿起手機，上面有一通未接電話，原來是曉航，時間顯示是九點三十分。他回撥電話，響了好幾聲曉航才接起電話，聽起來像是在車內。曉航的聲音有點粗魯，凱莉問他有什麼事，曉航說沒事，然後說他在開車回家路上，有事明天再說吧！而心裡正煩惱該如何跟曉航說離職事情的凱莉，也不想多說沉默的掛了電話。

卷十四 獻給你，我的愛

「獻給你，我的愛。」穆狄說，緩緩的舉起小提琴架上肩膀上，悠揚的琴聲響起是結婚進行曲……

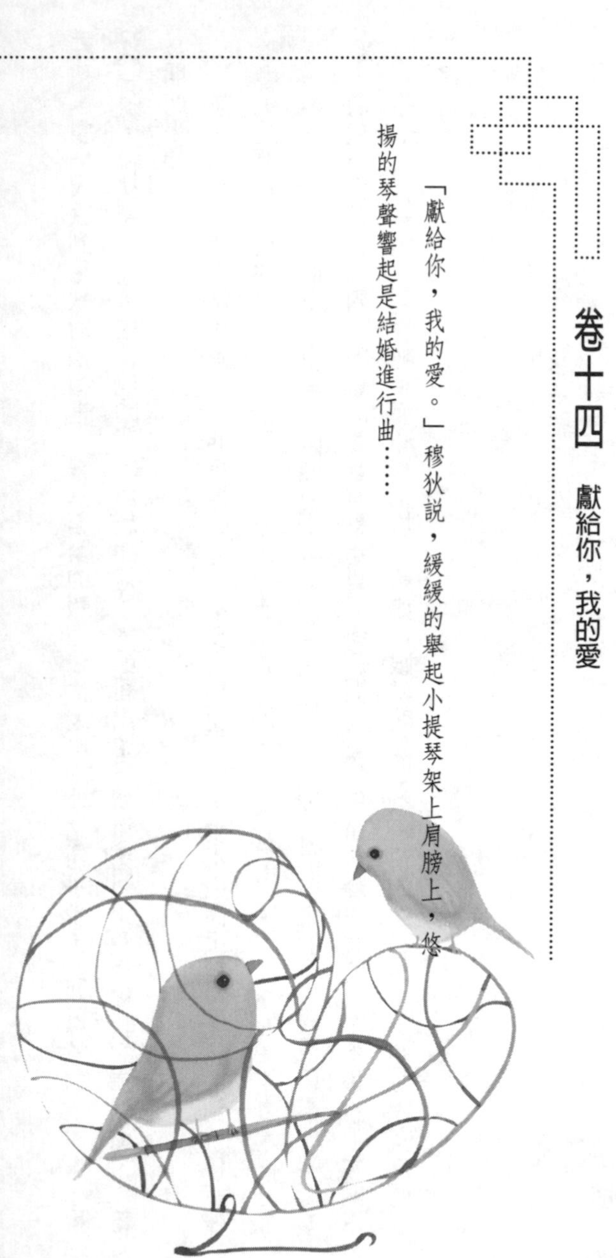

這一路下來我想了很多，真的，很多的事情都會出乎意料，結局也未必是自己能設定的，我同意文強的說法，如果這個男人真的值得你去愛，或許你應該考慮給自己一次機會，給別人一次機會，就像我跟文強一樣。

第二天進了辦公司，曉航還沒到，凱莉便用電子郵件簡單的告訴曉航辦公室對他們兩個戀情的閒言閒語，以及他的想法與顧慮，最後他說爲了兩人將來，他想等兩個月雷克斯案子結束後，便離職到別家廣告公司發展。

快到中午時，曉航才進來，他打開電腦後，凱莉忍不住注意曉航的反應，有一刻他臉色變得很難看，而且抬起頭來看凱莉，發現凱莉也在注視他時，臉又開始假裝不在乎，快速在鍵盤上打了幾下。然後站起來，走到凱莉座位附近，一本正經的開口說：「雷克斯案子下個禮拜就要進入廣告拍攝階段，日本分公司也已經準備好了，請你這個禮拜開始每天都要跟他們密切溝通，確認進度與成果，必要時可以飛到日本那裡去看看情況，但是這不一定需要，台灣部分就請你跟文案一起監控了！」曉航說完就快速的離開辦公室。

凱莉心臟砰砰跳的打開郵件，曉航果然回了一封信給他，裡面卻只有兩行字「你既然決定了就照你的意思，辭呈隨時都可以提上來，雷克斯案子麻煩你了，謝謝！」凱莉看了知道大事不妙，曉航應該是誤會他的意思。他趕緊撥了電話給曉航，他卻冷漠的說現在正準備開會，有時間再談，就

把電話掛了。凱莉雖然一整天心情都很動盪，但是接下來的廣告拍攝需要大量的準備工作，還要做好團隊及客戶間的溝通，無論如何工作都不能停下來。

中間曉航曾經回到辦公室，但是神情非常冷靜，凱莉跟他講一些狀況時，他只是聽完後，給了一下他的建議。最後他忍不住說：「關於早上的郵件，我想你誤會我的意思，我只是針對現在的情況提出我的看法而已，並不是最後的決定。」曉航面無表情的說：「或許你的考慮是正確的，一切就依你的意思吧！」面對這樣絕對的回答，凱莉根本無力回答，只好默默的轉回自己的座位上。

到了五點多，曉航提早離開了，凱莉忙到晚上快九點，才略略的將手邊的工作告一段落，至於日本公司提出的需求，也只能留到明天解決。他抬起頭來環視了一下辦公室，人大概走得差不多了，他就利用這個空檔打電話給曉航，曉航接起電話就很冷靜問他什麼事，凱莉說想見他，曉航回答他還在忙，改天吧，這時候話筒傳來女人的嘻笑聲，凱莉很不高興的說：「你現在跟別的女人在一起嗎？」曉航說是客戶，沒想到對方卻說：「你女朋友凱莉喔，他來查勤了嗎！看你這個花花公子讓他多不放心！」曉航冷靜的說旁邊是溫小虹，他跟他還有事要談，就掛了電話。

凱莉掛上電話，心情霎時之間變得很糟很糟，完全不知道怎麼辦，他現在最想找的是穆狄，只有他有辦法逗他開心，但是他不願意穆狄陷在這樣的狀況，於是只好打給蔓蔓向他求援，蔓蔓很憂慮的要凱莉去找他。這時候蔓蔓身邊響起一個熟悉的男人聲音說：「誰打來的！」他知道那是文強，心裡突然一陣激動，說想跟文強講話，不知道蔓蔓願不願意。蔓蔓說當然可以，不如他現在去

他家，他們正準備吃晚飯。

到了他曾經非常熟悉的文強公寓，他發現房間的佈置變了很多，看起來更像是一個溫馨的家。文強一見到他，一開始很不自然，嘴巴張開了很久說出了一句話：「謝謝你肯原諒我跟蔓蔓。」凱莉聽了百感交集，但是卻更感動文強的誠懇。「我離開了，這個屋子變得更漂亮了，文強你也變得……我說不出來，好像是更年輕了，看來蔓蔓眞的適合你，最棒的是我們現在還是好朋友。」當天晚上凱莉把今天事情經過講了一遍，出乎意料的是文強站在凱莉這一邊，只是很持平的提出他的想法：「大家都是爲你好，但是就像我跟蔓蔓在一起時，一開始狀況也不順利，大家都不看好我們，但是只要相愛，情況就會愈來愈好。我相信你跟他會找出一種屬於你們兩個的感情方式，不必在乎別人怎麼說。」蔓蔓握著凱莉的手說：「這一路下來我想了很多，眞的，很多的事情都會出乎意料，結局也未必是自己能設定的，我同意文強的說法，如果這個男人眞的值得你去愛，或許你應該考慮給自己一次機會，給別人一次機會，就像我跟文強一樣。」那一夜凱莉留在文強家過夜，和蔓蔓聊天細數心事，感覺好像又回到了過去，只不過這一次兩個人的感情有更濃厚了些，半夜凱莉又從夢中驚醒，文強、穆狄、喬凡尼的身影環繞在他的身旁，但是最渴望見到的那張臉—曉航，卻遲遲的沒有出現，他捲起身來輕輕的啜泣起來。

接下來凱莉每天跟曉航的接觸都只限於公事對談，他有時候好希望出一些狀況讓曉航跟他有機會能多說一點話，但是時間並不允許。他每天晚下班也都打電話給早離開辦公室的曉航說想見他，曉航也都用沒空、很忙同樣的理由拒絕，而漂亮模特兒來公司或打電話找曉航的情況又出現了，他也是神情愉快的跟他們離開。凱莉已經不再自責自己寫了那封信，問題或許不是出在離職這件事，而是曉航對他的熱戀已超乎速度的散退，現在只等曉航最後的一句話他就會如同其它的女人一樣從他生命中消失。「一切只是時間早晚而已。」他暗暗的想，因此白天他努力工作，晚上則從蔓蔓與文強那尋求一點溫馨的感覺。

過了一個禮拜，凱莉眞的感覺到心死，不再打電話給曉航說想見他了，他花更多的時間和蔓蔓、文強在一起，一方面暗自療傷，一方面希望朋友的鼓勵能讓他更有力氣度過白天面對曉航的煎熬。小玲終於答應喬凡尼的求婚，開開心心赴美之前，與凱莉碰了兩次面，對於曉航的轉變小玲不願多說什麼，只不過一再希望凱莉能認眞考慮到美國發展的可能性，送小玲上了飛機，凱莉的心情有點沮喪，身邊的好友都有了好的結果，只有自己還在與過去的感情拔河，他不知爲了什麼就是沒辦法就這樣輕易的放手，曉航雖然冷漠但在他心裡依然佔據了很大的空間。

日本廣告拍攝的進度很順利，前一天大家看電腦傳回來的資料照時還很開心，但是第二天公司就出現了兩個爆炸性消息，一個是曉航將主導碧翠絲的比稿，與創智的亨利梁一爭高下。凱莉對這個消息一點也不意外，他早就了解經過那次高爾夫球聯誼，曉航已對這個案子十拿九穩，現在只是更加確定罷了。但是更爆炸性的消息是，賽門因爲失去主導權，早在兩個禮拜便提出辭呈，而且汽車團隊與創意部門的一些資深創意指導，如艾莉絲與文案小楊都要跟賽門離開，這無意在業界投下一個定時炸彈。凱莉心想，如果加上自己的離職，創意勢力眞要唱空城計。更嚴重的是，日本總公司正在擔心曉航沒有辦法處理這個狀況，要調動日本，特別是香港總經理的團隊來協助他，大家都在耳語創意勢力裡的領導角色要大洗牌了。

他寫了一封電子郵件給曉航，表明自己願意待下來幫助他處裡這個短期人手緊缺，又要跟智創比稿的狀況。曉航回了一句說：「到了這種地步，我不需要你的同情，你就照你原先意思做吧！我最近挖了一些創意與業務好手，很快就來，不用你操心。」凱莉聽了心完全死了，他用力咬了咬嘴唇，不再說話勉力的打起精神工作。下午日本總公司團隊寄來了一支已經拍好部分的廣告毛片，凱莉反覆看完覺得大有問題，便趕緊準備好日本簽證，第二天就飛到日本。由於曉航忙著提案的工作不在公司，他下班前請行政部門的主管轉告曉航，說明第二天就要去日本處理雷克斯廣告的問題。

當晚凱莉回到家，準備行李時，手機響了，曉航在附近說想上來，聲音非常的疲憊。凱莉想了一下，雖然已經努力讓自己心死，但對曉航的愛還沒死。他打開了門，第一次看到曉航如此的疲倦狼狽，他問發生什麼事情，曉航說他剛跟才來台灣的香港創意勢力的總經理碰面，對方已經一副打算要接收台灣業務的陣仗。凱莉很有耐心的聽著曉航說話，眼睛看著他，忍不住深深注視著這個他深愛的男人，然後曉航開始吻著凱莉，就像他們熱戀時期一般，然後一把抱起他上了床，輕聲的說：「我好需要你！不要拒絕我！」一切就像一個多月前在北投那般，兩人激烈的濃情密意交纏著，一直到雙方雙手緊握，達到最極致的天堂化境。然後曉航閉上眼睛假寐，凱莉想起身洗個澡，突然手機響了是文強的聲音：「凱莉這兩天還好吧！你都沒有來家裡，蔓蔓和我都很擔心！」凱莉不想讓他們擔心就說：「我只是想在家休息，你別想太多了，我明天要去日本，你就多保重。」

凱莉回頭看曉航睜著眼睛看著他，但是毫無打算要問誰打來的電話，只說：「謝謝你！我今晚眞的需要你，我無法一個人睡。」凱莉就說他想起來洗個澡，洗完想跟曉航好好談一談，曉航疲倦的說好。而凱莉洗完澡後，曉航已經睡著了，清晨他離開屋子前往機場時，曉航仍熟睡著，看起來好安詳。

日本的工作還算順利，廣告拍攝的進行比台灣專業還有效率，只是方向一錯就需要大幅調整。凱莉花了將近兩個禮拜將所有的偏差調整回來，幸好台灣部分的導演跟他很有默契，進度一直在超前，成果也符合他的期望。只是每天晚上他用電話與曉航討論進度時，曉航似乎總是很冷淡的說，他相信凱莉有能力處裡這些狀況，凱莉想講一點兩人之間的事情時，曉航就刻意打斷並說回台灣再談吧！日本拍攝工作告一段落後，他就與工作團隊將成果呈現給日本創意勢力社長山本與雷克斯的高階主管，他們對這次跨國合作成果讚不絕口，對於凱莉的整合更是驚嘆。甚至故意在會議中，直接邀請凱莉來日本加入他們。

凱莉回台灣後，台灣的廣告也拍完了，他拿著整理好的毛片給已經進駐創意勢力暫代總經理的克里斯王與曉航看，兩人都只有一點小意見，但是大體上非常肯定。克里斯甚至說像凱莉這樣的人才離開創意勢力，眞是公司的一大損失，曉航只是默默不語。

當晚他打電話給曉航，他又回覆那種冷漠態度，凱莉再也忍不住自己的情緒，隔著電話指責曉航玩弄他的感情，曉航聽了愣了一下說：「我承認我過去是用情不專，但是我跟你在一起沒有對不起你，更沒有玩弄你的感情，但是你對我做了什麼你自己清楚，特別是在我情況最糟的時候，你還想要我怎樣，這樣指責我實在太苛刻了！」凱莉聽了認爲曉航提的是他辭職的事情，便說：「你難道不清楚我夾在這種狀況中也很痛苦，而且如果你不願意，你可以用行動，甚至只要一句話，就可以留住我！」曉航語氣近乎悲憤的說：「你是我這輩子第一次相信的女人，卻背叛了我，你可曾在乎我會不會崩潰！」電話那端停頓了一下，清清楚楚的喘息聲強烈而刺耳：「即使崩潰我還是要活下去，沒有人可以擊倒我！」

曉航很用力的接著說，凱莉掩著雙眼儘量不要哭出聲音：「曉航對不起！我不知道這件事情那麼嚴重，可是在這情況我必須做決定，我不是要故意讓你難過的！」曉航那頭聲音已經有些哽咽，凱莉懷疑自己的聽覺，然後他說：「你讓我第一次感覺到被愛與愛人的幸福，但是當我知道這種希望落空時，我寧可沒愛過！」凱莉哭著說：「曉航聽我說！我眞的不知道事情怎麼會這樣！我還是愛你的！」曉航接著說：「我是遭到報應了，我傷害無數人，現在就是報應了，你不用再說了。」

電話掛掉了，凱莉關了燈，後悔自己當初怎麼會那樣的莽撞，在公司狀況最糟，曉航地位最危險的時候提辭呈。

第二天凱莉進辦公室後，辦公室許多人都離職了。到了中午時一點多，曉航電話一直響，最後總機打來說有個女人急著要找曉航，說有重要的事情。凱莉請他轉接過來，那是個聲音高雅的中年女人，他說他要找曉航，凱莉請他先留下電話他會盡快的幫忙連絡，他猶豫一下說，他是曉航的家人，曉航的父親心臟病發作陷入半昏迷狀態，醒著時一直說著要見曉航，所以請他務必要來一下。凱莉就問了醫院病房，他打手機給曉航，沒人接便留了話。

半個小時後，曉航打了電話回來了，曉航聲音很冷漠，表示不關他的事，凱莉溫柔的說：「曉航我愛你，但是我覺得我跟你在一起時，你心中總是有一道厚重的牆阻隔著我的進入，我相信除非你原諒你父親與母親，不然這堵牆永遠不會消失，你父親人快死了，他死了，這堵牆就永遠都會存在，除非你見他最後一面，也原諒他，求求你爲了我去見他最後一面吧！」凱莉聽到曉航的語氣還是十分的強硬，就先報出醫院與病房，並說自己會先到醫院等他，然後掛掉電話。

凱莉一到醫院，就找到了病房，裡面有一個溫柔慈祥，氣質高貴的老婦人坐在一個全身插滿管子的老年人旁，凱莉進去後勇敢表明自己是曉航的女朋友，曉航一會兒就到，這個老婦人起身迎接他並把他領到床邊，低頭輕聲對老人說：「你兒子的女朋友來了，看起來溫柔又很漂亮喔！」老人家勉強睜開眼睛，看了凱莉一眼，手辛苦的抬了起來，嘴角很勉強的笑了一下，眼眶中流出淚來。老婦人溫柔的拿衛生紙幫他擦去眼淚。

這時候門開了，凱莉滿心期望是曉航，出乎意料的竟然是穆狄，身邊還有一個氣質婉約，年紀跟凱莉差不多大的女人。穆狄如同凱莉一樣的意外，慌亂中他先探視了一下病床上的老人，然後坐

在一旁開始連接這個奇妙的場景。隨著所有的解釋，凱莉才知道眼前這位老婦人是曉航父親的大老婆，穆狄是他的大兒子，旁邊是他的女友羅雅，無疑的穆狄正是曉航同父異母的哥哥。而穆狄也才明白凱莉是他那位同父異母弟弟的女友，世界竟然如此小，錯綜複雜的關係如此奇妙。

穆狄的母親與他的女友開始聊穆狄父親的狀況。穆狄拉著凱莉到門口談，兩人相對無言好一會兒，然後穆狄解釋羅雅是他學校的助教，也就是那個他不該喜歡上的女人，因爲他先前已經跟音樂系一個助教訂有婚約，所以即便有好感也不能表白。凱莉聽了有點尷尬，原來他誤會穆狄。但是穆狄笑著說，不過後來羅雅無意中發現他對他的好感，並聽說了他第一段的感情故事，便開始主動約他，陪他，但他們之間一直是保持很清楚的距離，直到有一天羅雅陪伴他討論演出的曲目，時間太晚留宿在他那裡，第二天穆狄看見熟睡中的羅雅表情是那麼的安祥美麗，決定不顧一切的追求他。經過很多的努力羅雅終於跟男友提出解除婚約的要求，決定穆狄明年回美國時，要跟他一起回去，並且準備結婚。

凱莉聽到了這個好消息，忍不住擁抱著穆狄，說他值得一個美麗又溫柔的女人，對他的深情與關懷，也希望自己與曉航有這種美麗的結果。突然間凱莉感覺自己被一個男人推開，然後那男人跟穆狄就在地上扭打成一團，聲音大到讓羅雅與穆狄的母親跑了出來，凱莉與羅雅非常使勁的架開這兩個男人，結果曉航手一揮用力過猛，將凱莉打得飛了出去，頭狠狠的撞倒地上，整個人躺在那裡一動也不動。兩個男人看到這個狀況，才掙扎起身，曉航立刻抱起意識有點模糊的凱莉，嘴裡一直念著：「凱莉、凱莉！」凱莉依然沒有反應，一絲鮮血流順著額頭流了下來，曉航忍不住大叫：「老天爺，誰來救救他，他流了好多血！我不能失去他！」。附近的護士趕了過來，將凱莉平放並用棉花蓋住傷口，過了一下凱莉漸漸清醒，他看一看周圍，特別是緊緊抱住他的曉航說：「曉航，那是你同父異母的哥哥穆狄，那個女生是他的女朋友，而他，他就是你口中從小一直關心你的大媽！」說完就又昏過去了。

凱莉醒來的時候，曉航與他的大媽都坐在旁邊，他摸摸隱隱作痛的頭部傷口，才發現上面包了好大一團膠布。凱莉看看曉航，伸出手想摸摸他的臉，曉航溫柔的將身體貼近，讓他的手能摸到他。凱莉說：「你父親呢？他還好嗎？」曉航的大媽用手輕輕的拍他：「他父親聽到兩個兒子在門口打架，竟然奇蹟式的完全恢復清醒，他很開心兩個孩子都在眼前，而且成就都不錯。」他摸摸曉航又看著凱莉：「我剛剛聽這兩個孩子說的話，他們都欣賞你、喜歡你，尤其是曉航，謝謝你！」

曉航這時才說：「凱莉我誤會你，那天我看到穆狄來接你，而他的CD又一直是你最喜歡的，我就想我終於愛上一個女人，又立刻失去他，而你在第二天提辭呈，更是讓我完全不知所措！有時候晚上我打到你家，你卻都不在！我以為你是跟他在一起，我忌妒得快發瘋了，可是完全不敢表現出來。」凱莉用力的坐起來握著他的手：「你誤會穆狄了，我都是待在蔓蔓家，從頭到尾只有穆狄沒有反對我跟你在一起！甚至鼓勵我，既然愛你就不要考慮那麼多人的看法。」曉航吃味的說：

「可是他也承認他喜歡過你，威脅我如果不好好珍惜你，他會橫刀奪愛！」

說著說著，穆狄與羅雅，還有護士推著曉航父親的輪椅進來了，他今天起不用住在加護病房，反而成了凱莉的病友。穆伯伯躺在床上看著凱莉，嘲笑說：「看到你長得那麼漂亮，難怪能讓我兩個幾十年沒見面的兒子打成一團。」穆狄聽了尷尬的說沒有的事，他現在在乎的是羅雅。穆伯伯說完就看著凱莉說：「我這輩子唯一對不起的就是曉航，他是我的親生兒子，我跟他親生母親卻沒有好好照顧他，還好穆狄他媽一直都很關心曉航，我知道這孩子因爲悲慘的童年一直很憤世嫉俗，還好穆狄的媽媽一直想辦法幫助他，凱莉如果你願意多忍耐他的個性，幫助他，可以稍稍彌補我這個老人家的遺憾。」

曉航聽了冷漠的說：「我現在事業已經陷入危機，不要讓任何人淌混水。」，「都這麼大了，你的個性還是這樣的倔強，現在你的問題就是我們大家的問題，我想誰都不會坐視的。」曉航的大媽和藹的說：「凱莉你真的喜歡他，或許可以好好考慮繼續留下來幫助曉航。」

凱莉沉思了一下直接問曉航：「你到底愛不愛我？」曉航低下頭去用很深沉的聲音回答：「我不知道那是不是愛，但是剛才看到你血流滿面又昏倒時，我只有一個念頭，你死了，我人生也完了！」凱莉聽了說：「如果你真的愛我，就不要趕我離開公司，我們兩個在一起，會像雷克斯案子一樣，創造奇蹟！等我們一起拿下汽車團隊的案子，還有碧翠絲的案子，我再離開另創一個公司跟你打對台。」曉航抬起頭來定定的看著他：「如果真的能一起拿到這些案子，你要跳槽，我也只好他們一起走到醫院前的庭園，陽光灑在綠蔭扶梳的草坪上，凱莉主動吻了曉航。「你眞的想跟一個花花公子在一起嗎？」曉航眯著眼看他，凱莉笑著說：「經過這麼多事說不愛恐怕都很難！」

「而且我現在有絕對的理由讓你離不開我……」

「什麼樣的理由？」，凱莉輕輕捏了曉航的鼻子……

「做你的對手和幫手。」

「這個理由十分的有趣，我想我需要花很長的時間，很貼近的觀察你的發展。」曉航將額頭緊緊貼著凱莉。

跟你一起走了！」

穆狄赴美前最後一場的獨奏會，羅雅特別安排凱莉與曉航觀賞演出，完美演出後觀眾熱烈的掌聲持續不斷，穆狄謝了三次幕還是被大家拱上了舞台，他環視四周，將眼神落在十六排F座，「獻給你，我的愛。」穆狄說，緩緩的舉起小提琴架上肩膀上，悠揚的琴聲響起是結婚進行曲，全場熱烈的騷動紛紛地探望那個位置，鎂光燈的照射下羅雅開心的哭泣起來，坐在他旁邊的凱莉同樣開心的掉下眼淚，曉航伸手從口袋中掏出一個戒子戴在他的手上，「不要再哭了，段太太！」，凱莉回頭看著身邊這個男人，點點頭，更用力的握住這雙炙熱的手。